Free time

——闲·闲·拾·光——

风从海上来

姚瑶——著

天津出版传媒集团
百花文艺出版社

目 录

Contents

地窝堡的夜

雨好像不会停下了，就像天好像不会再亮。

航班延迟的通知以多种语言反复播送，停机坪上显得拥挤，等待的人，异常烦躁。

7月，这天的下午4时，突如其来的暴雨给天空打了一个结，除了等待，什么也不能做。所有人的抱怨焦灼不满都要为它让路，听它发泄，等它平复。

桑柔在心里默默计算，抵达新疆地窝堡机场后需要等待11个小时才能转机，因此，她尚有充足的时间来消耗。

机场供应食物、饮用水、杂志，以及调高电视播放的声音。

桑柔抱着唯一的行李——34L的登山包，靠在座椅上，抬起头来看悬挂的电视。

国际新闻的场景转向了阿富汗，坦克倾轧坑洼道路，炸弹将本就落后的城市变为废墟，模糊的画面里，蒙面武装分子持枪要挟三名美籍男子，被黑带蒙住眼睛，枪口直指太阳穴。

中文、英文、阿拉伯文，新闻播报同世界一样混乱，桑柔愣愣地盯着屏幕，突然深吸一口气，低下了头。

背起登山包环顾了一圈，桑柔朝吸烟室走去。打火机已经在安检时丢掉，所以她向身边工作人员借火。占据狭小空间的角落，埋头抽烟，深吸一口，烧出一长段烟蒂，只有在这一刻，她才能遏制右手的颤抖。

抽完一支烟，桑柔回到登机口继续等待，电视已经切换到娱乐节目，她的位置也被占据，只能默默靠在落地窗边，观察停机坪的情况。雷电减弱，陆续有飞机消失在滂沱大雨中。会安全吗？会被雷电击中吗？会死在平流层里吗？会再也看不到地面吗？她总会看见各种灾难在自己身上发生，虽然从未成为事实。

在这样的时候，她觉得除了向远方的神祇一遍遍念诵，没有什么能使自己获救。仿佛天外的风雨、延误的航班、不知能否完成的抵达，都是被写就的安排，她不害怕，却很难过。

7点钟，飞往乌鲁木齐的飞机滑行在了跑道上，桑柔觉得哪怕再过几十年，也一定会清楚记得2012年这个下午的每一分钟，还有自己的每一举动。

当飞机越过浓密的云层和密集的大雨飞行在平流层时，月轮清楚而明亮，照射着机翼下方的翻涌云朵。云朵堆积碰撞，铺天盖地的电闪雷鸣，桑柔看着窗外的闪烁电光，觉得这世界真是盛大而寂静。

身边是个印巴女孩，裹着毯子沉沉地睡过去。空姐安静地走过去，在暗淡的机舱里，她们很美。桑柔也试图让自己睡过去，知道需要积蓄能量，知道后面有艰难的路途。

飞机落地时，灯火通明的城市近在咫尺，仿佛沙盘模型要被这庞大的机器碾碎。

大多数旅人终于历经风雨，回家了。可是桑柔不行，她揉着酸胀的眼睛，紧了紧长袖防风外套，抵御机场过低的空调和困倦。她再三确认了转机路线、流程和安检口才转身往机场外走去。还有9个小时，她必须强迫自己吃饭。

7月新疆的夜空，干净得没有一丝杂质，空气里也没有多余水分，桑柔随便找了个餐馆坐下来，要了一份面棋子。

只是此刻，别说吞咽，她连咀嚼的力气也没有，小小的面片一口一口送进嘴里，似乎都可以想象到食物在咽喉以及食管的挤压之下完成抵达胃部的那条轨迹。

如果此刻有人问她，你要去哪里，为什么？她一定不知该如何回答。

她怎么会去和别人说，曾经我那么恐惧死亡，可是现在，有比恐惧与死亡更重要的事情去完成这种话呢。

油腻桌子上搁着意见簿，全都写着图画一般的维语，像古老难解的密码。桑柔翻了两页，拿起笔，写下了整本意见簿里唯一的汉语。

“也许我无法再平安回到这里，也许我无法找到你。也许这将是我写给你的最后一封信。带着爱死去，还是活着分离，我不知道，哪一种更美好，哪一种，更残酷。”

火车上的诗人

午后阳光透过玻璃窗，落在桑柔的手背上，照亮白白的一小片。北京的天空不太具有季节性，9月底的天气已经很凉，阳光却还带着暑气。

连续两周，桑柔清晨醒来，鼻子里结满血痂，腥甜气味让她觉得自己可能会在某天夜里默默失血死掉。于是她拼命喝水，拼命跑厕所，安静的办公区只看她一人起起落落，来来回回，换来无数侧目皱眉。

而此刻，南京，却在下雨。

所以现在，她坐在了候车室里，握着车票，兑现一个漫长雨期。因为鱼回到深海，才能呼吸。

“可能会晚点，先吃饭吧。”江延买了麦记的套餐塞到她怀里。

桑柔点点头，从纸袋子里摸出汉堡，江延伸手摸了摸她的脑袋，好像有话要说，又沉默了。

这个城市每天都会发生许多变化。在她来到这儿的三个月时间里，江延的公司搬到了新工区，地铁开通了新线路，常去的豆捞店变成了便宜自助餐厅，小区对面从热闹门面变成了尘土飞扬的工地，某大学跳楼三个学生，唯一没有变化的，就是火车站。

还是一样拥挤，一样马不停蹄，一样满面愁容的脸孔连缀成片。桑柔总是东张西望，好奇这些在路上的人，都在忙些什么，烦些什么。

“又想什么呢，快吃东西。回去把身体养好了，就快回来吧。嗯……记得替我向家人问好。”

桑柔刚要答话，手机突然振动，有邮件进到工作邮箱。她连忙在餐巾纸上胡乱擦了下油腻的手指，点开邮箱，以为是工作交接的问题。

“如果你看到的都不是真相，你以为的都是营造的骗局，你该怎么办呢？如果在你过去十年的人生中都有一个你从来不知道的旁观者，你会是怎样的感觉？我很好奇。”

桑柔吓了一跳，没有发件人，没有发件地址，她又仔仔细细看了一遍邮件内容。是谁在恶作剧？她的生活圈子一直很小，想不出有谁会做这样的事情。

“怎么了？”江延看她神色有点凝滞。

“没什么。”桑柔把手机揣回口袋，“垃圾邮件。”

“桑柔。”

“嗯？”

“你有没有觉得特别不真实。大多数人都是忙着去往另一个人的身边，可是我们好像一直都在分离中。”江延把目光投向缓缓挪动的人群，“该检票了。”

桑柔跟在他身后，排在队尾。一年前送他离开南京，似乎也是这样的情形。她在检票口外同他挥手，似乎并没有觉得他去了多么遥远的地方，只是新年接到他的电话，说在单位值班，她才突然觉得，他也许是真的不喜欢南京。

她再挥手，已掉转了顺序，江延笑着说早点回来，目送她消失于下行的电梯。

火车启动了，寻位子的人还在来回穿梭，他们看起来都目标明确，知道自己要到哪里去，要做什么，要何时回来。突然间，桑柔有点恼怒自己的一事无成与一无所知，于是她把背包放在行李架上，去车厢连接处抽烟，打火机却任她拼命打也打不着。

“啪”的一声，有火对了上来，桑柔一愣，抬起头，面前挺拔的外国男子对她露出微笑，鼻翼两侧有很深的法令纹。她还没来得及说谢谢，他已经把手插进口袋去车厢找位置了。

抽完一根烟，她好像才能对自己不那么失望。可是从来就没有期望，失望又是从何而来。她很用力地把烟头掐灭在烟灰槽里，想起江延总说自己是个别扭的人。

回到座位上，惊讶地发现外国男子就坐在她对面冲她笑。桑柔坐回去翻书看，男子拿出笔记本搁在腿上流畅地写着长串长串的英文。桑柔的目光被吸引过去，字符的排列非常美丽，像一行行参差诗句。

江延的短信打断了她的探究，问她是否开了车，人多不多，好不好，在做什么。

于是，桑柔放下书，拿着手机和江延有一搭没一搭地聊着。江延说我已经开始不习惯了，或者你一直不来，或者你来了就不要再走。

她转过脸，火车已经开出城市，好像在他们的爱情里，分离很少带来难过，因为始终知道他们会在一起，好像只要知道这个结果就足够了。

在短信来来回回间，对面的外国男子已经手忙脚乱地做了很多事情，他先后从随身包里面取出三部不同的手机、一台掌上电脑、一本密密麻麻的日程表。他东西也不收，随意堆在座位上就起身去厕所。桑柔饶有兴味地盯着他敞开的破旧牛皮包，里面露出一听可乐和一沓人民币，看来这位外国友人没有被教育要看管好随身财物。

不一会儿，男子回来了，并没有坐下，而是站在过道上开始做体操，伸展运动、腹背运动、扩胸运动一样不差。本来火车上就极少看见外国人，这一阵热闹够整个车厢消遣上一会儿了。

最终是推着餐车兜售盒饭的乘务员把他赶回了位子上坐下。

桑柔忍不住笑起来，看着他刚想开口说些什么，却被他抢先打断了："别说英文，说中文，我没有问题，中文很好，我是Joey。"

"我是桑柔。"

"Sang……rou？吃的……肉？"Joey略显艰难地说出她的名字，自己琢磨了一会儿，把手里的笔和本子递给她，"有点拗口，帮我写一下。"

桑柔接过笔来，埋头写下了"桑柔"两个字。她说："你知道中国的《诗经》吗？那是中国最古老的诗集，《桑柔》是《诗经·大雅》中的一篇，是古代宫廷的乐章。是耿直的大臣讽刺昏聩君王的一首诗，桑柔是桑树枝繁叶茂，很柔软的意思。”

Joey一面听一面点头，桑柔怀疑他是否真的听懂了，而他则临摹了几遍“桑柔”两个字，然后很认真地问她：“中国人起名字不是都要吉祥一点，你的名字，有点……”

“我爸可能也后悔给我起这个名字了吧。”桑柔笑了笑，菀彼桑柔，其下侯旬，捋采其刘，瘼此下民。不殄心忧，仓兄填兮。倬彼昊天，宁不我矜？别的小朋友在背“锄禾日当午”时她已经一字一句背下这首长诗。“对了，你……是诗人吗？”

“诗人？”

“嗯，我看你一直在写东西。”

“我写的是工作计划。”他合上了本子。

他不是诗人，他是美国驻中国慈善机构的工作人员。他去过北欧也去过南亚。他去南京是参加同学的婚礼，新郎是他大学时的室友。即使请假，也无法推脱繁重的工作，他把本子举起来给桑柔看。她无奈地耸耸肩，除了罗马文的一二三，那些连笔英文桑柔一个也没有看明白。

当然，她看出他很忙，又想到自己无所事事，已经消化在聊天里的失望感又再度涌起来。趁它泛滥之前，桑柔决定再去抽一根烟。她冲Joey伸出手：“打火机。”

有买站票的旅客在车厢连接处铺了报纸，背靠车门睡觉。Joey帮桑柔点上烟，问道：“你是上学，还是工作？”

不上学，也不工作。桑柔看向窗外，一路往南，一路愈发阴沉，暮色降下，成片的村庄显得寂静异常。如果在这里下车，敲开一户人家，给人做媳妇，大概也可以过一生。她说："其实，我是诗人。"

Joey的脸上露出不可思议的神情："我从来没有见过诗人，你写过什么诗？你在中国有名吗？"

桑柔从他的眉宇间读出某种天真。她不知道是西方人都单线思维，还是因为语言的转变也导致了思维障碍，她想了想说："不过最近我有点不务正业，在写小说。"

"小说？是什么样的故事？"Joey表现出了浓厚的兴趣。

"是个……"桑柔当然也不知道是个什么样的故事，"如果有机会再见面，我就说给你听。"说完，她微微仰起头，隔着肮脏的玻璃，看阴霾堆积的天空，有一种喜悦，从那一团团的黑色里缓缓溢出。她看到了熟悉的雨水、孕育的闪电，三个月来，她全部的希望就是酣畅淋漓地下一场好雨。

桑柔回到位子上，略微有些疲倦，睡了过去，再醒来，发现Joey把外套盖在自己身上。作为交换，他很自觉地把桑柔带在路上的《日出之前》拿去在看。

"我喜欢这个乌克兰作家，他改变了我对俄国文学的看法。"

"中国人不是都很喜欢俄国小说吗？"

"我爸很喜欢，我不喜欢。托尔斯泰是话痨，陀思妥耶夫斯基是精神病，果戈里是胆小鬼，屠格涅夫很无趣。"

"这并不妨碍他们的伟大。"

"我只是从一个医生的角度觉得他们需要治疗。"

"你不是诗人吗？"

桑柔哈哈笑了起来，伸了个懒腰把衣服还给他，进站的汽笛也随之鸣响。南京，我27岁里第一次逃亡，没有成功，南京，如今我又灰溜溜地回来了。

已经是凌晨，旅客依旧熙攘，踏上站台，潮湿的空气瞬间将身体包裹。桑柔说："好了，该和诗人告别了。"

Joey说朋友开车来接他，邀请桑柔一起，桑柔婉拒，骗他说家人会来接。其实她还没有勇气告诉妈妈自己因为北京缺水写不出策划所以辞职回家这种事情。

"好吧，那就告别吧。"

出站时，他冲她用力挥手，高高的个子在人群里很显眼，挥舞的手掌也很大，他努力咬出"桑柔"两个字，说这是个愉快的旅途，再见。

"再见"无疑是这个世界上最虚伪的字眼。许多人说过再见，就再也不见。

翻到《日出之前》最后一页时，雾蒙蒙的天空开始苏醒过来。桑柔把书收好，走出了24小时营业的肯德基，去赶回家的第一班公交。

读大学时，她常常和江延来玄武湖散步，走着走着就会走到火车站，在肯德基随便吃点东西。那时候江延总会说，也许有一天，我们也会从这里离开，我常常这么想，你呢？

他身上的汗水气味、四季雨水的气味、汉堡的气味、他递给她甜筒的手指、短短的头发、圆领的T恤，都还在。坐上清晨第一班公交，她很想告诉江延，南京是特别的，那些过去的、消失的，在别处会被掩埋，在这里，却会被一直记住，一直保存。大到伤痛的历史，小到不起眼的一个人。

梧桐开始落叶，地面有洒水车行过的湿漉漉痕迹，太阳透过灰白云层，把桑柔看到的一切都照耀得更加稀疏。大学的校门隔着行道树掠过去，她转过头去看，想起那时，江延说要和她一起写一部惊悚小说，背景自然是她就读的医学院，男主角则是像他一样好奇心浓重的新闻系高才生。

应该说，是个没有新闻理想的新闻系高才生。

这样说来，自己也是没有济世理想的医学院好学生。

又有邮件进来，桑柔的心里“咯噔”一下，仿佛有某种预感，再看到隐藏的地址栏，已经没有那么惊讶。

“你是害怕吗？为什么要沉默呢？也许有些东西从来就不是你的，你却霸占了太久。”

她删掉邮件，有点心烦意乱。与其说是不喜欢这种玩笑，不如说是不喜欢平缓生活被任何突如其来的事情打破。此刻，公交驶过了她念过的第二所初中。

接着是只读了半个学期的初中，而后是小学、幼儿园，好像《本杰明·巴顿奇事》一样，她最终倒退着回到了自己出生的地方。

敲开家门时，她本能地往后趔趄了两步，生怕妈妈会一巴掌拍过来。

“阿个丫头作死啊，大清早吓死人的，回来也不说一声。”妈妈说了她两句，便把她拉进门来了。

三个月前她下班回来，把从代售点买的车票推到妈妈面前说，我想去北京，再做医生下去要得厌食症饿死。

妈妈那时并没有表现得比今天更不满。

“你先睡，我去买菜。”妈妈从衣柜里拿出睡衣扔给她，然后摸索着零钱、钥匙和购物袋，就穿上鞋子出去了。

桑柔躺在床上给江延打电话。他说我到公司了，看不到你鲜艳的嘴唇很沮丧，你休息得还好吗？她忽而想起那两封邮件，就说给了江延：“我有一点不太好的预感。”

电话里传来杂音，伴随数秒钟沉默。江延说你别放在心上，现在无聊的人太多，自己注意安全。

“你真的不担心是什么变态盯上我？”

“当然担心，担心你自己胡思乱想，就当没看到。”

“哦。”

挂掉电话，桑柔尝试着补觉，却翻来覆去睡不着。她明明做的都是让人生气的事情，可是江延连一点抗议的意思都没有。就像北京的天气一样，闷着一场大雨，闷着闷着就消化在空中，有时她希望身边的人也能畅快地冲她发一顿脾气。

妈妈从早市买菜回来，做好了去上班。中午桑柔一个人吃饭，这种熟悉又寂静的节奏，让她终于不那么急躁。吃了饭去小区里散步，邻居都当她是过十一，问她票好不好买，一个人在北京辛不辛苦。于是她就真的当作自己是回来过十一，晚上妈妈回来吃饭时，她也是这样说的。

“刚刚工作就一副猴急放假的样子，要给领导什么印象。”妈妈白了她一眼，“什么时候回去？”

“……过完十一……广告公司比较自由……”桑柔埋头吃饭。

“今天早点睡，明天和我去参加个婚礼。你记不记得，你小时候一起学过舞蹈的一个姐姐，比你大两三岁，是你阿婆的老邻居。”

不记得，只记得对着练功房的大镜子，桑柔一切动作标准到位，软功出奇好，老师夸她有一双天生跳芭蕾的腿，唯独表情，怎么努力，也笑不出来。

那天晚上，她陪妈妈窝在床上看电视剧，不知怎的就睡着了，梦见自己拿着冰冷的手术刀，对准无影灯下躺着的患者胸口，患者说这里没有心，患者长着桑柔的脸。桑柔猛然惊醒，已是早晨，被催促着洗漱换衣，急急忙忙去沾染别家的喜气。

酒店门口挂了大幅油画海报，女孩子看起来就像是舞蹈演员，眉目修长好看。两家都是本地人，人很多，很热闹，妈妈去和忙着招呼宾客的新娘妈妈寒暄，桑柔无聊地左顾右盼。人群里，竟然有人冲她使劲挥手：“桑柔！”

高高的个子、大大的手掌，还有咧开的嘴角，眼睛里闪烁着某种天真的光芒，在人群里，再容易辨认不过。

是Joey，他穿了西装，别了胸花，是伴郎。他朝桑柔走过来：“世界有点小。”

原来，告别之后，真的还有再见。她接受了他礼貌的拥抱，在故乡里，突然有了点“他乡遇故知”的感动。

婚礼仪式不刻板，气氛轻松。新郎从事军工科研，开玩笑说今天自己的风头都被身边的洋伴郎抢走了。

妈妈说：“这个外国人你认识的？”她点点头，懒得详细解释。

开席之后，Joey就陪同新人敬酒，拖拖拉拉一个小时。有客人陆续离开，Joey完成任务后就在桑柔身边空出的位子上坐下来：“你觉得好吗？”

桑柔耸耸肩：“你说婚礼？挺好啊，婚礼差不多都是这个样子。”

“我是说结婚，好像大家都很着急结婚。”

“中国老话说成家立业，如果你两三年前问我，我可能会说一张纸、一个仪式能有多重要，一直同居也可以。现在我可能会觉得，早婚也未必不好，人们有太多欲望，无穷无尽，不如早早束缚住，拿过剩精力做点能赚钱的事。”

“我三十岁了，有个女朋友，在哥伦比亚大学读新闻研究生，是电视台的记者。我们一年只有圣诞节能见一次面，对彼此和异性的交往都不干涉，在婚前这些都是自由的。当然如果我们决定结婚，那么婚姻里一定不能有背叛。我们还都没有想过要结婚。”

桑柔发现妈妈投来异样眼光，才发觉在别人的婚礼上讨论这种情感真相有点讨嫌，立刻闭嘴，转移话题：“你什么时候回北京去？”

“对了，我差点忘记要说的事情。”Joey拍了下脑袋，“他们结婚，陪我去玩，我觉得很不好。你有没有时间，这几天陪我看南京？”

桑柔想自己正好无所事事，便欣然应下。晚上回家想想，依然觉得有些不可思议。可是再想一想，生命里遇见过的每一个人，其实，都很不可思议吧。

夜里突然下起雨，有清凉雨水被风吹进来，细细碎碎贴在皮肤上，桑柔翻了个身，感觉到妈妈下床去关窗，模模糊糊希望明天是个出游的好天气。

妈妈本想把她赶回自己的屋子里去，可她死活也不愿意，赖在大床上就不肯走。

第二天，Joey是被新婚夫妇开车送到桑柔家小区门口的。他在马路对面下了车，穿过稀疏车流，跑到桑柔面前："报到。"

他穿着大红色的运动帽衫，卡其色裤子，身上有宝格丽香水的松木味道。她说："嗯，你还是穿运动衫装嫩好看。"

"装……嫩？是什么意思？"Joey皱了皱眉毛。

"就是……嗯……有活力的意思……"桑柔笑着从口袋里摸出公交卡给他，"这几天你混南京就靠它了。"

Joey接过来看了看："谢谢。哦，我也有东西要给你。"他说着从兜里找出一个小巧的打火机，放进她手里，"这是军用打火机，上面有我的名字，我不抽烟，送给你。"

打火机金属质地，很小巧，桑柔"啪"的一声打着，火焰燃烧出深透的铜蓝色："真好看。走吧。"

"今天你准备带我去哪里？"

"今天应该看一看南京人的南京。"

Joey点头表示赞同，同她一起步行穿过有些萧索的梧桐小道，去并不宽阔的马路边等车。3路车开来时，她拽着他的袖子跳上车，从口袋里摸出两枚硬币投进去，便在第一排的位置上坐下来。挡风玻璃外一览无余的路边风景，就好像是移动的宽屏电影。

Joey说："你说过，如果再见面，就把你在写的故事，讲给我听。"

他还记得这个她随口扯出来的玩笑。

他们上车的地方是鼓楼区，她在这里出生，从这里走出去读书，出去工作。她从来没有在意过它的改变，可是车窗外的一切都和她的少年时代截然不同了，也包括后视镜中自己那张面目全非的脸。也许，她是有很多很多的故事可以说，于是她抬起双臂，双手交叉枕在脑后："这是个特别简单通俗的故事，和很多其他人的故事一样，关于大学生活、年轻人的爱情、相聚与分离，你确定你想要听一个平淡无奇的故事吗？"

"我已经做好准备了，你可以开始说了。"Joey正襟危坐的样子和他说的汉语一样，有点滑稽。滑稽得让人忘了他其实有一张棱角分明的脸。

桑柔深吸了一口气，突然咧开嘴笑了，回忆就像是匆匆掠过的车、人与梧桐树，带着呼啸的风声。她说："那一年，有个叫作桑柔的姑娘，读医学系临床专业二年级……"

通俗爱情

那一年，桑柔的枕边，总是放着一本带插图的《中国神话传说》，下雨的时候，她会就着晦暗天光一页页地翻。床头有一棵仙人球，默默地开着黄色花朵。

滚滚的雷、滂沱的雨、沉堕的天会让她想起小时候，爸爸坐在床边为她讲述的《夸父逐日》《精卫填海》，那些遥远而真实的故事，会让她暂时忘记人不过是一副烂肉皮囊，零零碎碎拆开来，什么也不剩下。

她并不想住校过集体生活，一来对他人没有信心，二来对自己也没有信心。但是妈妈斩钉截铁地帮她打包好行李，剥夺家中钥匙，硬是把她塞上公交车，并丢下一句，要是因自己的事跑回来，是不给开门的。

寝室里都是来自北方的外地同学，她们常抱怨南京没完没了的雨天，桑柔躲在帐子里偷乐，又可以幸免于做地陪的苦力了。自打开学后，她总觉得自己读的是导游专业。

遇见江延的那一天，整个南京都在下雨。

下了急救课，桑柔抱着一箱借来的器械去校医院盖章交还。白板上贴了校医集体学习的公告，所有诊室的门都紧闭着。桑柔皱了皱眉头，转身要离开。江延头破血流、全身湿透地从她面前侧身挤过，愣愣的大个子在空荡的走廊里显得有些穷途末路。

她扭头看他，在轰鸣的雨声里，像看一幕夸张的默剧："那个……同学……没有人……我帮你处理一下伤口吧……"

男生回过头，看了看有点怯生生的她，一瘸一拐地走了过来，在走廊的白色长椅上坐下来。她从急救箱里找出药棉、纱布、酒精、剪刀，开始处理他并不严重但看起来血肉模糊的皮外伤。他显然是刚与人打了一架。他的侧脸很俊朗，若这里留下疤痕，多么可惜。

雨势愈加汹涌，门外积流成河，他们走到门廊下，她把伞递给他："伤口不能淋雨。"

他看了桑柔一眼，突然一弯腰把她背了起来，炽热体温瞬间淹没了清冷雨声，他说："你来打伞。"桑柔张了张口，说不出话来。

她一直把头埋得很低，费力举着伞，像在受刑。当他把她放在寝室楼门口时，笑了笑说："我叫江延。"而后转身跑进了雾蒙蒙的雨中。

桑柔想，若不是因他棱角分明的面庞，她会毫无医德地转身走开。对人群有洁癖并不适宜做医生，在填志愿的时候，她就知道。

"救死扶伤""悬壶济世""春风化雨""妙手回春"，有许多美好的词去形容这个高尚的职业，可是每每老师说起一口一口帮病人吸出感染处的脓血这种故事时，桑柔想的都是她永远也不会成为这种医生。

如果医生里面不出几个变态才不正常吧，桑柔看着解剖课老师拿着一根小腿骨当教鞭，在幻灯片上指来指去，叹了口气。

老师拿的是腓骨，敲了敲桌子说："快点默写，写不出来的就拆块骨头给我当教鞭。"

大家匆匆埋头默写能够记住的骨骼名称，206块骨骼，桑柔每每想起来，就觉得自己的身体有一种被拆解的疼痛感。她比较喜欢泪骨、豌豆骨和月骨，因为比胸骨、尺骨、枕骨听起来要温柔得多。

她飞快地写完，交给老师，然后抱起一旁的骨骼模型，低着头往外走去。她一直习惯低着头走路，好像不看着路，随时都会摔倒一样。余光掠过水磨石地面上一双白球鞋，磨损的牛仔裤脚收拢在脚踝，一个声音在背后响起："桑柔。"

桑柔诧异地转过身。白球鞋、牛仔裤、格子衬衫，还有瘀青的眼角，江延挥了挥手里的果丹皮，露出一个调皮的笑容。

"还没有学到活体解剖。"桑柔转过身，抱着那具骨架继续往前走，穿行在推搡的学生中间，有一种怪异的喜剧感。

江延追了上来："为什么你要抱着这么个……骷髅……"

桑柔想起了第一堂解剖课，老师脸上的诡谲笑容在白炽灯下看起来有点人面兽心。他说："学医的人别的不要求，胆子大是必须的，你们有谁一进到这里就害怕吗？"于是，只有桑柔细弱的手臂从角落里举了起来。

就这样，她成了解剖课课代表。不知道以后是不是还要抱着尸体来来回回。对生与死的恐惧就在这样的拥抱里渐渐被抹杀。

面对桑柔的沉默，江延只是笑了笑，就像那一日雨中告别，在桑柔眼中，总显得有些意味深长。

正午的阳光被水蓝色窗帘遮挡在小仓库外，不大的空间里，存放着许多骨骼和器官的模型，还有硬化的标本。桑柔把骨架放置在角落，那里还有一具逼真的肌肉结构模型。她回过头来对江延说“你有事吗”，江延似乎吓了一跳，往后趔趄了一步。似乎这一转脸，她已经撕下了人皮。

“有事？”桑柔又问了一遍。

“没有……有……你不用帮病人复诊吗？”

桑柔认真看了他一眼，伸出手：“先挂号。”

江延把果丹皮放在了她的手上：“有备无患。”

桑柔把果丹皮放进书桌抽屉里时，想起他利落的脸庞，有些许疑惑。后来，抽屉里放满了果丹皮，因为一周两次的解剖课，江延都会拿着纸巾和桑柔并不喜欢的这种山楂制品等在门口，只是桑柔却从未吐过。

第一次从福尔马林池里捞出尸体标本时，许多男生转身就狂吐不止，女生捏住鼻子，而桑柔咽了口唾沫，胃部几乎静止，没有蠕动，没有痉挛，没有反胃。也许，她不是没有感觉，只是面对尸体面部覆盖的白布时，她的大脑空白了很久，很久。

她看着老师娴熟地打开腹部，取出器官，讲解完毕又放回去，还感叹着，现在尸体紧缺，我当年有幸解剖过新鲜尸体，你们现在是没机会了。

四个男生又用铁钩把尸体放回福尔马林池里，面朝下，桑柔突然觉得它很孤单。日复一日，年复一年，孤独地浸泡在药物里，孤独地在这间实验室里，被灵魂彻底抛弃了。

她说你看我从来都不吐，他说可是你脸色不太好。

她想了想说："我觉得世界上最孤单的应该是尸体。和尸体比起来，谁也没有资格说自己孤独寂寞冷。我有点同情他们，所以，不会恶心了。"

轮到江延的脸色有点发白了，他还是把果丹皮塞给了她："没关系，只要你知道，如果有万一，还有我在就可以了。"

桑柔说你矫情得可以去写小说了。他说："你怎么知道，我正有此意。我想写一部以医学系为背景的惊悚小说，女主角可以是你，男主角必须是我。"

"写小说叫作不务正业吧。"桑柔白了他一眼，"我帮你借别人的照片来看，更直观。"

"我只想听你说。"

桑柔从不在课堂上拍照，但是每一个细节，她都清楚地记得，有时做梦，会梦见一群没有内脏的青蛙在大合唱。

于是她给他说怎样用针戳进青蛙的颈部，搅一搅就破坏了它的中枢神经，之后就可以钉在案板上："生物电试验是技术活儿，要在短短数秒之内剖开青蛙，取出心脏，放进培养液里，这样你就会看到一颗心脏在离开了它的寄主之后，依然还会跳动。"

她也会给他说怎样处理试验用的小白鼠："一只手捏住脖子后面，另一只手拉住尾巴，然后往两边用力一拉，小白鼠就死了。"

她说："不如我带你去看看特殊标本吧，都在玻璃瓶子里，有双头婴、畸形心脏，一般是梨形或者靴形……”

当然江延从没有去看过那些因为独特而显得孤独的标本，只是在她琐琐碎碎的讲述中，他渐渐明白她所说的那种孤单。那种褪去了生命活力与色彩的孤单，那种剔骨除肉，只剩下真相的孤单。

医学院有自己的小型饲养场，喂养用于实验与课程的动物。这里每天晚上六点准时犬吠，乌鸦从四合小院里呼啦啦散开。同学间流传着这里的诡异传说，传到江延耳朵里，带着新闻生的好奇心，他潜入四合小院，掐着表，捕捉瞬息的变化。结果，在突然爆发的犬吠里，他看到桑柔抱着狗粮出现了。

“你喂它们久了，会有感情，会下不去手做实验。”

“如果你是它们，你不会觉得活着的每一天都是折磨吗？同伴一个一个消失，不知道自己什么时候也会消失。吃的是残羹冷炙，还要为人类的生命健康负责。”她寄放了狗粮在饲养员那里，每天准时来喂，周末若是回家，会带肉回来。狗狗们已经有了习惯，知道她什么时候会来。

后来，江延就同她一起来喂狗，周末也从家里带许许多多的食物来。

实践课教授带着十几只狗和全班同学去一处军医研究基地时，桑柔蹲在厕所里哭，班长一个又一个电话催她，她才慢慢吞吞低着头上车，结果却看见江延坐在大巴最后一排冲她挥手。

同学都知道江延对桑柔的穷追不舍，也都知道他美其名曰给校刊写医学系专题，实则打的是什么主意。

他特意为她空出了靠窗的位子。她坐进去，别过脸去看窗外，双手握在一起，一路上一语不发。江延带来的零食也都给全班人分掉了。

抵达军营，十几只狗被年轻士兵牵去实验室。现场有点混乱，趁乱桑柔就躲开了，坐在光秃秃的训练场发呆。

江延来到她身边坐下，递给她一瓶矿泉水："今天做什么实验？"

"药理实验，一种麻醉剂……"

"那伤害应该不大，狗狗们睡一觉就会好了吧。"

"用于实验的动物都是要处理掉的。你听说过职业试药人吗？和这些狗的作用差不多，唯一不同的是，他们不能把人也处理掉。"

"江延……"桑柔顿了一下，继续说道，"你知道世界上最可怕的事情是什么吗？"

"是什么？"

"是像那些狗一样，一直到死去，都不知道自己的处境。"

"也许因为不知，所以少了很多恐惧与悲伤，就像善意的谎言。"

"从来就没有什么善意的谎言，谎言就是谎言。"

江延沉默了很长时间，而后转过头，认真地说："我想让你，快乐一点。"

那一天实验结束，小战士们偷偷找到老师，想把那些处理掉的狗留下来，吃一顿狗肉，调剂一下老干妈拌饭的日常生活。

第二天她照常去给狗喂食。江延说："我对昨天的事件做了一下电话跟踪回访，你想听听有趣的事情吗？"

"什么事？"

"不知道是不是给狗用的麻醉剂过量了，吃完狗肉当天晚上，有两个小战士躺在床上动不了，还有几个人出现腹泻症状，其他人也都觉得身体不舒服。是被间接麻醉了吧。”

是心理作用吧，桑柔没忍住还是笑了。

“既然笑了，那么答应我一件事情，我们周五晚上去看电影。”

桑柔不知道，这算不算一段通俗爱情的开始，还是从她遇到他的那一天，就已经开始。周五晚上，她穿着风衣，裹着围巾在商场等他的时候，有一些迷惑。江延就好像是故意对她写了满脸的冷漠视而不见一般硬生生地闯进了她的世界。

灯火亮起的深秋夜晚，人群熙攘涌动，置身其中等待一个人的感觉，不那么真实。

所以，过了约定时间半个小时，江延没有出现，桑柔反而觉得，好像就不应该有什么人会出现。

手机无人应答，又等了半个小时，桑柔坐了公交回家。坐在小区的路灯下，接到了江延的电话，他说："对不起桑柔，真的对不起，家里突然有事情，有人在医院抢救，我来不及告诉你。"

医院……抢救……桑柔的眼前闪过一些错乱的画面，红色的灯、白色的床单、匆忙的背影，她站起身来，腿有一点发软，差一点跌倒。

后来江延没再提过那晚的事情，作为补偿，他找到了一个看电影的好去处。学校附近的一家咖啡厅，有一个小型放映室，每晚十点开始连续放映电影，会员可以约片。桑柔说我想看*Before Sunset*，去了之后变成《初恋五十次》；桑柔说我想看《迷失东京》，去了之后变成《马达加斯加》；桑柔说我想看《浓情巧克力》，去了之后变成《查理和巧克力工厂》。桑柔说："我想看《碧海蓝天》，但我知道最后会是《海底总动员》。"

电影会一直放映到凌晨四点，有时碰到无聊片子，桑柔喝了一半的咖啡放在手边，就靠着江延睡着了，醒来时，搁在原木小桌上的双腿会麻木得无法动弹。

有时也会有短途旅行，去苏州、杭州、上海，那些旅途留给桑柔的记忆，都是大片大片的阳光、颠簸的长途车和乘客熟睡后的呼吸，还有镜头背后江延的笑脸。每次照相，江延都会说桑柔你再笑一点，再笑一点，然后自己的嘴角都快咧到耳边去了。

他们总是笑得很多，说得很少。

就好像他总明白，她喜欢绝对的安静，讨厌嘈杂的废话，这会让她生病。

也许那一次，是因为她本来就发烧了，突然烧到39摄氏度，裹着被子蜷缩在床上，可是寝室的姑娘们在八卦隔壁寝室女生抢了闺密男友在食堂被泼热豆浆这种事情，兴奋得嗑瓜子的速度都加快了。惊呼、感叹、低语、高声，桑柔用力捂住耳朵觉得脑袋快要被这些声音撑破了。

她勉强起床去厕所，室友看她有点萎靡不振，纷纷关心，"桑柔你怎么了？""哪里不舒服啊？""去医院看看啊。""吃点药啊。"

这些七嘴八舌的关切，反让她觉得更加头痛了。她张了张口，想说只要你们不说话，我就没事了。但她忍住了，因为意识还不至于如此糊涂，知道自己这样想，真是可恶。她的脑袋嗡嗡作响，腿也失去支撑身体的力气，在手指触及门把手的瞬间，她突然失去了知觉。

在医院里醒过来的时候，她疑惑自己是不是出现了幻觉。

室友说她倒地的一刻她们以为她要把地板砸穿了：“一点都没有美感，破坏了我们对女生晕倒的幻想。”

是病毒感染引起的高烧，还伴有扁桃体的炎症，抗病毒的药物和消炎的药物需要轮流注入静脉，桑柔看着手背上的针头，仿佛能看到白细胞们发愁的样子——你到底是让我死还是不死?

室友给江延打电话，一直打不通，又打给他室友，说一早就出去了。

医生说最好是留院观察一晚上，如果病情有缓解，就不用做进一步化验了。但桑柔无论如何也不愿意，坚持要回家。回到家自然是被妈妈数落了一通。她不时看看手机，一夜都没有江延的消息。

第二天他才打来电话，询问她的病情，道歉很久，说家里突然有事回家了，不知道她生病。

敲门声响起的时候，她以为是江延突然袭击来看她，结果却是送花的快递员。妈妈把一大捧百合花和一兜水果接进来的时候说：“男朋友不好乱交，家里背景干干净净最要紧的。”

桑柔在家里躺了一个星期，看着床头的百合一点点开败，收着江延一条条短信，心里有一点说不出的索然无味。就好像是隔着一条奔腾的河流，他们所有的话语与喊叫，都被哗哗的流水声淹没成一去不复返的寂静。

回学校的那天，江延在车站接她，上上下下打量她，好像有很多话要说，却一句也没有说出来。

他说你快回寝室放东西，我带你去吃大餐，弥补我作为男朋友的疏忽。桑柔答应着跑进楼道，与捧着饭盒去打饭的同学撞个正着：“桑柔你回来啦？上周我去机场送我哥，看到江延在机场，后来看你人不见了，以为是送你呢。”

桑柔笑着点点头就擦身过去，还是禁不住回头看了一眼等在公寓门口，阳光下低头看手机的江延，那种看着盛开花朵一点点枯萎的心情又慢慢攀升起来。

可是一直也相安无事。好像类似的事情没有再出现，他们渐渐成了校园里最稳定的一对情侣。只是在毕业的当口，他说，桑柔，我要去北京，是知名的广告公司，给我两年时间，我给你最好的未来。

她从他离开的背影里，看到了某种长久等待之后的突然爆发。正是南京最热的时候，热到整个人在玄武湖边快要融化掉，她就枯坐在太阳下，好像不是舍不得，也不是舍得。应该让他走，她就是这么想的，没有什么大义凛然，也没有温柔缱绻。

江延离开后，桑柔就投入到了实习中，在当地一家很大的医院，每天戴着口罩，跟在医生后面来来去去。唯一的价值好像只有在妈妈被问起女儿在哪里工作时，赢得一片艳羡目光：以后看病不愁，医院就是要有人才好，看得远，好福气。

好福气，不代表就会快乐。桑柔一直觉得自己不快乐，虽然江延每天都会给她打电话，发短信，说好玩的事情，说同事的八卦，有新的电影，也会约同一个时间去看，但是，她总觉得自己辜负了他的期待，并没有如他所愿快乐起来。

每天，她走进医院，彻夜挂号的队伍都排出了挂号大厅十几来。她总觉得病人的眼神是最深沉的，杂糅了所有最极端的情绪，于是整张脸都显得沉默。而这沉默，在医生的眼睛里，司空见惯，像弥漫的消毒水一样，无孔不入，待到每一个毛孔都被浸透了，也就理所当然视而不见了。

第一次观摩阑尾手术，导师对她很有信心，但是下了手术台，她冲进厕所吐得昏天黑地。没有果丹皮、没有酸橘子、没有清水，也没有江延。

第二次，是剖腹产手术，她没有吐，但是整天吃不下饭，做噩梦醒来，发起高烧。

导师们为此头痛，于是安排她给病人拆线。她闭上眼睛用力把线拉出来时，自己“哇”的一声大哭起来，像个害怕打针的孩子，反要让病人安慰起她来。

她能清楚背出术前准备的流程，如何洗手，洗多少遍，如何消毒，如何穿衣，如何调度，可是，急救灯一亮，她就会不由自主躲起来。

她的基本功很好，独立诊断也非常准确，治疗合理，但是，没有办法目睹血肉模糊的伤口，无法做手术，她就永远是个残疾的医生。

她同情来到这里的每一个人，却无法治疗他们。如果她能够治疗他们，那么，她也就有了一双和其他医生一样的眼睛。在那双眼睛里，只有活动的标本，生与死，并没有多少区别。如果一个人的心里，对生死的恐惧都没有了，该如何活着呢?

后来，她发现自己有了轻微的厌食症，每天只吃一顿饭，或者偶尔不吃，也没有饥饿感，与同事聚餐，吞咽肉类会反胃。不到一年的时间里，她瘦下去十五斤。江延每次视频看到她，都唏嘘不已，说对不起桑柔，我不该丢下你一个人，来我这里吧，让我把你养得白白胖胖。

桑柔说你怎么总喜欢和我说对不起呢。

也许该说对不起的是自己。书桌上堆满了从本科到研究生的医学书籍，要如何证明自己根本就走不了这条行医路呢？

于是，就奔着那样一个白白胖胖的目标，桑柔离开了南京。也许是她瘦得太夸张，所以妈妈没有一句阻挠，还是同样的一句话，男朋友要自己擦亮眼睛看。

也许，在外人看来，她的妈妈应当比其他的母亲更溺爱孩子，更舍不得她，更希望她留在身边，但她一直是沿着恰恰相反的轨迹成长起来的。妈妈从不给予她过多的感情干涉，早早教会她独立，心无依靠，就不怕突如其来的失去。

也许这注定是一场逃离而非奔赴。想念或许并不是心底最诚恳的声音。和切开一个人的肚皮相比，去北京并不算冒险。那里有一个爱她的人。

迎接她去北京的，是江延长久的拥抱。他丝毫不顾及川流人群，将她高高地抱起来。在南来北往的站台上，他说我们一起创造最好的未来，也许会是更美好的记忆。

但是仅仅三个月，那座北方的城市，变成了记忆。

除了每天去公司的路线之外，她还不太认得路，也没有去过故宫、长城、三里屯。周末江延更愿意抱着她在床上睡懒觉。

来时带的碎花雨伞，搁置一季，不见踪影。竟然会有从不下雨的城市，空气里榨不出一丝水汽，落叶都像脆弱的标本。开策划会时，组长说，这个楼盘和北京息息相关，你们好好想一想，北京是什么，什么才是北京。

于是桑柔在笔记本里画了一具干尸。

上下班要坐很久、很拥挤的地铁，幸而起讫都是终点站，可以占据座位，看书打发时间。三个月里，她看完了青山七惠的《碎片》、耶茨的《十一种孤独》、黑塞的《悉达多》、舒尔茨的《鳄鱼街》、史铁生的《病隙碎笔》。她会觉得作家的名字念起来，就像是作家，转而想到自己，桑柔，这顶多像个中医的名字吧，也许自己真应该做个诗人。

可惜她不是中医，也不是诗人，她要写许多口是心非的广告文案，编漫天不着边际的谎言，哄骗甲方的客户们。她知道江延的工作与自己并没有实质的不同，只是那个公司的名字听起来更光鲜，青年才俊们看起来更有前途。

天气一天天凉了下来，一天天更加干燥，桑柔的脾气也日渐暴躁。在公司做不出案子，与组长吵架，回到家里一身疲惫，与江延各自对着电脑相安无事。她有时躺在床上睡不着，眼前会出现烈日下光秃秃的稻田，一点一点龟裂开的景象。

终于，有了晚来的风雨，路上的伞开出花朵，她开始想念这黏稠的景致，想念拧不干的天与撑伞的南京姑娘。她关上电脑，说我不干了，就冲出写字楼，奔跑进雨中。

推开家门，她被满目玫瑰堵在玄关。江延浑身湿透，鲜艳花朵湿淋淋盛放，他说，纪念日。

他不会忘记任何重要的日子，尤其是把她背起就不再放下的那一天。

桑柔默默接过花朵，抱进浴室，散开来，一朵朵插进玻璃花瓶。她说过很多次，盛放的花朵转眼成一堆需要打扫的朽尸，就像目睹人生全过程一样残忍。可是他依然会一次次用花朵填满所有节日，他说表达爱太难，不能断绝这最好的方式。

也就是在那一天，她说我辞职了，也许不能适应北京，我想先回南京，再考虑到底想做怎样的工作。

江延的目光瞬间黯淡，却还是很快挂上笑容，揉了揉她的头发，抱起她放在柔软的沙发上："对不起桑柔，我太忙，都没有带你真正认识北京。你回去过十一，然后回来，我带你去十渡、去野长城、去北海、去锣鼓巷。"

桑柔抬起头，看着他认真的眼神，笑着点点头："你怎么又说对不起了。"

南京安魂曲

“后来，桑柔独自回家，开始写一部猜不到结局的小说，是这样吗？”Joey笑嘻嘻地问。

“大概就是这样吧。”桑柔深深吸了口气，那些沉闷的时光，历历在目又遥不可及，好像车窗外的秋日景象，一晃，就过去了。

这个故事，从鼓楼站，经过北极会堂，鸡鸣寺，四牌楼，大行宫北站，莫愁路，五台山，永庆巷，拉萨路，广州路，最后歇止于随家仓。

Joey朝四周望了望，说：“我想吃冰激凌。”

“可是现在应该吃午饭了。”

“可是我想吃冰激凌，我去买冰激凌，你等我。”

Joey说着抬脚就要走，却被桑柔一把扯住衣角：“医生告诉你，现在不可以吃冰激凌，我带你去吃饭。”

Joey像个被管束的孩子，耸了耸肩，默默跟在桑柔身后，走过不太笔直的道路，穿过看起来大同小异的一个个路口，最后停在一家不太起眼的店面前。她说："只有我才会带你来吃真正的南京味道。"

她说南京菜属于淮扬菜系，淹没在泱泱中华美食里，普通得不好意思说自己也有地方菜。所以，她只是想和他分享一些她生活里的味道。

Joey说我去过四川、广东、湖南，有太多不可思议的食物，唯一不太能接受的是火锅。

桑柔笑起来："许多筷子在一个锅里很可怕是吧。可是我在北京的川菜馆里，见过四个法国人，每人要了一盘辣子鸡，各自放在面前吃，我简直坐立不安，着急得要死。"

他们一面信口开河，一面点了两碗鸭血粉丝汤、糖芋苗、盐水鸭、砂锅狮子头、赤豆元宵。Joey好奇地看着菜单，说："活珠子是什么？"

桑柔想了想说："你这种慈善人士不需要知道这种东西。"

Joey放下菜单，并不追问，看了看优哉游哉吃着午饭的一桌桌客人，似乎很享受，而后他双手交叉放在桌上，看着桑柔说："那么我们来说说你的故事吧。"

桑柔倒了一杯菊花茶给他："是要写书评吗？"

"怎么说呢，作为小说，不够跌宕起伏，还要努力才能抓住读者的心。但是……"

但是，总是一切语言里，最微妙的转折词。

"但是……我觉得很有意思的是这个故事里，桑柔与江延的关系，他们是否真的相爱，我很怀疑。就像是你看到四盘辣子鸡的感觉一样，他们给我的，是这样的感觉。"Joey说得非常认真。

桑柔给自己倒茶的手颤了一下，将茶壶轻轻放下，有一点错愕。

“就像两个人一直在相互妥协。你不觉得这种人物关系很有意思吗？在她需要这个男人的时候，他莫名其妙地不见，没有吵架，也没有质问，更没有解释。我看过很多中国情侣为了很多小事吵架，他们说这叫作在乎对方，可是这两个人，太和谐了。”Joey努力组织着语言，就好像真的是在与桑柔探讨两个虚拟人物的关系一样。

桑柔不自觉地点起一根烟。她是在医院实习的时候学会的抽烟，那时，她尝试过许许多多的方式来排遣压力，吃零食，喝酒，听音乐，半夜看恐怖片，最后，只有在医院后面的废弃空地上，用力抽上一根烟，才能觉得这一天终于过去了。

“汉语里有许多形容美好爱情的词语，如‘琴瑟和鸣’‘举案齐眉’‘相敬如宾’。都是和谐社会，你好我好。”

“你写给我看。”Joey掏出随身的笔记本和纯黑钢笔递给她。

桑柔一笔一画把那些词语写下来，突然觉得有点寡味。

Joey托着下巴研究了一会儿，说道：“‘琴瑟和鸣’的意思很好，就是很聊得来，有很多话说，可是桑柔与江延没有。他们好像都有很多话要说。‘举案齐眉’是指行动一致吧，可是江延很迁就桑柔，桑柔却没有积极要留在江延身边，爱情有时候是要有一点强迫，一点冲突。‘相敬如宾’，他们好像是这个样子，可是我不喜欢这个词，不喜欢，要随便一点。”

Joey说得一字一顿，棕色的浓眉微微蹙在一起，桑柔顾不上感叹这个家伙望文生义的功夫到底有多好，心里涌起的是一团团的白色雾气，就像白瓷杯子里冒上来的热气。

“他们不是爱情，只是在一起而已。”这是Joey最终的定论。

“你不懂。也许有的人本来就没有那么激烈的感情，所以只能这样亦步亦趋，平平淡淡。”

“不不不，如果有件事情是你真的想做的，有个人是你真的想要的，你的激情就会跑出来帮助你。”

桑柔还想说些什么，菜却适时端上桌，在饿着肚子的时候讨论爱情有点奢侈，她用开水烫了烫勺子递给他：“尝尝看。”

Joey的吃相特别狼吞虎咽，把桑柔吓到，他吃饭的样子像某种兽类在进食，连看的人也会跟着心情轻松，胃口大开。

有时，桑柔觉得自己不领情的性格太坏，生病时不喜欢别人叮嘱吃药喝水，吃饭时也不喜欢别人劝她多吃照顾她夹菜，坐在角落和自己生闷气时讨厌所有表示关心的靠近，很多时候，她希望全世界都不要搭理自己才好。就像此刻面前的Joey，没有半句客气礼让，埋头吃得专心又幸福，这样她也会吃得很自在。

吃完饭回到车站去等车，Joey说“你等我一下”就转身跑开了，再回来的时候，手里有两支甜筒：“请问医生，饭后甜点可以吗？你挑一个。”

回程的车上，他们商量了接下来几天的去处，Joey说我想看看总统府，去秦淮河看美女，还要看一看你生活中常常去的地方。

桑柔说这座城市的每一块砖都有历史的伤痕，每一片瓦都有款款的故事，看也看不完。

江延照例在晚上九点打来电话，问她都做了什么，她说重操旧业，继续做导游。

“看来你心情不错。”江延淡淡地说，从她的语气里听出了难得的轻快，“如果是因为我而心情不错就更好了。早点休息，不要太累。”

把电话搁在枕边，桑柔想起白天里Joey认真的目光，他说：“他们之间是否是真的爱情，我很怀疑。”“我很怀疑”“妥协”“迁就”“和谐”，这些词语在桑柔的脑袋里打转，她从来没有去思考过什么是爱情，也从来没有总结过爱一个人应当如何，在她的生活里，一切都只是顺理成章，不需要努力，只要顺应。

接下来的几天，桑柔与Joey都是在鼓楼的车站碰面，然后去往不同目的地，从明孝陵到雨花台；从中山陵到总统府；从明城墙到中华门；从栖霞山到鸡鸣寺；从玄武湖到乌衣巷。她说你在美国永远也找不到这样一座有着丰盛记忆的城市，在中国也没有另外一座，即使是北京。

Joey说：“你知道你脸上的表情吗，像南非的金矿主。”

去南京大屠杀纪念馆的那一天，下了雨。因为是十一，所以天气没能影响游人的熙攘。许许多多的观光客穿雨衣、撑伞，纷纷融化进烟灰色的背景里。

Joey沉默地看着那面镌刻300000数字的墙壁，握着伞柄的宽大右手，手背有微微突起的青筋。

雨没有停下来的迹象，冲刷树木、道路、建筑与行人。街灯、车辆的尾灯、橱窗里的霓虹，闪烁着繁华的沉默。Joey拉起帽子，把伞偏向桑柔一边，坐进商场里的星巴克时，他的身子已经湿了一半。

Joey往拿铁里又加了很多糖，仿佛是自言自语：“我来中国之前，觉得中国人很需要帮忙，很辛苦，但是来了之后，觉得好像不是这样。”

“有时候，真觉得你们这些美国佬天真得可爱。”桑柔笑起来，“我们不需要救世主，我们就埋头过自己的小日子，你看看我们几千年的历史，勤劳的中国人才不管明天谁当皇帝，照样一代代活下去，这叫大智慧。”

“呃……”Joey一时有点口讷，只能喝了口咖啡，“中国的女孩子不是都应该很温柔吗？你一点也不温柔。”

“在中国没有温柔的女医生。”桑柔喝了口咖啡，转脸看向傍晚的街道，想起在北京的傍晚，她提前下班，去找江延，坐在公司楼下的咖啡厅，会有一种不知道自己是谁的感觉。她突然说道：“古诗词里，写南京的最多，你知道我最喜欢的是哪一首吗？”

话一出口，她才觉得，这个问题对面前的美国男人来说，根本就没有意义。可是他却很认真地思考了一下说：“商女不知亡国恨，隔江犹唱后庭花？”

“我真要怀疑你是间谍了……”

“我们每个月都有中文考试的，文言文也要会读，我很有文化的。”

“好吧，文化人，你知道辛弃疾吗？”

Joey摇摇头：“他的名字，和你的一样，饶舌……”

“落日楼头，断鸿声里，江南游子。把吴钩看了，栏杆拍遍，无人会，登临意。倩何人唤取，红巾翠袖，揾英雄泪。”桑柔缓缓背出这些字句。曾经叫作建康的南京，已经是南朝旧事，都随水东流。她说：“这是我最喜欢的一首词，我觉得，我上辈子一定是个将军，一个打了败仗的将军，退守围困，死在这里，所以这辈子，生在这里。”

Joey托着下巴，饶有兴味地看着她笑：“我觉得，你真的，很有意思。”

雨淅淅沥沥地落到很晚，Joey把桑柔送到楼下：“家人都在等你回家吧？”

桑柔的脸隐在漆黑夜色里，她抬起头，看了看五楼的窗口，有微弱灯光，那是她的家。

他们约好第二天的行程，Joey拍拍胸口说：“我是护花使者，明天我在这里接你，我已经认得路。”

这天晚上，江延没有打来电话，只是很晚发来一条短信，那时桑柔早已睡着，睡梦安稳妥帖，次日早晨醒来，才看到短信。他说觉得很累，因为短暂假期就要结束了，并且很难得对她说，好好享受悠闲时光。

悠闲时光。她好像一直都很悠闲。好像从人生的某一刻开始，大把大把的时光都变得不再有意义，是怎样存在过的，又是怎样过去的，倏忽一下，全都不知道了。

“你喜欢闲着，还是忙起来？”在去孤儿院的路上，桑柔问Joey。

“闲的时候也要很忙，越是属于自己的时间，越要忙。”

“也许你有很多热情、很多好奇、很多计划，所以你会那么忙碌而充实。可是我却没有，每当想起人会死、会失去，感情显得那么多余，一切都会改变，我就会觉得，我已经了解了活着应当了解的一切。”桑柔的声音非常细微，像是只说给自己听。

Joey却听到了，他笑了笑说：“想要拥抱别人，只有先温暖自己。”

他提出要去看看孤儿院、老人院，这也是桑柔第一次去这样的地方。Joey拍了很多照片，认真做了笔记。可是最令桑柔震惊的是，除了罹患先天疾病的男孩外，被无故丢弃的，无一例外是女孩。她对Joey说：“我以为重男轻女在中国，早已经成为历史。”

他说这个世界上有种种你根本想不到的残酷与落后，不是由政治造成的，也不是由经济造成的，可能也不是由教育造成的。

可是见过这么多常人不会见到的残酷，你怎么会不对生命充满幻灭感。这句话，桑柔没有说出口。她只是站在秋日阳光里，静静地看他与幼小的孩子们和睦相处，从双肩背包里拿出糖果与牛奶分给他们，让他们随便摸他浅棕色的头发与高高的鼻子，以满足天真孩童对异类的好奇心。

他们以后都会长成怎样的人呢。是好人，还是坏人？是快乐，还是不快乐？他们会不会因为思考我从哪里来，为什么独自在这里而成为哲学家？桑柔看着他们，有白化症幼童，有先天残疾的孩子，也有看起来像男孩一样黑黑瘦瘦的女孩子，他们跑来跑去，打来打去，可是，他们的心里到底在想些什么呢？她想知道。

Joey看起来对一切都兴致勃勃，同她一起走被她重复过无数遍的上学路，从小学一直走到大学，她常去的奶茶店、小饭馆与迟到时抄的近路。他说：“你放学都会和朋友去哪里玩呢？”

于是，她把他带去了水族馆。她说：“我没有朋友，也不和别人一起玩，我的生活很单调，我只知道我要好好学习，好好读书，规规矩矩过完一辈子，做个优秀而安全的人。有时放了学就会来。因为看到水底有生命，有神奇的世界，会觉得开心。看这些不会发出声音的小鱼，以为自己也同样在水底。”

这里，是她唯一安静而快乐的回忆。

Joey掏出本子来飞快地画了一条热带鱼，说：“这是你。”

“那么你呢？”

Joey张开双臂：“海洋。”

桑柔愣了很久，有父母带着孩子嬉笑着跑过幽暗海底走廊，Joey的笑容就像是深海里的微光，让她想伸手摸一摸他的脸庞，像那些孤儿院的孩子一样。

夜晚，他们坐在秦淮河河边喝酒。两岸霓虹阑珊都变得杳远，只剩下水声起起伏伏擦过耳边。桑柔摸出一根烟放进嘴里，Joey把手伸进她的口袋，摸出那只打火机为她点燃。他说：“我最喜欢家里的壁炉，喜欢会燃烧的物体，因为它有毁灭力，同时才有更大的创造力。不那么好，也不那么坏的，其实，都不够好。”

桑柔吐出一口烟：“明天是我爸爸的忌日。我从来没有去看过他。”

她说：“你知道吗，我眼睁睁地看着我爸跳进这河里，把我的童年变得和这座城市一样沉默而颓败。”她闭上眼睛，看到自己摔倒在河岸边，从那以后她走路时总会莫名其妙地重心不稳，摔得很难看。

Joey俯过身轻轻吻了吻她的额头，声音也如灯影桨声缓缓流长：“所以你的小说，忘记了交代最重要的人物背景。”

那是怎样的背景呢，对世界来说平淡无奇，对两个女人来说，世界已经不复存在。

用现在的话来说，小时候的桑柔是名副其实的富二代，爸爸的生意做得很大，在南京是有名的实业家；因为忙于赚钱，没有时间花的钱都花在了妻儿身上。13岁以前的桑柔，是活泼又骄傲的女孩子，学芭蕾、学油画、学英语口语，奥数和作文竞赛都拿很好的名次，在她可以选择之前，她就已经接受了这种方式，所以，别的孩子放了假扎堆疯闹时，她只能在自己的卧室里把自己埋在书堆里。同学对她友好，却不亲热，有时候她会觉得孤独，不知道有没有什么人会成为自己的好朋友，可以一起走在路上，说很多的话。但是她依然充实、快乐，因为她不快乐的时候，妈妈就会带她去旅行，别的孩子周末在游乐场心满意足时，她已经看过了最巍峨的山川、最繁华的城市。

爸爸妈妈说，好好读书，以后送你出国念大学。心在远处，就是那时候的桑柔。

只是进入初中后，她慢慢觉察到家里气氛的变化，爸爸总是回家很晚，喝很多酒。没有人对她说什么，可是她觉得妈妈笑得越来越少。

其实，她从来不知道倾家荡产是什么意思，也不知道生意失败究竟会意味着什么。有时候，妈妈会匆匆忙忙穿好衣服拽着她去外婆家，晚上再回来，家里碗盘碎一地，一片狼藉，爸爸只喝酒，不说话。

她不再上课外班，妈妈开始出去工作，夜晚她躺在自己柔软的床上，能够听到客厅传来激烈的争吵。

第一次觉得害怕，不是因为生活悄然改变，而是因为她什么也不知道。她不知道发生了什么，也不知道以后会如何，走在学校里，背后似乎也有纷纷议论。似乎所有人都知道她怎么了，唯独她自己不知道。

那是她唯一一次考试刚刚及格。老师忧心忡忡找她谈话，说："还有那么多穷困的孩子都能好好学习，你不应该被打垮。"

桑柔突然很气愤，气愤得开始发抖，撕掉卷子转身就跑，她要回家问妈妈，问清楚爸爸到底怎么了，我们家到底怎么了。

她一直在跑，一边跑，一边哭，却在熙攘街头，看到失魂落魄的爸爸，提着酒瓶，摇摇晃晃往秦淮河河边走。她有些茫然，不自觉地就跟了上去。于是，除了那个"扑通"一声坠入水里的背影，她再也没有看见过他睁开眼睛的样子。

铺天盖地的新闻报道，让整个南京城都恨不能津津乐道这一桩破产事件。桑柔休学了半年，然后转了学。

"好像都过去了，好像我一直只是和妈妈在一起，她工作供我读书，还是住在以前的老房子里，她从来不摆爸爸的遗像，我也从来没有去看过他。我之所以学医，也许是因为他被蒙上白布的那一刻，我恨医生，也恨他。"

"这些事情，你告诉过江延吗？"

桑柔摇了摇头："没有。也许越是亲近，越是难以启齿。或者，我是讨厌他学新闻吧，把别人的悲欢都变成不相干的人茶余饭后的谈资，我痛恨这种同情、嘲笑、怜悯和事不关己的样子。”

“明天我和你一起去看你爸爸吧。因为你把他看得太重，所以一直都不肯放过你可怜的爸爸。他不应该成为你对生活没有热情，对爱人冷漠，对自己严厉的理由，你把太多的事情怪到了他的身上，你要去道歉。”Joey说着，竟然露出了微笑。

而桑柔，竟然没有反感那个微笑，甚至觉得，伴随那个笑容而微微眯起的眼睛，流露出更多与夜晚一样杳深的东西。

他说：“如果你答应我，回到北京，有机会再见，我也会给你说一个普普通通的美国往事。”

秘密的入口

还是下雨了。

铅灰色的雨水、铅灰色的云朵，以及铅灰色的墓碑。桑柔脚下突然打滑，被Joey一把拉住。

出门的时候，妈妈坐在床边，戴着眼镜，在看今早的报纸。每年清明，妈妈会去一次墓地，从不询问桑柔是否要去。而忌日这一天，桑柔什么也不会做，什么也不会说。

有些事情，之所以选择不提起，并不是因为遗忘，而是因为记得太清楚。

桑柔下了很大的决心才在拉开家门的一刻，小声说："我去看爸爸。"

这个词，她很久很久没有念过了。

妈妈说"好，注意安全"，而后又"哗啦"翻了一页报纸。

她没有见过妈妈的泪水，也不知道她会同谁去说心中的苦恼，也许，她从未和任何人说起过。

所有支离破碎的记忆都像断线的水珠，落在伞面上，桑柔找了很久，才找到爸爸的墓碑。

Joey把怀中的白色菊花递给她，她接过来，说了声谢谢。

“好久不见。”桑柔弯下腰，把花束放在了墓碑前。虽然她知道，她的爸爸，早已经不在这里了。

没有福尔马林的浸泡，体液只会一点点排出体外，内脏衰竭，皮肤溃烂瓦解。

没有牵挂，灵魂也早就接受审判，轮回去了吧。她知道啊，他想要逃离的，就是今生今世的自己，不会流连徘徊。

如果他已在别处获得平庸却平安的人生，也许此时此刻，会突然觉得胸口一热吧。

她不知道每年清明，妈妈独自来扫墓的时候，会不会同黑白照片上的这个男人说话，可是她什么也不想说。

从他纵身扑入秦淮河的那一刻，她就明白了生命的真相。拥有的越多，失去得越彻底。钱财、感情、身边人。

学医，也许就是因为太怕死，好让这场奔赴死亡的马拉松能慢一点。

放弃做医生，也许就是害怕不再怕死。也许是因为太自私，并没有惠济众生的理想，唯一想保护的，也许只是自己和妈妈。虽然妈妈一直用推开的方式在养育她，好像这样就算随时死掉，也不会再给她沉重打击。

她说：“一个男人，这样的死亡，不可能原谅。”

“也许因为他，你才会有自己都不知道的坚强。这样说也许残忍，但是你的人生，也许会比原来更好。但我同意你。不能原谅。如果是我，也不会原谅。”走出墓地时，雨停了，Joey这样说。

他背着来时的那只登山包，踏着硕大登山靴，在空旷雨天里，很是显眼。不知道为什么，她总是觉得他很显眼。

她说谢谢你，没想到你是今天的火车，为什么不坐飞机呢?

但是话一出口，她就已经知道他的答案，因为全世界的飞机大同小异，火车却千差万别，他像个顽皮大男孩，所以不会放过火车这种大玩具。

他伸手掸了掸头发上的雨珠：“没关系的，我这就去车站了。”

“我送你吧。”

“不用。雨这么大，让你送是不绅士的。回北京记得给我打电话。如果你还想听听世界别处的故事的话。”他抬起右手在耳边比画了一个电话的手势。

在萧索马路上，终于拦到了一辆出租车，Joey把伞推给桑柔，匆匆钻进后座。

透过被雨水模糊的车窗，他用力朝她挥手：“北京见！”

“北京见。”

垂下手来，默默在路边站了许久，她真的，很想和那个随着出租车远去的男人，认真说一声谢谢。这几天里，她说过的话，好像比许多年里说过的都要多。

慢慢踱回去的路上，她给江延打去电话，打了两个都被挂断，发来短信说在开会。

不知道这些天的假期他又是怎么度过的，好像除了宅在家里，他也没有去其他地方。会不会无聊呢。

等她回到家，Joey也上了火车，他说回去的火车没那么有意思，因为没有你。

桑柔放下手机笑了，长到这么大，这是第一次，有人说自己是个有意思的人。

她想如果江延打电话来，她一定也要问问他，在他眼里，自己有意思吗？

可是江延的电话很晚才打来，压低了声音，说还在公司加班，全组人在赶一个加急的项目策划，随后又匆匆挂断了。

放下电话，桑柔才轻轻“哦”了一声。

之后的几天里，江延都是很晚才打一个电话来，说不了两句就挂断。

桑柔有些担心，终于问他，是不是碰到什么棘手的事情，江延只是笑说工作太忙，压力太大，安慰她不要多想，好好在家里，多陪陪家人，为自己打算打算。只是从他的笑声里，桑柔还是听出了疲惫。

“怎么最近他很忙啊？不见你们打电话。”逛超市的时候，妈妈突然问道。

“谁啊？”桑柔从冷柜里挑酸奶，一时没反应过来。

“那个……是叫江延的？”

“他哦。”桑柔顿了一下，即使她要去北京投奔他，妈妈都没有多问过关于他的任何问题，“他是很忙，接的都是大案子。”

“你也没有见过他家人？”

"没有啊……"

"男孩子，要懂点道理，有些规矩也是要做到的。见他家人之前，要先让我看一眼。他没有主动提过吗？"

"你当我们大龄恨嫁的啊？"桑柔漫不经心地扔了两盒芦荟酸奶在购物车里。

妈妈白了她一眼："男孩子总要主动一点。"

"知道啦。"桑柔答应着，又去看火腿、乳酪。

只是，桑柔因此想到江延的态度，暗自揣测他可能也没有一个幸福美满的家庭，所以才那么想要一个那么不一样的未来。

于是那天晚上，她和江延通话，半开玩笑地说："我妈已经催我带男朋友给她过目了，你还是打算躲在北京，再也不回来吗？"

江延仿佛愣了一下，连忙问道："阿姨是认真的吗？"

这一问，反倒让桑柔不知道如何说下去了："也许……我妈妈会觉得，两家人见过面，再一起去北京会更好吧。"

桑柔也不知道为什么，就是突然想要这么说。

"……"

"……"

于是电话两端，一同沉默了下来。

桑柔的心里，有一点懊恼，分明并没有多想把彼此拉进家庭中来，却因为三两句玩笑，气氛瞬间就发生了变化，两个人，都不知道要说什么好。

于是，就继续沉默。

"桑柔……"江延嗫嚅了一下开了口，"我……是有打算的。

我希望是一个特别有说服力的我和你一起站在你的家人面前，让他们能够放心把你交给我。也许，是我自己，还没有足够的底气。”

桑柔在床上翻了个身，把被子又裹紧了一点：“那些话是我逗你的，我都明白的。”

这么多年，江延待自己的好，她怎么能不明白呢。

忽而又想到Joey的样子，他说“你们只是在一起而已”。他说一个人对另一个人的好，并不是爱情的全部。

最近江延也没有像她刚回家时那样，每天问她什么时候回北京，有没有心仪的工作。每次通话，他都让她好好在网上看一看、挑一挑，并且增加了代他向家人问好的一项。

他从来只说家人，所以好几次桑柔想告诉他，其实爸爸很早就去世了，结果都不知道该怎样说出口。

反而是妈妈对她赖在家里不走的样子表现得更着急：“你这是要奔着半个月不上班？”

“不是呀。”桑柔连忙最小化了求职网站，转过身趴在椅背上，“我连着年假一起请了。多过两天再回去。”

“你学医，就算是名牌大学，做广告也没有优势的，还不知道要努力一点。”妈妈坐在她身后的小床上叠刚收进来的衣服。

这张床，从她六岁开始，一直睡到现在，已经有一点塌陷下去。

那个年代的商人，脑袋里大多没有挥霍的概念，吃穿用度住宅都很普通，更不会拿钱去给孩子炫富拼爹，房子漏雨了修修屋顶，水管裂了自己紧紧，所以这个家，从她降生之前，到她长大之后，几乎没有任何变化。

其实在她离开家的时候，突然有一种感觉，自始至终，这里，只是妈妈的家，她和爸爸，也许都只是过客。

如果说给妈妈听，又要被骂上两句作死了吧。

“知道了，知道了。你有多想赶我走。”她很怕妈妈和她唠叨工作态度一类的问题，这在上一辈人眼中是要上纲上线的大问题。

“别人家孩子巴不得过节都不要回来，你倒好，这样没出息。”

“是是是，我没出息。”桑柔吐了吐舌头。

是挺没出息的吧，因为自己分明是个连真话都不敢说的逃兵。

桑柔把妈妈催自己回北京的事情告诉江延，江延“嗯”了一声，似乎思考了一下什么，而后说道：“你确定哪天回来告诉我，我去接你。”

“你最近不是都很忙？我认得路的。”

“你认得路和我要去接是两回事。记得告诉我。”

“可是工作的事情，我还没有想好。不知道自己可以做什么。突然一下觉得自己像是个废人。”

“如果N大医学系的高才生是废人的话，别人还要不要活了。”

桑柔笑起来：“所以说我不应该参与职场竞争才对吗？”

“工作回来以后也可以慢慢找，有我在，你什么都不用担心。”江延的语调充满遥远的温暖。

虽然他看不到，桑柔还是笑了笑：“那我买好票告诉你。”

“嗯，晚安了，我还要再加班。”

“嗯。晚安。”

又要回去了吗？桑柔又翻了个身，抱着被子，那么多人，都在为不知道什么模样的明天去努力，做着与自己的兴趣、专业毫不相干的工作，与喝了酒就会问候全家的同事、上司亲密合作，做贩卖体力、头脑或者良心的事情，换取生活需要的种种。

如果大家都可以，自己岂不是真的很像废物？

至少，写两篇烂文案，还不是那么残忍。

关掉手机，关掉台灯，她再次翻身，准备睡觉，才发现妈妈的卧室，也随即熄灯了。

是在等自己吧。桑柔想了想，突然爬起来，抱着枕头，跑进了妈妈的房间。她一直都觉得，这张双人床，显得太空荡荡。

她踢掉拖鞋，躺到妈妈旁边。“作死啊，不嫌热。”妈妈推了她一下。

“夏天都过去了，已经开始冷了。”

“瞎说。”

“妈妈，其实你也不想让我做医生的吧。”

“……”妈妈停了一会儿，才慢慢说道，“嗯。女孩子，太辛苦了。我最怕去医院，到处都是病菌。”

“那你为什么没有反对我学医？”

“我把你生下来，能把你养大，让你自食其力就可以了。过好过坏，是对是错，都是你自己的事情，和我没有关系的。”

“那我在北京混不好，流落街头你也不管？”

“不管。”

“真狠心。”

窗外有桂花树，深绿的枝叶，开出米黄色的细碎花粒，有挥霍不完的香气，整夜整夜不露痕迹地弥漫。深夜起了风，在桑柔模糊的梦里，秋天的风，吹落花瓣，和坚硬地面碰撞出静默而从容的声响。

第二天起来，拉开窗帘，发现临街的梧桐树，被吹落下一层厚厚的黄叶。桑柔翻出了薄薄的线衣套在身上。

妈妈说："外面还有人穿短袖，阳光也出奇得好，你好不好这么夸张，穿什么毛衣。"

桑柔吐了吐舌头，穿上鞋子就出门去了，打算买返程票。

晴天的南京又有些不同，坐在公车上，她终于明白，故乡的美好，都是离开之后才能拥有的发现，与家人的感情，也大抵如是。

手机突然响起短促的提示音，是邮件。桑柔愣了一下，她已经忘记之前两封莫名其妙的邮件了，可是这个声音，却突然提醒她想起那些不愉快的东西。

已经半个月了，应该不是那种邮件了吧。桑柔这样对自己说，慢慢吞吞地掏出手机。

隐藏的地址突然让她有点无处爆发的绝望，究竟是谁这么无聊，接二连三。

"真不知道是该为你高兴，还是悲哀？不如我帮你回忆一下吧。你还记不记得你和江延在一起的时候，他失约过两次，一次是看电影，另一次是你生病，难道你一点都不想知道这两次，他都在哪里吗？"

桑柔的手微微一抖，差点没有拿稳手机。车窗外照射进来的阳光裹挟些微凉意，桑柔用力锁上屏幕，低下头，闭上眼睛，努力让自己的心不要跟着一起颤抖。

有些瞬间，人会感受到自身血管的流动，在某个突如其来的时刻，连血液的温度都清清楚楚。耳边有血液循环掀起的呼啸，绝不可能带来愉快的结果。

坐在代售点前的小广场上，她看着单调往复的喷泉，抽了一根烟，努力让自己冷静下来。

她仔细检索记忆，都找不出嫌疑人。

会是谁？显然是了解江延，也了解自己的人，或者，是比自己还要了解江延的人。究竟有怎样的事情，是自己不知道，却应该知道的？这封邮件带来的，不只是疑惑、困扰，对于桑柔来说，更多的是恐惧。

她买了次日的车票，放进钱包里时，头还有略微的晕眩。

她没有告诉江延自己已经买好了车票，路过出售熟食的店，想起江延说过，虽然不怎么想念南京，但是很想念味道正宗的盐水鸭。

在北京，川菜馆最受欢迎，想吃口水鸡容易，想吃盐水鸭确实有些困难。

桑柔买了一整只，让人切好，装在盒子里。回家冷藏在冰箱，到北京应该还不至于坏掉。

“怎么说买就买到明天的票？这么好买的？”妈妈拿起桌上的票看了一眼，又放了回去。

“不是你赶我走？舍不得？”桑柔收拾着衣服。

“年纪轻轻的，我想看你赖在家里好吃懒做吗？穿哪件衣服走？”

“没想好，先收拾看看。”

“多穿一点，北京要比这里冷得多。”

“那我把这个外套穿上车。”桑柔又从箱子里把一件帽衫扯了出来。

妈妈有点疑惑地看了看她：“是工作上有什么事情吗？”

“没有啊。”

“我怎么看你有点急匆匆的样子。”

“没有。”桑柔不愿意去想，她想飞快地收拾、飞快地做事，好在见到江延之前不要胡思乱想，“我去买点晚饭来吧，今晚别做了。”

也许是来自某种属于母女的默契，桑柔有点害怕被妈妈揣测，所以找借口躲了出去。

小区附近那条热气腾腾的小吃街，是她高中放学回家的必经之地，每每走到这里，空气突然变得流动而灼热，而她的心，只有在这里，好像才更贴近地面上一块一块的方砖。她喜欢这里，喜欢这里的食物、气味、叫卖与汗水。

秋天真的来了，只是她不会再刻意去踩脆薄的梧桐叶子，去听那细微的声响。

她想她会记住这些叶子的形状，因为在北方的那座城市里，没有粗壮的梧桐树，也没有这样湿淋淋的秋天。

美国往事

在成年人的世界里，对即将抵达的城市，会失去想象与期待，生活的面目会变得大同小异。走出车站，桑柔手里拎着盐水鸭，努力回忆小时候旅行的情景，现在胸腔里的那颗心脏，再也不会以那样的频率为大脑供血。

是朗朗的秋，天空高远，涂抹均匀蓝色，没有云朵，阳光似乎能够被一下吸入鼻翼，留下满满一鼻腔冰冷气味。

公交车经过钓鱼台外的银杏树林，薄薄的叶子一小朵一小朵平整铺就，许多年轻人在拍照。银杏叶的黄色很衬人，也很衬阳光。

桑柔仿佛做了一场梦，一个晃神，就又回到了公寓门前。

工作日的中午，江延不是奔波于地铁线之间跑业务，就是在茶水间吃盒饭，桑柔把行李箱夹在两腿间，从背包里摸索出钥匙，打开了门。

在她拖着行李箱，用弯曲脊背撞开大门的瞬间，客厅里传来桌椅杯盘碰撞的慌乱声。

桑柔回过身，发现满桌丰盛菜肴，江延略显尴尬不安地站起来，他的对面，坐着一个陌生女孩。头发浓密茂盛，连带着眉眼也一样漆黑突出，她穿一件洋红吊带背心，裹着披肩，像一团有色金属在空气中自燃出的火焰，很热烈，却没有温度。和江延的慌张不同，她只是从从容容地将目光抛向了门口。

她将桑柔上下打量一番，才慢吞吞站起来，伸出纤长右手："你好，程嘉黎。"浓眉下的桃花眼，笑出某种颇为无辜的锋利来。

三角形是最稳定的结构。桑柔脑子里突然冒出初中数学课的画面。一个稳定的三角，一个动弹不得的结构。

"你好，我，去收拾一下东西。"桑柔报以一个充满距离感的微笑，就把行李拖进了卧室，关上了门。

一双斑马纹棉拖鞋搁在床边的彩虹地毯上。床尾有折叠整齐的蕾丝睡裙。化妆包摆在梳妆台上，椅子上躺着一只Mulberry的棕色皮包，是桑柔喜欢的款式，但它属于客厅里那个不速之客。

在她有点手足无措，不知道该怎样放下背包，怎样再把自己的东西填充回这个房间时，江延紧跟着进来，并反手关上了房门。

他从背后将桑柔圈住，蜻蜓点水般吻了吻她隐藏在黑发里的耳垂："嘉黎刚回国，从英国回来，在北京的朋友只有我一个人，我们算是发小吧，所以我……最近一直在陪她找房子，她只是暂时先住在这里。她其实过得也很可怜，我不可能赶她去住酒店……我怕你多想，所以没有告诉你。对不起，你别多想，相信我。"

"你还记不记得我说过，从来就没有什么善意的谎言，我只想知道自己的处境。"桑柔掰开了他的双臂，却没有转过身去面对他。

“对不起桑柔，我真的是不想引起任何误会。”

“那些邮件是她吗？是她吧。你知道的，对不对？”“对不起”那三个字令桑柔莫名地恼怒，她最讨厌的行为是道歉，最讨厌的词就是“对不起”。

“这中间有误会，等把她安顿下来，我再给你解释。”

桑柔没有再作声，转身去看他，从他忧虑的表情中读出了一阵阵的不安，忽而有些同情他。此时此刻，让他进退两难，实在没有什么意义。她说：“你先出去吧，我收拾点东西。”

程嘉黎沉着地坐在桌边吃饭，娴熟地剔着蟹肉：“还是河蟹好吃，海蟹一点儿也不香，是不是？”

江延回到桌边坐下，没有应声。

程嘉黎笑了一下：“你的手艺一点也没变。你是不是什么都没有告诉过她？”

“能不能不要这样？”江延看起来有些纠结。

说话间，桑柔推门出来，背了一个双肩背包，把那盒没来得及放下的盐水鸭放在了饭桌上：“这是我从南京带的，你们一起吃吧。”

“你不吃饭吗？”江延又站了起来。

桑柔一点也不想看到他这副坐立难安的样子，所以她说：“我今晚约了一个朋友，现在要出去。不好意思嘉黎，先失陪了。江延，照顾好客人。”

听到“客人”这个词，程嘉黎的笑容变得意味深长，她微微扬起眉毛，淡淡地说：“邮件的小游戏，你还喜欢吗？不好意思哦，我这个人比较喜欢捉弄人。”

江延的手不自觉攥紧了，桑柔看见了，她想他的手心一定沁出了细细密密的汗水来，他有情绪的时候就会这样。

而桑柔只是礼貌地挥挥手，离开了公寓，或者说，几乎是逃开了那个手榴弹一样被丢在自己和江延之间的程嘉黎。

不知道为什么，她的存在太过笃定，那种笃定让桑柔不想靠近。她的沉着，仿佛是成竹在胸的宣战。可是桑柔只想举起双手，听她宣读判决。而硝烟弥漫的过程，她只想留给江延独自处理。

漫无目的地走在路边，秋风从裸露的脖子灌进去，让人不断地打冷战。

桑柔想起那些晚间的电话，江延的支吾吞吐，每个人都有自己不得不解的难题，可是自己一点也不想同他一起去面对。

拿出手机，桑柔又翻出程嘉黎发来的邮件。她想无论她究竟是谁，无论她是失宠的红颜知己，念旧情的海归女，还是要发起争夺战的前女友，这些，都和自己没有任何的关系。没错，在这莫名其妙的插曲里，她的第一反应竟然不是要男友赶走那个所谓发小并将一切解释清楚，她竟然只是觉得麻烦，她的不快来自计划之外的麻烦，于是她按下了删除键。

她甚至也不急于去要答案，她知道自己想要的答案绝不是一问一答能够得到的。真相就像开膛破腹切下来的那颗肿瘤，再着急去问它是良性恶性都没有用，只能等，等那个病理切片的结果心平气和地摆在你面前。

所以，她心情不太好，但并不焦虑。

她说了谎，没有什么朋友。在南京，在北京，都一样。

如果是在南京，她可以去水族馆，可以坐环线公交，可以裹在被子里睡觉。

在北京，她关上一扇门后，发现自己根本无处可去。

午后一点半，街上行人依旧熙攘，餐厅门口依然有等位人群，商场的旋转门越转越快。闲人真多，最忙碌的城市，养着最多的闲人。桑柔扭头看见玻璃橱窗中自己的脸，才想起来自己也是让这个城市显得拥挤不堪的闲人之一。

电影院门口张贴巨幅海报，雅克·贝汉的《海洋》在公映。

终于有地方可以收留自己了。桑柔抱着一大杯冰可乐，坐进了空无一人的放映厅。

冷门的时间，冷门的片子，桑柔从第一排，一直挪到最后一排，研究不同位置的观影效果。最后她选择了倒数三排正中间的位置，把脚敲在了前座的椅背上。

当蓝色裹挟汹涌的海洋生命扑面而来，桑柔觉得海洋深处的洋流，在一点一点席卷过自己脆弱的经脉，与血液轰鸣共振。

越是恐惧，越是着迷，如同越是憎恨，越是情深；越是想忘记，越是刻骨铭心，那是她最抗拒的澎湃水流，那是她最欲罢不能的避难所。

她想起海底走廊的幽暗微光里，棕发碧眼的男人画下的热带鱼，以及张开的怀抱，他说：“这是你，我是海洋”。

海洋。世界上有很多的海洋。很多的水循环。喝下去的可乐，变成眼泪，留在电影结束的前一秒。

江延的短信不断刷屏，那些关切与道歉没有重点，唯一的有效信息是程嘉黎明天搬走。

明天的事情明天再说，眼下桑柔觉得很饿，路边有许多适合独自一人填饱肚子的选择，肯德基、吉野家、回转寿司，但是最终，她选择从书店买了一本《悉达多》，然后坐进了火锅店的四人台。

一盘嫩牛肉、一份菌菇拼盘、一份丸类组合，桑柔旁若无人地喝了一口赠送的酸梅汤，开始读起了黑塞。

好像这一刻，她终于明白为什么人在旅途上会有那么多艳遇，因为在与自己毫无瓜葛的地方做些变态的事情容易获得快感。

结束这顿饭，她想她一定给这里的服务员留下了一生都难以磨灭的印象，她们会口口相传，告诉每一个她们认识的人，曾经有一个跑到火锅店里独自看书吃鸳鸯锅的女神经病。

其实她只是有点无所事事，因为生活像交互的铁轨，被一只手轻轻一拉扳手，就改变了轨迹，她被强行拉上车，接受她并未准备好的旅途。

她最怕的失控，正发生在自己身上，所以，她只能选择变态反应。

江延终于按捺不住她的沉默，打来电话，她故作轻松说“明天我就回去”。

“你住在哪里？我……”

“让你赶她走有点为难吧，我看得出来。你放心，我，我去朋友那里。”

“你哪儿来的朋友？”

“我明天完好无损站在你面前就是了，江延，算我拜托你，现在，我只想一个人。”

“我明白了。注意安全。”

这倒错的一天像蹩脚的蒙太奇，转眼傍晚，天色沉落，她趴在过街天桥的栏杆上，喝一杯热奶茶，看着晚高峰的到来，听着一个喧腾夜晚的开始。

她把管子从纸杯里抽出来，放在脚边，轻轻一转，尖端指向十字路口的西边，于是她决定往西走，住进看到的第一家快捷酒店。

如果是江延，大概会使用各种地图与网络论坛，查询周围的住宿，进行性价比评估，可是在桑柔看来，除非是决定去死，否则没有什么决定需要考虑太多。

手机响起，桑柔蹙眉，正准备按掉却发现是Joey，她有点惊讶地接了起来。

“我只是想问问你有没有回北京，会不会忘了联系我。”Joey的中文在电话里听起来更加傻里傻气。

“我刚回来。”

“心情不太好？”

“有那么一点点。”

“终于和男朋友吵架了吗？恭喜你。”

“没有。”

“呃，看来没有好消息。你在外面？”

“无家可归。”

“那你要来和我一起吃晚饭吗？我正准备去吃晚饭。”

“如果我说好，会不会显得太没有眼色？”

“没有颜色？什么颜色？”

“……”桑柔扑哧一下笑了，“好吧，这种时候我是不是应该说，不了，不打扰你，改天约你，比较好？”

“不不不，你知道我要的答案是什么。”Joey的声音非常诚恳，且笃定。

这种笃定让她的眼前倏忽晃过了程嘉黎沉着精巧的脸。

Joey约的餐厅在三里屯，他把具体地址发到桑柔的手机上。桑柔一脸茫然地给司机看，师傅嘿嘿笑了一下：“这个点儿往三里屯去，姑娘可别说我宰外地人。”

透过灰蒙蒙的车窗，她觉得自己的脸色又疲累又难看，而她唯一能够做一点补救的，是一管带点颜色的唇膏，勉强能遮掩干裂苍白的嘴唇。

司机师傅在此起彼伏的喇叭和咒骂里抱怨了整整一路，主题是“外地人”。桑柔一点儿也没生气，她抿了抿嘴唇，把唇膏收回包里。她知道，司机们的喋喋不休，就如同她曾经下班后的一根烟，是一种自救。

出租车停在一家印度餐厅门口，Joey已经等在那里，在桑柔埋头摸钱包的时候，他已经拉开副驾驶的门，探进半个身子，越过桑柔，递上了车费。

他的身上还是好闻的松木香，松木配咖喱，走进餐厅，桑柔不自觉笑了。

Joey说这是他的食堂，一个人的时候总来吃，所以飞快就点好了餐，并且极力推荐芒果酸奶给桑柔。

“我在印度工作过三个月，有一个印度女人给我们做饭。她的丈夫死于宗教冲突，她很想供孩子们上大学，但是孩子们并不想学习。他们想用其他的方式赚钱，但是在印度，做生意并没有那么容易，他们和许多贫苦的人一样，过着贫穷、没有尽头的生活。他们也从不祈求神明能够帮助他们改变现世生活，他们都在祈祷来生。她的咖喱做得味道非常浓烈，我总是很想念那个味道。临走的时候，我们从她的小儿子那里买了很多粗糙的手工艺品，这其实根本没有什么帮助，只不过是泛滥的同情心。”

他说话的时候，修长手指有微小的手势，谈论回忆时，习惯性眉头紧蹙，眯起眼睛。

她知道他去过许多地方，看到过各种各样的不幸，她说：“你有没有想过，也许你们根本帮不了任何人。”

“如果你是以死亡为标杆衡量这一切，那么我承认你说得对。”Joey耸了耸肩，“我不是苦行僧，我也喜欢享受、美食、美酒和有趣的女孩子。”

菜很快上齐，他点了菠菜奶酪咖喱、玛沙拉鸡、烩羊肉，还有印度黄饭。每个盘子里都配有勺子。他每样菜舀起一勺，配在桑柔的餐盘中，“我们习惯这样吃饭，所以你理解为什么我们不能接受火锅了。”

“就是相互嫌弃呗。看在这里外国佬人多势众，我就勉强入乡随俗。”

“好多成语，我要慢慢消化。”Joey不疾不徐地笑着，把芒果酸奶推到她面前。

这顿饭吃得很安静，也许是心情的原因，桑柔显得更沉默些。Joey似乎看出她没有多说话的力气，于是一直低低絮语的都是他。他给她讲泰姬陵里的老鼠、逼仄巷子里的大象、恒河边沐浴的信徒，还有被妖魔化的印度火车。

她仿佛在听安徒生童话里那位奥勒·洛克奥依先生讲述的奇妙故事。她对印度唯一的了解除了课本上的那些，就是所有医生们都心知肚明的抗癌仿制药，但这个沉重的话题Joey跳了过去。

“吃饱喝足，是不是可以告诉我你为什么无家可归了？”吃完一顿简单又浓烈的晚餐，沿着亮马河散步，Joey拍了拍肚子，扬起眉毛看着她。

“从通俗爱情变成了狗血故事会，有一个莫名其妙的女人睡在我的床上，明天才会搬走，我不知道她究竟是谁，也不知道江延有多少难言之隐，我只知道，这和我没关系，等他们落幕了，我才会想回去。”

“你可以让你的男朋友和别的女人在一起过夜？”Joey显得有些不能理解，“如果你是美国女孩，我一点也不会惊讶，但你是中国女孩，你现在出现在这里，我只能坚持我的观点，你没有爱情。”

“和一个无家可归的女人讨论爱情，你觉得合适吗？”

Joey双臂交叉抱在胸前，转过身来面对她，往后慢慢倒着走，咬了咬下嘴唇，仿佛是经过一番斟酌才说道：“你不觉得，这种计划外的夜晚，很适合讲一讲往事吗？”

“是美国往事吗？”桑柔的笑容，笼罩在扑朔迷离的霓虹灯里。

如同许多旅居北京的西方人，Joey的公寓在亮马桥，临着宽敞主路，开放式的阳台，他往上指了指："我也住在三楼，和你在南京一样。如果你信任我的话，我们上去喝一杯。我知道有些女孩比较介意。"

"为什么你总让我觉得回答好，没问题，是个错误答案，会被打个大大的叉。"

"你知道我不是这个意思。"Jeoy说着打了一个响指，楼道里的声控灯亮了起来。

在Joey拧开最后一道锁时，突然回头看了桑柔一眼："你，不要太激动……"

桑柔完全没有明白他在说什么，就只见他推开门，从里面冲出了一只硕大的松狮，并且看都不看Joey一眼，直接奔桑柔扑了过来，抱住她的小腿就不放了。

"不用害怕，它和我一样喜欢女孩子，你无视它就行。"

"这种惊吓程度刚刚好，完全石化。"

"石化？"

"宝贝儿，你先让我进屋好吗？"桑柔无奈地低头摸了摸它毛茸茸的大脑袋。

这是Joey从宠物救助站领养的松狮，领来的时候有严重的皮肤病，治疗了很长时间。松狮就叫"松狮"，因为Joey觉得这个中文名字很有质感。

"是这样傻乎乎、洗不透、吹不干的质感吗？"桑柔盘腿坐在草绿色地毯上，有点粗暴地揉着松狮的脑袋，这个看起来憨厚好色的家伙似乎很享受这种蹂躏，乖顺地伏在她脚边发出舒服的"哼哼"。

Joey倒了两杯黑方放在茶几上，把电脑连在了他的大投影上："来中国之后发现电影随便下，我很惊讶，然后就堕落了。"

"这话我有点不知道该怎么接了，该说好还是不好呢。"桑柔兀自喝了一口酒，冰块与麦芽香味在秋日夜晚碰撞出奇妙的滋味。

Joey关上灯，拉上窗帘，在桑柔身边盘腿坐下，拿起自己的玻璃酒杯，轻碰了一下桑柔的酒杯，喝下一大口："为了美妙的怀旧之夜。"

《公民凯恩》《毕业歌》《放牛班的春天》，他们看了许多老电影，喝光了一瓶黑方，让桑柔想起大学时候的许多个夜晚，她与江延在学校附近的咖啡馆度过的一个又一个通宵。

松狮已经趴在桑柔脚边睡着了，Joey把睡相难看的它拖回了窝里，再回来时，桑柔已经光脚蜷缩在沙发上。

他弯下腰问她是否睡着，她摇摇头，说："还差一部片子。"

"什么？"

"《美国往事》。"

他笑了笑，在她身边坐下，伸手抚了抚她额前散乱的碎发，他说："我是个孤儿。

"美国也有许许多多的孤儿，健康的、残疾的、白人的、黑人的，我们不知道自己为何被抛弃。贫穷？灾难？私生子？从我记事起，我就生活在华盛顿郊区的孤儿院，只有修女陪伴我们度过童年。

"修女告诉我们，因为前世的罪孽，今生会遭遇不幸，但是手脚完整，就应当心怀感恩。那时候我觉得天上的父亲很辛苦，我不相信他可以照顾如此多的孩子。其实对基督的信仰是一种习惯，宗教意识在我们这代美国人身上，也渐渐淡化，信仰更像是习惯，祈祷也更像是口头禅。

“十一岁那年，我被当地一对中年夫妇领养，就是我后来的爸爸和妈妈。我的妈妈矮小、善良，他们有一个女儿，就是我的姐姐。我的爸爸也是孤儿，是由他的养父母从英国的孤儿院领养带来美国的。他有一个非常古老的欧洲贵族姓氏，Lancaster，当然，这也顺理成章成了我的姓氏。

“我想我以后也会领养一些孩子，你可以理解为某种狭隘的传承。天父无暇顾及那么多孩子，所以我们可以想象自己是天使，能够用羽翼佑护一个、两个，也是对罪孽的救赎。其实我不喜欢你们鼓吹的大爱、道德，如果人人都有恐惧，都意识到自己的罪，为了救自己，就能救更多的人。

“在南京的时候，你告诉我要心怀恐惧地活着，我一直也是这样活着。”

桑柔透过惺忪睡眼，看着昏暗光线中，他的侧脸就像小时候学画画时教室里摆着的石膏头像。她喜欢他低声说话时候的音调，喜欢他努力组织语言时的神情。

他说：“我的小学、中学、大学生活都在华盛顿度过。我忘了告诉你，我念的是华盛顿大学医学院。和你一样，一直到实习的时候，我都是想好好做医生。但是我大三交的女友是新闻专业的，我有时去听她的课，看到非常多纪录片，我不知道你们怎么评价越战，我觉得那非常耻辱。死亡的越南人、美国人、中国人，也许，他们才是最需要医生的一些人，可是我这样的医生，在大医院，治疗有人权的公民，获得地位、财富，即使没有我，这一切都还照旧。那一年的时间里，我慢慢发现自己并不想做这样的医生。

“所以后来，我选择到中国来读研究生，读社会学。其实我并不认为在北大可以获得比美国先进的社会学知识，我只是想了解东方。那是我第一次离开华盛顿，也许就是那一次的选择，让我再也无法心安理得地生活在华盛顿。”

“你的女友呢？”

“她叫Rihanna，毕业之后在电视台工作了两年，现在正在哥伦比亚大学读传播学硕士。她是个非常敬业的记者，她很美，真的很美，并且很强悍，很多大灾难、大事件的报道，她都是冲在最前面的那个女战士。”

“你担心这颗千疮百孔的星球上许许多多不相识生命的安危，却从不担心自己爱的女人吗？”桑柔微微翘起的嘴角，掠过一抹挑衅，仿佛是报复他质疑自己的爱情。

“你们喜欢说牺牲，我为你牺牲，所以我爱你。可是我们都愿意让彼此去做最想做的事情，我们不愿让对方一事无成。2004年的印尼海啸，是我第一次参与大规模国际救援，而她申请了前方报道。但是我们谁也没有见到谁，每天打电话问对方是否平安。每个睡下的夜晚都要祈祷，真是前所未有的虔诚。我从没有见过那么多尸体，除了崩溃和哭泣，什么也做不了。但是灾难不会唤醒所有的人性，Rihanna差一点被一群难民强暴，但是我不会说，你离开，回到美国去。”

“即便因此失去？”

“即便因此失去。”

街灯熄灭，空气里飘浮清晨的气味，漫长的夜晚过去了，沉默的黎明即将到来。

一切都变得很安静，安静得连自己的存在也会被忘记，身体失去重量，梦境得到安放。

从电影、往事以及酒精中再度清醒，似乎已经过了正午。桑柔揉了揉眼睛，发现自己躺在床上，松狮就趴在床边的地毯上目不转睛地盯着她。

她伸了个懒腰坐起来，揉了揉松狮的脑袋。

Joey的卧室干净利落，主色调是灰色及绿色，书架上大部分是英文书。不知道他是否开了地暖，地板充满了暖意，光脚踩在上面很舒服。

桑柔推开卧室的门，走进客厅。Joey正坐在沙发上打电话，腿上盖着厚重毛毯，也是刚刚睡醒的样子。

桑柔去厨房的吧台倒了两杯水，放在茶几上。大概能听出他是在同Rihanna通话，伴随一句“I love you too”和一个飞吻结束。桑柔笑了笑说：“大概我们永远也不能理解彼此的爱情。”

“今天要继续无家可归吗？”Joey伸了个懒腰，露出一个有点淘气的笑容。

“我想我可以回去了，不然你的酒会被我喝光。”桑柔晃了晃手里的手机，是江延发来的信息。

“你们会吵架、打架吗？”Joey做了一个夸张的表情。

“幸灾乐祸可不好哦。”

临走之前，桑柔在Joey的小阳台上抽了一根烟，喝了一杯咖啡。透过紧闭的落地玻璃门，看着Joey在屋里走来走去换衣服、喷香水。如果他不开口，她一定不会看到他心中的那片海洋，以及他身后宏阔的岁月。

“谢谢你，我度过了美好时光。”

“我以为你会觉得我的生活很无趣。”

“大概就是因为你们的生活太无趣，所以才那么爱给自己找刺激。不像中国人，每天都活得惊心动魄。”

Joey的车停在了江延的公寓楼下，桑柔似乎并不愿意马上下车。

“我想我们应该告别了，否则你的男朋友会介意我占用你太久。”Joey似乎看出了她的心思，探过身子与她礼貌拥抱，而后下了车，绕到副驾驶，打开了车门。

不善于面对的，终究还是要面对。自然的事，有时序规律可遵循，人的事从来没有，桑柔很早就知道。

她下了车，再度与他拥抱，他用手在耳边比画了一个电话的手势，与她挥手再见。

就像她曾与江延看过那么多场电影，可终究还要面对鸡零狗碎的生活。

推开门，她看到江延倚在阳台上，在抽烟，面无表情，似乎在看着什么。

看到桑柔走进来，他掐灭烟蒂，开口问她：“送你回来的是南京那个美国人吗？”

“嗯。”

“你们整晚都在一起？”

“嗯。”

“他，喜欢你吗？”

“好像我们现在应该讨论的不是这件事。”桑柔放下背包，不去看他脸上隐约的阴霾。

“你，喜欢他吗？”

“我的生活，被莫名其妙打扰，然后变成了你对我的质问。我讨厌别人改变我的生活，我很讨厌。”桑柔不知道江延是否明白自己现在的心情，她并不是回来质问他，也不是来责怪他，她只希望他明白她讨厌这种控制权在别人手里的情形。

“对不起桑柔。”江延深吸一口气，仿佛是为了克制自己的情绪。

而后他走过来，用力将桑柔抱进怀里：“我没有办法对你说明，是因为不知道该如何说明。我初中时认识她，一直是很好的朋友。她很爱惹事，家人不管她。像妹妹一样。或许嘉黎一直认定我们曾经是恋人，可我从不这么认为，无论我怎样说她都不听。遇见你之后，我很严肃地告诉她，我要真正爱一个人。”

“那些邮件呢？什么是十年的旁观者？还有你的缺席。”

“我和她认识有十多年了。我想她在说这个。第一次约你看电影，她在自己学校吞安眠药自杀，我去了医院。第二次，是她去英国留学，坚持要我送她，否则她就要去找你。我不希望她打扰你，所以……”

“我相信你，只是不要再给我这样的意外。”桑柔挣脱开他的怀抱，也去阳台点了一根烟。她只想要结果，不想听解释的过程，她看着烟叶在干燥的空气里燃烧，忽然觉得自己是不是真的有很大的问题。

曾经，她选择了不去质疑他、询问他，所以此刻，她尊重他的解释。

Joey说：“我已经买好了可乐与爆米花，准备围观动作戏，而你们竟然这么和平解决了。”

桑柔回消息说你骨子里就是有国际警察的劣根性。

晚上睡觉的时候，江延把桑柔抱得更紧，似乎要把她融化进自己的骨血里才能安心入眠。

他说你好像开心了很多，却不是我的功劳，但是你有了自己的朋友，我真的很开心。

她会转过身去把耳朵贴在他的胸口，听他顿挫有力的心跳声，渐渐入眠，缓缓入梦。

半支歌

一直到走进地铁过了安检下了电梯杵在站台上，桑柔都不知道自己到底为什么要答应赴约。

她在衣柜里翻了半个小时，11月初的天气让人不知穿什么在身上才好。出门后折返三次，分别拿落下的手机、公交卡，以及检查是否锁门。

后来她发现，真正被落在家里的是自己的脑子，因为她坐了两站差点睡着才发现坐反了方向。

可见，她是有多么不想见程嘉黎，可程嘉黎却雀跃着迎上来，说："来吧，我保护你，江延不在，可以把我当男人用。"

桑柔只是笑了笑，不知道该说什么，两个根本就无话可说的人，不说也罢。

程嘉黎租好房子，是江延去帮忙收拾，组装了很多简易家具。而后她就不断打电话，吵闹在北京没有朋友，希望桑柔可以陪她打发寂寞时光。

“反正她也不上班，最多的就是时间。”

有些话从她的嘴里说出来，就好像被拧成了麻花的绳子一般别扭。一个又一个电话，桑柔只好在江延犯难的目光中点点头。

程嘉黎很瘦，踩一双极细的高跟鞋，裙摆柔软的连衣裙外面裹一件小西服。桑柔看着她，觉得有点瑟缩发抖。

她仿佛不会累、不会乏，也不需要任何人一样，一张信用卡刷完一整条街，其实有没有人陪都一样。

“你平时都不给江延买衣服吗？”

桑柔摇摇头，嘉黎指了指橱窗：“你看这条围巾，是不是很合适江延？”

桑柔顺着她修长的手指看过去，是条浅灰色的羊绒围巾，看起来厚实笔挺，是条很有气质的围巾：“嗯，大概合适吧。”其实在她看来，它应该合适许多男人。

“我在身边你不好意思买吧，过两天你偷偷来买，回去送给他，多浪漫。”程嘉黎说着拉起桑柔的手，就路过了那个橱窗。

那天晚上，桑柔看到江延回来，风衣的领子里空空荡荡，她的心突然有一点难过。自己是不是真的不懂得关心人，不懂得付出，他需要一条围巾，可是她从来没有想到过。

夜半，她悄悄起身关窗，风声肃杀，回头看安眠的江延，贴着枕头，有孩子般的神情。她决定明天去为他买回那条围巾。

原来，突然想要为什么人做点什么，是这样的心情，带着一点温暖与满足。从店员手中接过包装好的礼盒，她从缭乱橱窗中看到自己明朗的笑脸。

只是一种单纯的喜悦，与气温、北风、汽车尾气都没有关系。

还有半个小时，才是江延的午休时间，桑柔在公司楼下的咖啡厅，要了一杯热拿铁，挨着玻璃窗，等候十二点的到来。

这个角落的位置，正对进进出出的大堂旋转门。桑柔眯起眼睛，看着进进出出的男男女女，他们的目光永远落在更远的地方，从没有人分一个眼神给擦肩而过的同伴。

他们的远方究竟在哪里呢？他们想要看到的，究竟是什么呢？

桑柔轻轻叹了口气，摩挲了一下暗色精致礼盒，这是北方深秋的一点暖意，再抬起头来，却看到旋转门里转出来的是江延与程嘉黎。

桑柔的心沉了一下，看一眼时间，十一点五十分。

隔着阳光，隔着冷风，隔着空间的距离，隔着厚重的玻璃，她只看到他们的表情，他们的动作，知道他们在说话，知道程嘉黎笑得灿烂。

似乎是在告别，江延往后退了一步，程嘉黎低下头，从随身的硕大背包里，取出一条围巾，桑柔愣了一下。

她手中的礼盒，包裹同样质地、同样款式的围巾，包裹着程嘉黎告诉她，会适合江延的围巾。

程嘉黎往前一步，把围巾绕在江延空空的脖子上，而后挥挥手，轻快地离开了。

像一幕无声剧，从开始到结束，悄无声息就散了场。桑柔深吸了一口气，低下头去。

那是她眼中，适合江延的围巾，她买给他天经地义，并不需要对随口说给自己的一句话负责，她没有错。

桑柔喝完杯子里残存的咖啡，抓起手边的礼盒，离开了她的观众席。

一次充满目的性的出行，再次变成了毫无目的的游荡。在这尚不熟悉的城市里，她甚至找不到一个与自己相处的角落。

街上的人，或者行色匆匆，或者三五成群，她在人群的穿梭中，感受到越来越浓重的孤独，直到Joey的电话拯救了她。

所以她接起电话的第一句话是：“谢天谢地，我终于不显得那么格格不入了。”

“在工作吗？”

“在失业。”

“我今天带松狮去孤儿院和小朋友玩，现在它正和我一起散步，我觉得它有点想你，所以我想问问你能不能给它一个见到你的机会。”

“要见一个无所事事的人，没有比这更容易的事情了。你在哪里？”

“东四。”

对于桑柔来说，每一个新鲜的地名，都意味着一次探索。对于北京，她依旧是游客。每次出门，她都要打开地图，费劲查找公交线路，因为无知，所以对于身在何处，去往何方，全无惧怕。越是熟悉，才越怕偏离，越多忧心忡忡。

Joey牵着松狮，背靠灰色砖墙，等在逼仄胡同口。有许多外国游客抱着大桶纯净水，暴走胡同，经过Joey身边，都彼此微笑打招呼、吹口哨。

桑柔左顾右盼地过了马路，Joey已经在那里，张开了双臂，然而松狮抢先一步获得了桑柔的拥抱问候。桑柔想松狮一定也很孤独，虽然它像一个懵懂大汉，但它的感情比许多人都深沉。

Joey把绳子套在了桑柔的手腕上，而后指了指胡同口的铭牌："东四头条，我们一直走到十条，好不好？"

"好啊，反正我哪里都不认识。"

"你手里是什么？"

Joey这么一说，桑柔才想起自己还抱着那条围巾。她耸了耸肩："逛街的时候看到的，就买下来了，正好看到你，那就送你吧。"

"确定？"Joey疑惑地看着她。

"确定。"桑柔说完兀自把礼盒拆开，丢进一旁的垃圾桶，踮起脚尖，把围巾裹在了Joey的脖子上，打了一个很好看的结。

"谢谢。"Joey的声音还是充满疑虑，他总觉得回到北京的她，不如在南京快乐，总有什么地方别别扭扭的。

但是松狮很开心，它已经撒了欢儿拖着桑柔跑跑跳跳起来。

胡同里有很高的杨树，家家户户都在准备午饭。噼里啪啦的油锅、浓郁的辣椒酱，幼小孩童蹒跚跑过身边。桑柔说："饿了吧。"

Joey眨眨眼，从双肩背包里掏出三明治和牛奶："移动中的野餐。"递给桑柔后，又给了松狮两块狗饼干。

杨树叶子落了一地，晴空里的风声，在耳边呼啸，没有朱门红墙，只有青灰色的砖瓦，一排排，一条条，如果没有铭牌，几乎无法辨认。这里的热闹、喧嚣与没落，与岁月为伍，渐渐褪色败落，也只有这里，才能找到想象中的那个北京。

“我一个中国人，倒要让你做导游，带我游览伟大首都。”桑柔又分了一点吐司给松狮。

“北京是我的第二故乡，你不要这么小气。不要抬头。”Joey说着突然伸出一只手臂，环绕过去遮住桑柔的眼睛。

“如果你什么都不说，我根本不会抬头！”桑柔用力掰开他的手，才发现一旁四合院的杂乱屋顶上，有个大叔大大方方地拉下裤子“浇灌”茂盛盆栽。

骑行的队伍从他们身边风一般掠过，穿过窄窄的胡同，就像穿过时间的蜿蜒曲折。桑柔牵着松狮，走在Joey身边，每一块旧砖，每一片落叶，每一寸阳光，都有她对这座城市的怯意，这种又开心又难过的心情，在她的脸上，凝固成一直傻笑的样子。

他们从东四一条走到十条，站在十字路口，远远看了看段祺瑞执政府阴森森的尖顶，沿着张自忠路一直走到南锣鼓巷。桑柔说：“Joey你知道吗，我对北京最初也最深的印象，是路太宽，那么宽，有时过马路走到一半，就累了，有种永远也不可能走到对岸的绝望。可是穿过马路，走进这样的小胡同，又会忘掉片瓦之外的城市，以为北京就是这样的拥挤又安静。”

桑柔觉得自己土得如同路边小店售卖的掉渣饼，紧紧握着松狮的牵引绳，紧紧跟着Joey的步伐，紧紧张张、左顾右盼，张望那些奇奇怪怪的店名，以及橱窗里奇奇怪怪的创意产品。有很多人在拍照，有很多人在寒风中喝热奶茶，有很多人睡眼惺忪穿着睡衣把黑色塑料袋丢进垃圾箱，也有很多人浓妆艳抹仿佛一出戏，有很多很多人以各自的方式生活在同一座城市同一条胡同里。他们都过得好吗？桑柔有点好奇。

“我们现在要去哪里？”

“什刹海。”

“有很多酒吧的地方？”

“嗯哼。”

Joey轻车熟路带着她钻进一条小胡同，或者说，是钻进了一座迷宫，一个胡同连着一个胡同，一面灰墙连着一面灰墙，总以为前面就是死胡同，可是走到尽头又峰回路转。狭窄的路边一桌桌麻将，Joey说：“你会打吗？”桑柔摇头：“别告诉我你会。”Joey点头：“没事儿的时候玩一玩，赌注不大。”桑柔突然有一种无话可说的感觉。松狮发出了粗粗的咕噜声，抬头望了望她。

最后，他们坐在了什刹海边，结束一段暴走，各自抱一杯果汁，阳光温暖又干爽。桑柔看着水光潋滟的湖面，胸腔里仿佛也有一潭死水跟着轻轻摇晃起来，晃得她很想开心地笑。

Joey托着下巴，若有所思地望着她，望着她轻轻抖动的睫毛，还有落在睫毛上的细碎光影，被风吹出了鼓点来。他说：“其实我是想邀请你同我一起工作，如果你暂时还没有别的工作计划。”

桑柔回过神来，迷惑地看着他：“工作？”

“我们在中国的机构要制作一本与大众医疗有关的内部刊物，还要给孤儿院制作一些儿童健康手册，需要中文编辑，你可以为我们提供稿件，写一些东西，我们没有正式员工的名额，会签合同，有稿酬和编辑费用，我想你是学医的，所以……你可以吗？”

桑柔愣住了，一双茫然的眼睛，一动不动地盯着他。Joey伸手在她面前晃了晃："不愿意吗？"

有些人总能自然而然接受别人的好意而心安理得，而有些人，对小小的恩惠也伸不出手去接下，仿佛接下，就是数倍的亏欠，桑柔属于后者："当然愿意，可是，有一种走后门的感觉。"

Joey摇摇头："你学医，你是诗人，你会写小说，完全符合要求。你不做，我再找别人，要花掉更多时间和精力来选择、来信任，这都是成本。"说罢，他从背包里拿出一沓文件，推到了桑柔面前。

桑柔歪着头笑了，是为他的善意，也为他的周全，也为自己竟然信口胡诌过那么可笑的东西，什么诗人，什么小说，可眼前这个家伙却没有把自己当作骗子。

"看来你是有备而来。"她说着伸手揉了揉松狮蓬松的脑袋，"你看你的哥哥多精明，你的日子不好过吧。"

她当即签了兼职合同给Joey，把参考材料以及相关文件塞进自己的包里带回家。一直到江延下班回来，她还盘腿坐在沙发上认真研究着手里的资料。

"看什么呢，这么认真？"江延走过来，俯下身在她的额头印上温柔轻吻。

桑柔抬起头，就看到他脖子上厚实的围巾："程嘉黎买给你的？"

江延愣了一下："你怎么知道？你不喜欢我就不戴了。她今天突然跑到公司来入职，总经理助理，我不知道她什么时候投的简历，也过了面试，我也吓了一跳。"

桑柔笑了笑："目标明确，动作迅速，排除干扰，勇往直前，很好。”

“桑柔，我和你保证，我……”

桑柔摇了摇头，从沙发上下来，伸了个懒腰：“这年头找个工作多不容易，有机会就要抓住，她没做错啊，难道要像我一样做无业游民？你也没有做错什么，所以不用保证什么。Joey给了我一份兼职工作，与本行有关，我想试试看。”说罢她起身走开，走进书房，关上了门。

江延张了张口，想说些什么，又咽了回去。他知道她有许多固执的习惯，比如，坚定地拒绝一些东西，也从不回头，好像分明是个温柔的人，其实却粗暴又冷漠。所以，她也许永远也看不到江延的眼睛里有许多的留白与忧愁。他走到书房门口，又默默折返回来，坐在刚刚桑柔坐的地方，闭上了眼睛。

接下来的几天里，江延每天回到家，总能看见桑柔打着赤脚坐在浅咖色地毯上，电脑摆在茶几的拐角，笨重框架眼镜下一双微微眯起的眼睛，盯着屏幕，认真啃苹果，认真喝咖啡，认真敲字，同时也认真与Joey通电话。打电话的时候她的嘴角有好看的弧度，修长手指掠过耳边碎发，眼角的笑意平静而松懈，那是不能被伪装出来，也无法被掩藏下去的喜悦。

江延说服了自己无数次，不要多问，不要干涉，却还是在她愉快挂断电话之后在她对面坐下来，小心翼翼地说：“我知道你肯定会说我小心眼，可是，你们每天通电话，你每次都很开心，我能小小地表示一下抗议吗？”

桑柔看着他的眼睛，说道：“那么你和程嘉黎呢？在我看不到你的大部分时间里，我不知道你们是否一起吃饭了，一起在茶水间聊天，一起办业务，一起克服困难，一起说起我不知道的很久以前，或者盘算没有我的很久以后。”

“桑柔……你是故意报复吗？”

说到这里，只有不欢而散。而这不欢而散的频率随着程嘉黎偶尔不请自来的造访日渐增高。她的理由总是很多，懒得做饭，身体不舒服，有了新的案子，或者是看望一下桑柔。有时应酬太晚，江延只好把醉得不省人事的程嘉黎背回来，安置在沙发上。

不是无奈，也不是愤怒，更多的是迷惑。桑柔给程嘉黎擦完脸，把毛巾用力砸到江延胸前，克制住要爆发的歇斯底里：“你是曾经草菅人命，还是杀人越货，有多大的把柄握在她的手里，才能对她这样容忍，还要让我和你一起容忍？还要多少次？还要多久？”

对不起，对不起，只有无穷无尽的对不起。以至于程嘉黎酒醒的早晨，三个人一起坐在桌边吃饭，桑柔觉得江延浑身上下都刻满了对不起，没用的对不起。

“我这个人酒后无德，桑柔你不要介意，江延知道的，我喝多了就人事不知，以前我们去喝酒我老这样，每次都是他背我。我老是来打扰，你不会烦吧，我把你们当自己人的。我把那条围巾买给他了，毕竟也不便宜，你又没工作，我就想替你省点，你不会生气吧。”程嘉黎两片薄薄的嘴唇不停碰撞又分开，桑柔有一种把热牛奶泼在她脸上的冲动。

但是最终，她把热牛奶都倒进了自己灼热的胃里。

她去图书馆抄资料，去独立书店看国外健康杂志，复习依旧熟悉的医药知识，同Joey一起讨论稿件，去见编辑，一起去参加环保义卖，也去老人院做服务。她结识了许多Joey的同事与朋友，她以为这样就能忘掉生活中有一团名叫“程嘉黎”的阴影，她以为时间，可以解决本不属于她的困境。

可是狗血的剧情与俗气的戏码总是自动上门，她和Joey还有其他大学生志愿者在KTV里唱歌跳舞玩闹时，手机传来彩信，她拿起来看了一眼，“啪”地按在了一边。是程嘉黎用江延的手机传来，两人亲昵地靠在一起，江延看起来喝多了，似乎在哭，“我先把他带回我家了，就在附近，你看他喝多了。”

这个微小的动作，淹没在热闹的人群里，被Joey看在眼里。他走过来，刚想询问，便看见她身旁手机上醒目的照片。他伸手拍了拍她的肩膀：“我们先走吧。”

“KTV这个东西真奇怪，为什么你们喜欢把自己关在这么黑黑的小房子里唱歌？”

“以前我在日本也见过。在美国，没有这样的KTV。”

“我们兜兜风再回去。明天和我一起去孤儿院。我来接你。来根烟？”

Joey给她系上安全带，打开天窗，找出一盘法语歌CD，一面说话一面翻出一包万宝路。突然间，一直沉默不语的桑柔哭了起来。她使劲用手抹掉眼泪，可是眼泪并不听话，一颗接着一颗。她把脸埋在手掌中：“对不起……对不起……我并不是因为那张照片难过……真丢人。”

Joey看着她，伸手揉了揉她的头发：“承认难过，并不是丢人的事情。”

“我有点蒙，他为什么会哭呢？是因为不开心不快乐？是因为我？还是因为她？他为什么会哭呢？”桑柔似乎在自言自语，那张照片里，刺痛她的并非声色犬马，亦非程嘉黎的刻意为之，只是他哭过后的那张脸，黯淡而痛苦。

“也许他工作不开心，也许他的压力有一点大，你要回去问他才知道。”他揽过她的脑袋，轻轻抵在颚下，好像有话要说，却又没有说出口，只是迅速放开了她，“我送你回家。”

可是那天晚上，江延并没有回家。空荡荡的双人床，桑柔几度醒来，额上黏满汗水，头发一绺一绺贴在脸上，根本无法入眠，索性坐在床上一根接一根抽烟，一根接一根摁灭在铺满咖啡粉末的烟灰缸里。

人的心，真如同夜晚一样，很深、很黑，没有边际，没有路途。从前她就觉得她不曾握住他的心，此刻，那种无能为力的感觉再次强烈起来。那种她不如另一个女人更了解他，她不能被他选中来分担他的痛苦与眼泪，她总是一再缺席某些重要时刻的无力感，在这间卧房里，结成了错综的蛛网。

她就那么一动不动地看着窗外刚刚入冬的天空一点点明亮起来，天空的颜色朝着地平线一点点过渡。她给江延发了短信，说：“我知道你是喝多了，晚上回家我们谈谈，我不怪你，只想和你聊聊。我今天去孤儿院，同Joey一起。不用担心。”

而后她用冷水狠狠洗了脸，煮了双份浓缩咖啡灌下肚，翻出厚厚的围巾胡乱裹上，跺着脚在楼下给Joey打电话，说“你来接我”。

耳朵和脸颊在秋末冬初的风里吹得生疼，这种干燥的寒冷反而会让人上瘾，制造出心平气和的幻觉。

Joey的车于三十分钟后泊在马路对面，他下了车发现桑柔就在公寓楼下有点惊讶，连忙冲她招手，松狮从后车窗里探出硕大的脑袋来。他穿着呢子大衣，卡其色裤子，旁边是一排光秃秃的白桦树，桑柔看着他，挣脱冻僵的嘴角，挤出笑容。绿灯亮起，清晨的稀疏车流缓缓停滞，她突然想给他起一个外号，叫作“定海神针”。

Joey把她塞进车里，给她三明治和热牛奶。他说：“如果你就这样把自己冻死街头，那你就是我这辈子最值得记住的人。”桑柔笑了，空调的暖风吹到脸上，毛细血管微微蠕动，她身体的每一部分都是鲜活的，每一段血管、每一根神经、每一个细胞甚至每块骨头。“有时候它们高兴，有时候它们难过，有时候它们要伸懒腰，我都能感觉到。其实，我不做医生还是有点可惜，是不是？”她一面喝牛奶，一面对Joey说。

路途并不漫长，差不多半小时车程，在孤儿院门口，Joey低下头，把一枚胸针别在了她的胸前，上面有福利机构的英文缩写：“如果你觉得这个世界是，嗯，不温暖，不好，你可以去拥抱那些孩子，你可以知道，你同许多你并不认识的人，都在做同样的事情，都有一颗一样的心。”

那些孩子，那些等着他们来，却并不知道他们为什么要来的孩子们，他们跑他们笑他们等待好运的降临被漂洋过海地带往他乡，翻晒在阳光下的活蹦乱跳的心没有阴影，桑柔忽而觉得眼中有氤氲雾气。可是Joey并不给她走神的机会，抓着她同孩子们一起做游戏、一起拍手一起学唱英文歌、一起分礼物、一起坐在太阳下。

她蹲下来拉着一个幼小女童的手去抚摸松狮，女孩手背洁白的皮肤忽然照亮了她心中某个角落。

手机突然响起，她以为是江延，一看却是程嘉黎。她的名字让她头痛，她的号码让她疲累，她想说你和江延之间的一切请你们自行解决，我不喜欢猜谜也不喜欢麻烦，可是程嘉黎并不给她说话的机会。她严肃而认真："我现在马上就要见你。也许这会是我最后一次见你。江延公司楼下咖啡厅见。我等你。"说完，她挂断了电话。

其实她真的有无数理由可以拒绝，可是，她却决定去赴约，总有许多未可知的力量，驱使她去赴一场注定要后悔的约。

Joey提出送她去，被她拒绝。她略带歉意地与他告别，他让孩子们与她挥手，眼神里充满疑虑："没有预期的电话通常都不是什么高兴的事情，小心，路上。"

桑柔坐了公交，又转了地铁，所有路过的人群都自动融化进天空、街道、建筑和树木，当她终于坐到程嘉黎对面时，好像做了一场大梦刚刚醒来。究竟是从什么时候开始，日子变得如此混乱又不真实。

"我知道你不想见我，也知道你已经没有耐心兜圈子。"程嘉黎上上下下地打量着桑柔，声音漫不经心，"但是你并没有资格认为是我打扰了你的生活。也许你喜欢淡而无味的生活，但是江延并不是。我承认，他真的因为你改变了太多，但是你也看到了，他心里有多少痛苦，我现在就是来告诉你，他为什么会痛苦，他为什么不爱你，你为什么该物归原主。"

桑柔惊愕得一句话也说不出来，微微张着嘴，看着程嘉黎，她棕色的短皮衣，她身上CHANEL N° 5香水的味道，她面前骨瓷杯子上的珊瑚色唇印，她精致的五官，都一一分裂、打乱。桑柔努力地盯着她，却无法再将它们有秩序地重组，只有她的嘴巴一张一翕。

程嘉黎的声音低沉而内敛，而她在说每一句话时的对象，似乎并不是桑柔，而是那些根本就不曾过去的曾经："我们从中学时就在一起。我不知道江延是怎样对你解释我们的关系，但我们就是在一起，他就是我的全部，没有其他人，他也一样，也本该一直如此。但是那一年，就是那一年，父母要我出国，我本希望他会挽留我，他知道我不是会被父母左右的那种乖孩子。可是你出现了，他告诉我，他必须照顾这个看起来好像随时都会一言不发消失在人群里的女孩。他居然说出了这么矫情的话，我简直要笑死了。"

"他的爸爸生意做得很大，不比你的爸爸差。"程嘉黎这句话意味深长，说罢又更加意味深长地瞟了桑柔一眼，"不过，有一点不一样，就是江延的爸爸，身家不清白，放高利贷，黑吃黑，搞垮那些小厂再吃掉，还有什么拆迁卖地，你懂的吧？你可能想象不到，你面前斯斯文文的江延从小是出了名的打架不要命，旷课逃学抽烟喝酒，我也一样。父母忙着做他们脏兮兮的生意，哪有时间来管我们。那时江延救了我，在溜冰场，有一伙小流氓骚扰了我很多次，后来有一次硬要占我便宜，要把我带走，没有人敢吭声，只有江延大打出手闹到了警察局。那时候我就认定他是我男朋友了。

"上初三的一天，他偶然听到父母说起桑家的那个女孩现在怎样了，他母亲责怪他父亲当初逼得太狠，差一点把他自己也搭进去。他父亲说不狠怎么做生意，谁给你买衣服买包，谁让儿子吃喝不愁以后还能出国。他就缠着阿姨问是怎么回事，阿姨经不住他再三追问，告诉他当年父亲为了抢一个大项目，联合商会里其他企业，吞掉了当时南京城里有名的大企业，好像是让对方资金链断裂破产还背上了官司什么的，反正最后是逼死了人，还上了报，一家之主自杀，只剩下母女两人。

“江延跟我说他一定要找到那个女孩，看看她过得好不好。你知道，热血青年就是头脑简单，他就去了那个女孩住的区，去了两天，回来之后突然开始发奋学习。他说，他觉得她看起来特别孤单，整天愁眉苦脸，没有朋友，虽然成绩很好，可他就是觉得她过得不好。他觉得那是他爸爸欠下的债，是他爸爸犯的罪，所以他要在那个女孩看不见的地方去照顾她，不让她再遇到别的不幸。

“所以他和你上了同一所高中，还念了同一所大学。他已经存在于你生活中很多年了，他本来没想跑到你面前，结果那天你不小心就和他撞了正着。本来那时我就可以告诉你一切，但我也有良心，我也知道你过得惨，我也懂他觉得自己欠你的，所以我赌气出国了。他对你的善意，我也理解，他对你好了这么多年，够了吧，可以把他还给我了吧。桑柔，逼你父亲走投无路、倾家荡产，最后跳了秦淮河的人，就是江延的父亲。我实在没有办法再看他自欺欺人下去，大家都痛苦，以后如果你们在一起，只会更痛苦。现在，他到底爱不爱你我不知道，是亏欠是关心还是爱，这应该你去问。”

故事说到这里，程嘉黎的脸再次完整地印在桑柔的眼睛里，她的心脏在跳动，她的血液循环在加快，纵然这一切如此突然，难以消化，但有关江延的一切，却终于都说通了。

她明白了他为什么能在解剖室的门口喊出“桑柔”这个名字，为什么他背起她的样子那么义无反顾，为什么他从不追问她的童年过往，从不谈及爸爸妈妈，甚而为什么他要带着她远远离开那座城。如果一切都是蓄意的弥补，那真是一场最失败的骗局，赔上了时间，耗损了两个人的感情。

她说了谢谢冲出了咖啡厅，程嘉黎为她做了一台残忍的手术，破肚剖心，鲜血淋漓，即使翻江倒海想吐个一干二净，却终究是应当面对的真相。

她用力奔跑，迎着呼啸的北风，沿着不具名的长街。可是奔跑的速度在这一刻并不能带来同等速度的遗忘。急救室的灯、妈妈的脸、爸爸的背影、水底的世界、江延说不完的对不起，以及南京下不尽的雨。

此刻唯一盘旋的想法就是离开。她要离开，离开南京还不够，还要离开江延苦心营造给她的这座乐园。仿佛夏日的热带海域，艳阳高照瞬间被雷暴推翻，海上的人只能在绝望中听天由命，或许自己和江延早就处在必定狂风暴雨的海面上，两个人谁都没有真心期待过美满的靠岸，他们等的可能都是这场风暴。

冬天的沉默

一部百分之八十电量的手机，一个旧钱包，两张银行卡，一张呆头呆脑的身份证，以及五百三十二块零七毛现金，还有公寓的钥匙。

桑柔在北站客流稀少的售票大厅里蹲下，把自己包里的东西哗啦啦倒在地上，再一一装回去。

桑柔只是一直在奔跑，跑到筋疲力尽，跑到肺部几乎真空，跑到一步也再迈不开，她停下来，弯腰大口大口吸入傍晚冰冷的空气。忙碌的人群从她的身旁经过，街灯与霓虹像多米诺骨牌一样挨个亮起，她在这迎接夜晚的光亮中，有一点缺氧，而后她左顾右盼，发现自己在西直门，左手边就是北京北站，红色灯光像一个紧急出口。

她记得，有个叫多多的诗人写过冬日北方的海，他说巨型玻璃混在冰中汹涌，他说那是海发现大陆之前的寂寞。她在N大图书馆的角落里，读过那首晦涩的诗，想象过冬天到北方去看海。桑柔仰起头，看着不断变化的电子屏幕，决定买一张去北戴河的票。

大概因为是周五，所以当晚所有车次都已无票，桑柔没有多想，直接买了次日清晨七点的票。既然决定，就要去做，即使需要等待，也要去做，因此决定才有意义。很多人都会更改自己的决定，他们是父亲、是江延，也可能还有其他人，他们的决定都是那么脆弱。桑柔握着红色票根，离开售票厅，去往候车室，北站似乎都是短途车，桑柔在旅客零星的候车区寻了一排空旷的椅子坐下来。

江延打来电话，这是第五个来电了。她看着屏幕上他跳动的笑脸，恍惚了很久，有点不是滋味，于是吸了口气，接起来。

“你在哪儿？嘉黎找过你了？这里有误会。我已经回家了，可是你不在。你在哪儿？”他的声音焦灼，略带颤抖。

“那个人是你的爸爸，你刻意努力学习和我考到一个学校，你想照顾好我，对不对？如果我没有理解错，那就没有什么误会。”

“桑柔，这些都是事实，对不起，真的对不起，可是……很多次我都想告诉你，只是怕你会多想，就像现在这样。你说得对，我是害怕嘉黎，我就是有那么天大的把柄抓在她手上，我怕她随时告诉你真相，我怕你像现在这样突然离开，可能再也不会回来。我怕你像恨我的爸爸一样恨我，我只想让你开心一点。你尽可以怀疑一切的前因后果，只是我们在一起这么久了，你对这份爱情真的没有一点信心？至少不要不告而别。”

可是在这一刻，听到江延急迫的话语，桑柔只觉自己百口莫辩，仿佛一直在说对不起的人是他，可是一直在犯错的却是自己，内心横冲直撞的情绪找不到发泄的缺口：“我不恨你的爸爸，我也不恨你。也许对于那件事情，我们的立场不同，受到的伤害也不同，但这都不重要，重要的是，我原来只是觉得自己命不好，觉得只有命运会插手干涉自己的人生，只有神明会安排好悲喜，结果连你也会。你制造了我的这么多年，全都是你制造出来的假象，就像楚门的世界，你什么都知道，我像个傻子。就算我相信你又有什么用，我们有太多的事情避而不提，不能去讲，不能去说，我好像从来都不是个合格的女朋友，可你就算有了委屈也根本无法告诉我。我们到底该怎么相处呢，我想象不到。你回答我，你要怎样面对我的妈妈，我又该怎样面对你的父母，若干年后，我们怎样告诉孩子，他的外公去哪里了？要骗他吗？要继续编造吗？”

两个人都沉默了，只剩粗重的呼吸。

也许，是在一起的这么多年里，桑柔从没有一口气说过这么多话，所以江延在电话里愣住了，沉默了很久很久才勉强开口：“所以，你依然不幸福，也不快乐，即使我为此努力了这么多年。”

桑柔觉得自己的脑袋嗡嗡作响，有一种要炸裂的疼痛感，连同胃部一起绞痛：“我是个学医的理科生，江延，‘快乐’这种东西是个很虚伪的概念，在我心里人生没有那么虚幻复杂，要么生要么死，要么疼要么不疼，我们不要再避重就轻浪费时间了。”

“你要去哪里？你什么都没拿你要去哪里？”江延的声音有一点哽咽，他知道他有更多的话要说给她听，可是他慌乱失措了。

“回家。别再打电话，我不会再接。”说完桑柔合上电话。她本以为自己不会哭的，结果眼泪还是涌了出来，所以，她没有听见电话彼端江延沉沉的那一句，“先别走，至少听我说一个完整的故事”。

也许因为她在哭，哭得越来越用力，连声音都无法自控，所以来来往往的旅人，没有人去坐她身边的空位。她又想起大学里那些等待被用于实验的狗，她告诉过江延，这世上，永远也没有所谓善意的欺骗，最可悲的，就是到死都不知道自己的处境。当发现自己和那些可怜的狗并没有什么区别时，她无法接受这样的爱情。

电话再度响起，却是Joey，他的脸上挂着调皮的笑容，红色帽衫的帽子罩在脑袋上，这张照片还是在南京时拍下的："约会怎么样？顺利，or，不开心？"

桑柔努力克制自己紊乱的呼吸，可是鼻音依旧浓重，她大口大口吸气，一字一句说道："有个诗人说，风暴掀起大地的四角，大地有着被狼吃掉最后一个孩子后的寂静。我想去看一看冬天的大海。"除此之外，她再也不能多说一句话，眼泪、鼻涕堵塞了她的鼻腔与喉咙，她挂断电话，关机。

有些人像太阳，照耀得你不留余地，太耀眼也太炽烈，如花向阳，让人想要靠近，又要节制。Joey就是这样的人，有时候桑柔很羡慕他，有时候桑柔也很怕他，怕他照亮自己心底晦暗的角落，怕雨季过去，师出无名就喜欢上朗朗晴空。

头越来越痛，胃也越来越痛，桑柔在极度的疲劳与混乱中，抱着乱糟糟的包，侧身躺在椅子上，迷迷糊糊地睡了过去。她越睡越虚脱，越睡越难受，恍惚中有人把她拖起来。桑柔还以为是自己在做梦，以为意识离开了身体，想要唤醒自己，眼睛却被滚烫的汗水模糊，她看到了那张脸，那张太阳一样的脸。是Joey把她拉了起来，让她靠在自己的肩膀上，把厚厚的羽绒服外套盖在她的身上。

他用嘴唇轻轻触碰她的额头，他说："你发烧了，你确定要去海边吗？”

桑柔咽了咽口水，口腔充斥灼烧感，她点了点头，“去”。她的体温升高，心跳加快，她的口腔黏膜充血，鼻腔毛细血管破裂。

“我知道了。”Joey干燥的嘴唇在她的额头上来回摩挲，“你睡吧。睡吧。”

Joey的臂弯温暖安宁，也许是困，也许是累，也许是因为发热，桑柔忽然觉得，在他的怀抱之外，世间一切跌宕起伏都与自己无关。她只要睡去，再醒来，没有什么值得忧惧。

桑柔很快就睡着了，比Joey刚刚找到她时，安稳踏实得多。在桑柔睡过去的这个漫漫长夜，Joey给上司打了电话请假，又给朋友打电话要他照顾松狮，再把桑柔的票拿去窗口退换，买了两张挨在一起的坐票，接着给车站保安塞了小费请他暂时照看桑柔，而后去外面的便利店买了矿泉水、面包和牛奶，再去24小时药店买了退烧药，以及温度计、创可贴。最后，他就穿着灰红菱形格的羊毛衫，站在北站门口，在深夜的寒风中，给Rihanna打了越洋电话。很久她才接起来，有点恼火地说：“你不知道我今天是上Joseph那个怪老头的课吗，他对我这种总为了工作请假的学生最讨厌了，你真该看看刚刚他看着我溜出来接电话的眼神，如果你没有重要的事情我会恨你的。”

“很抱歉，Rihanna。”Joey挠了挠头，说道，“我非常关心的一个朋友遇到了困难，我需要陪她去外地一段时间，我想我应该告诉你。”

Rihanna顿了一下，问道：“她？”

“嗯哼，她。”

“OK，我明白，我明白。我清楚我们之间的状况，所以，如果你有什么其他决定，记得告诉我。我得回去上课了，再联系。”

“再联系。”

也许她下课后要与篮球队的英俊男孩共进午餐，她总是很讨比她小的男孩子喜欢，也许晚上她会和三两朋友去喝酒跳舞，一年又一年，他们依靠电流与想象维持彼此的关系，这种感觉很奇怪，就好像是某种等待，等待对方找到更适合的人，等待生活给予安顿，但是等来等去，他们依然还在一起，也依然在分离。

凌晨两点，他没有外套，也没有酒，置身于北京的寒冷中。也许，他同桑柔一样，都有无法解决的爱情难题，他们拿起手术刀医治别人，却始终没能医好自己。

打了两个喷嚏，他回到候车大厅，保安一直在桑柔身边守着，看到Joey回来，才尽职地离开。看她睡得这样沉，他决定不为了吃药把她弄醒，睡眠就是最好的消炎药。他把她的脑袋枕在自己的腿上，小心翼翼地抚摸她滚烫的额头。也许因为吹了极冷的风，此刻他睡意全无，清醒地盯着墙上的电子表，一秒一秒，心跳也和着读秒的节奏，数着夜晚的流逝。

吹着冷风的清晨，Joey把桑柔横过来抱上了火车，穿过红皮快车拥挤的走道，不停点头哈腰说抱歉，总算在靠窗的位置上安顿下来。

“对不起，害你……”桑柔话还没来得及开头，Joey竖起食指：“嘘，先吃早饭。”

还是有很多人对他们投来好奇的目光。车窗外是杂乱的市郊，铁轨纵横交错，庞大地铺开，车内的喧闹被Joey挡在身后。桑柔温顺地吃掉面包、牛奶，就着清水把退烧药也一并吞下。而后她仰起脸来，对Joey笑了笑，阳光穿透肮脏的玻璃窗落在她的脸上，她说：“Joey，那是你的光芒。”

Joey笑起来：“说实话，我不太习惯你这么温柔的样子，你应该是女将军。”

“一个四处逃难的女将军，一个无颜见江东父老的女将军。”桑柔再度低下头，看着自己有些僵硬的双手。

“你买了票，去北戴河，然后呢？”

“然后？”

“你住在哪里，要去哪里，要吃什么？”

桑柔摇了摇头，没有，一点也没有想过，只要拿一张车票，到达那个地方就可以。离开就是她的目的，只要最后下了车，看见海，就完美了。

“对不起，让你和我一起像个无头苍蝇一样乱撞，还不知道会不会被冻死在异地街头。”

“No，no，no，无头苍蝇是你，我是指南针。”Joey的嘴角滑过一丝狡黠又温暖的笑意，“会有人来接我们，我在网上找了一家口碑不错的旅馆。”

“你这样会让我觉得自己很没用。”

“你是病人。”

病人。医生。医生。病人。桑柔的脑袋里盘旋着这些同时属于她的称谓。冬日的阳光，仿佛比夏日更明亮，打在眼睛里，像高浓度的胶水黏得眼睛睁不开。桑柔闭着眼，靠在Joey身旁，听着火车前进的轰鸣，好像他们要去的不是北戴河，而是更远、更远的北方。

抵达秦皇岛站已是正午。经营旅馆的妇人开着一辆伤痕累累的旧捷达接上他们，桑柔觉得自己好多了，可是Joey还是坚持把自己的围巾紧紧裹在她裸露的脖子上。隔着车窗与灰尘，依然可以闻到空气里有干燥阳光与潮湿海水的味道。

似乎是开了很久，行驶在笔直而没有尽头的公路上，匀速、平稳，夹道树都是高大的白杨，视线之内没有车，也没有人。妇人一边抽烟，一边开车，说："冬天旅馆都关门了，你们可以去住公寓，离海不远，但是没有旅馆那么近。我会烧了热水每天给你们送，你们可以自己买菜做。周围的饭馆可能都不开门，小超市倒是有。这里的人都是做半年休半年的。我要不是自己在滨海小区买了房子，我也关门回城里了。你们找我是巧了。"

桑柔一边听一边止不住地笑，也不明白自己为什么要笑，把半张脸埋在厚实的羊毛围巾里，笑出眼泪来。笑够了，她也从包里摸出一根烟，摇下车窗，抽起来。北风像钝重的刀子，没有北京的风凌乱，却比北京的风更锋利。她微微眯起眼睛，咳嗽了两声，Joey并没有阻止她抽烟。

桑柔在床上躺了三天，从高烧到低烧，从反复低烧，到体温正常，她几乎吃光了Joey带来的所有药。

"如果你再不退烧，我都不知道该去哪里买药。没有公交，没有出租，没有药店，没有人，就像丧尸屠城。"

"我们的身体是不是和我们一样贱，有所准备就心有怠惰，知道没有退路，就努力安然无恙。"

"你的脑袋太可怜了，有时候你可以尝试不要使用它，不要思考。”Joey戳了戳她的脑门。

三天来，除了去厕所，洗漱，她几乎没有下床。每天吃Joey做的简单沙拉、面包，喝罐装咖啡。每天看着落地窗外，都是同样的天空，同样的屋顶，同样的寂静。她从不知道城市里也可以这样安静。手机早已没电，没有充电器，那就不充电。不知道是该高兴还是该沮丧，除了妈妈，她再也没有什么非联系不可的人，也没有什么人，非要找到她不可。

“海边离这里远吗？”

“房东说步行二十分钟，但是我昨天傍晚自己走了二十分钟，没有到。所以，我们最好明天早上再去海边。”

桑柔点点头，调整了一下枕头的位置，松松软软地垫在腰上：“你这样请假，没有关系吗？会不会影响工作。”

“工作并不是最重要的，有很多东西远比工作重要。如果说我的工作是去爱别人，那我现在，正在做。”Joey蓝颜色的眼睛看着她，像构造精致的玻璃球，纹路清晰，好看得让人嫉妒。

逃走并不是办法，桑柔很清楚。她明白自己也许只是想把糟糕的心情冰冻在这里，想把渺小的悲伤淹没在大海的广袤里。她喝了口热水，把烟点着，把玩着Joey送她的打火机，把前因后果娓娓道来，好像真的在讲述一个属于别人的故事，好像她真的只是个小说家，为唯一的读者硬生生地写一个完整的因果。

“Wow，”Joey听完之后，耸了耸肩，棕色的眉毛蹙在一起，显得眼窝处的阴影更深了些，“所以，这是个罗密欧与朱丽叶的故事吗？那么我可以诚实地告诉你，这种故事都没有什么好结局，悲剧很美，却不好。如果有人告诉你，你们应该在一起，爱情可以解决一切问题，那么你可以同他绝交。爱情解决不了任何问题，何况你没有真的爱过他，所以你们是公平的，他骗了你，你也骗了他，你根本没想过去爱别人，你只是接受了别人的爱而已。我还是坚持我的观点，那不是爱情，不是。如果是，你现在就不会在这里，不会出现在我面前。”

“我不知道如果是你，你会怎么做。这件事情，和爱情没有关系。我根本想象不到未来，我看不到那个画面。一个人不可能一辈子只喜欢一个人对不对，我只知道，男人可以被取代，爱情可以被转移，只有亲人无可取代，我们都没有权力去伤害自己的父母。”

“不不不，桑柔，你是在为自己找借口。没有错，也许我也会这么做，我们可以尽早分开，可以去找到下一个爱人，无论是头脑上还是在床上，能够匹配的人并不难找。但这并不是全部的理由，你，没有激情，你，并不爱他。”笑容在Joey的脸上渐渐消失，又或者是太阳西移，扩大了阴影的范围，他漂亮的蓝色眼睛盯着她茫然的黑色双瞳，认真而严肃。

那双眼睛像潮湿的沼泽，让虚弱的桑柔失去了最后一丝挣扎的力气。她转过脸去，挪开自己的眼睛：“Joey你不能这样，你会给我洗脑。你会让我觉得，其实我才是最浑蛋的那个人。”

Joey摊了摊手，从床边起身：“我去找些吃的。你真的想象不到我们现在到底在怎样的地方。”

桑柔深吸了口气，看向窗外铅灰色的天空，鸟群无声掠过，讲述着远方海洋的语言。

海洋，桑柔满怀期望，如同出笼的云雀，雀跃着围在Joey身边，一心要往海边去。她在空旷而笔直的公路上用力奔跑跳跃，大声喊、大声笑，不用担心横冲直撞，因为冬天的这座海滨城市是一座彻头彻尾的空城。无论你有怎样荒唐的举动，在这里都得不到回应。

桑柔弯腰捡起落在地上的梧桐果，一点点剥开，将果子的茸毛抹了Joey一身，两个人玩闹着就穿过了一个又一个居民区，一排又一排关了门的疗养院、休养所。有棕黄斑点的白色流浪猫在墙头慢悠悠地走过。

偶尔遇到人，稀罕至极，有趁着淡季维修旅馆的三两工人，也有居民区里晒太阳的老人，他们糊里糊涂去问路，海边往哪儿走，要多久，得到的答案都是，那边就是，二十分钟。

“世界上任何两点之间的距离都是二十分钟，这是地方习俗吗？”桑柔有些泄气。走了这么久，却觉得根本不会走到海边了。

“如果你累了，就歇歇再走。”Joey倒是很轻松的样子，一直在笑。

“其实我是……饿了……大病初愈的人不都是胃口最好吗？”

“为什么你需要什么，不需要什么，永远都不能直接说，找借口的可不是勇士，想要满足身体的欲望不是非得要理由。”Joey始终挂在脸上的笑容写满了随时拆穿桑柔的快感。

终于，他们在纵横交错的小巷子里找到一家烧着暖炉的面馆，要了两碗热腾腾的刀削面，挨着炉子坐下来，因为天气太过寒冷，所以蜂窝煤燃烧的气味竟然变得好闻起来。就着火苗，他们把手放在一起取暖，学着彼此的样子用力呵气，揉搓冻僵的耳朵。绯红的耳垂与鼻头，都像印在童话书里傻里傻气的插图。

吃了面再赶路，不知道又过了几个二十分钟，他们看到了海面上浮动的琐碎阳光，午后三点，他们终于抵达了冬天的海。海风吹来彻骨的冷，是南京与北京都没有的那种冷。走在荒芜公路上，沿着海岸线，冬季的海风灌入身体所有神经的末梢。海风凛冽地吹，海鸥成群起飞又落下，近海已经结成坚冰，就像从未有人发现过这片海。

“要我给你拍张照吗？”Joey与她并肩站在海边。

桑柔摇了摇头。冬季的大海不属于人世。她不自觉地握住了Joey的手，她相信，无论多少年过去，只要她闭上眼睛，就一定会看见这片灰色的大海，感受到来自蒙古高原的北风，想起与她一同在这里伫立看海的男人。

“这不是我第一次看见大海，我见过江浙的海，渔火炊烟，一个一个小小岛屿，像内敛了许久的东方神话。我坐过从烟台到大连的夜船，海上的日出并不像小学语文课本里描写的那样蓬勃壮阔，在大海面前，连太阳也变得像一颗糖果。我去过海南岛，湛蓝的南海，美味的海鲜，我不喜欢椰子汁，喜欢一点点抠下椰肉吃。可是，我好像是第一次认识大海。”

“在美国的时候，我喜欢去南加州的海滩度假，美酒、美女和美好的冲浪。东南亚的海，越南、泰国、印尼、马代，碧海蓝天。我见过最美的大海是爱琴海，蓝得令人难以置信。我见过最让人恐惧的大海，是印尼海啸，我和你说过。”

“从小我就很怕水，因为爸爸的事情，后来就更恐惧水。还有一个诗人写过‘面朝大海，春暖花开’这种好像很美的诗句，可是这个诗人也自杀了。所以大海很可怕，看到海的时候，我觉得自己渺小得如同沙砾，生杀予夺，好像是大海才能决定的事情。我们每天生活的城市，那么拥挤，那么热闹，其实都是假象，其实再没有比地球更寂静的星球了。”

Joey看着她，就像看一个结束奥德修斯般的漂流，爬上险滩，等待救赎的孤儿，在冷冷清清的沙滩上，讲述遇见彼此之前的异国传奇，忘记冻僵的小腿、僵硬的手指，每个人的生活都像一个宿命的难题，而唯一能够给出答案的，只有无声无息的时间。

他们在海边走了很久，回去的路上，天色暗下来，朔风愈加猛烈。

Joey没有问她想在这里停留多久，何时回去，不提北京也不提工作。白天的时候，他会坐在客厅的飘窗上，抱着电脑，认真工作，桑柔静静地看着他，觉得像某种恩赐。

前半个月里，他们去了许多地方，山海关，旧城墙，旧日贵族的庭院，小胡同，博物馆，在村落里的湖边蹲着看超载的卡车堵在门洞里阻断交通，一面哈哈大笑，一面嘲笑对方你真闲，真闲，然后冻到双脚麻木失去知觉再辗转回到公寓。

有时Joey说想吃肉，就步行“二十分钟”去最近的公交站，坐空荡荡的公交，沿着海岸进城，在肯德基里吃掉十几根鸡翅。Joey可以吃两个汉堡，两杯圣代，像饿坏的动物，还要再买上几个汉堡带回去。桑柔说：“回到北京我一定要吃火锅、吃烤肉、吃川菜、吃比萨自助。”那是她这半个月以来，第一次提到回北京，Joey什么也没说，只是在无人的公车上，把她的脑袋放在自己的肩膀上。

桑柔闭上眼睛，听风声，听海浪，听鸟鸣。她说："Joey，你的人生已经有过，未来仍将有惊心动魄的冒险，而现在，却是我平淡无奇的人生中，做过最勇敢的事情。"

后来的日子，他们就不大出门去，更多的时候就在公寓里，每天吹冷风，看夕阳，散步，打牌，输的人要先去洗澡，让浴室充满温暖的水蒸气。洗完澡继续打牌或者聊天，最无聊的时候玩小猫钓鱼，为了牌多牌少也能计较争执，玩累了，彼此靠在一起，并肩在床上，就着空调吹送的暖风睡过去。

偶尔也看看电视。看新闻，也看无聊的电视剧。桑柔说："电视剧里对白那么快，你能听懂吗？"Joey得意地说完全没问题。所以有时候，桑柔会忘了他是美国人。有时候，在他用母语像BBC广播一样飞快接电话的时候觉得失落，因为她无法像他深入自己一样深入他。

但是无论如何，在这极其寒冷的严冬，极不真实的城市里，桑柔常常笑，笑得很大声，常常跑，动若脱兔，单薄的脸被北风吹得通红，不知保养，粗糙而无负累。那一段日子，就算皮肤迅速粗糙，心却轻盈无比，日复一日，切断来路与去处，一直坚持到了年末。

年末的夜晚，他们在小超市里买了一堆垃圾食品，薯片、曲奇、巧克力、火腿切片牛板筋，还有一打哈啤，抱回床上一边看电视一边喝酒。寒风在窗外呼啸，一阵又一阵的烟火在天际爆裂，开出转瞬即逝的花朵，湖南台在直播热闹的跨年演唱会。桑柔说："我们去海边吧。"

迎着刺骨海风吹来的方向，走在漆黑的深夜，竟然没有恐惧，没有怀疑，心里只有呼之欲出的雀跃，如果这是Joey说过的名为"激情”的东西，也许此刻，她才终于看见了火种的模样。

是新一年的零点零分，烟火远去了，城市远去了，光线与温暖都在远方，静默的潮水在奔腾，在喧哗，在涌动，在亘古的月光下讲述没有他们的过去与将来。Joey笑着跑向大海，转身看着桑柔，张开了双臂。桑柔看着他，还有他背后一整面的大海，像寂静的热带鱼回归海洋，许多画面历历在目，说过的话还有回响。桑柔揉了揉眼睛，飞奔进他的怀里，他低下头去吻她，旧年便过去了。

日升月落

新年之后海边的气温又骤降了几度，接连几个清晨都是灰蒙蒙的，冰凉凉的水汽等着凝结成雪花坠落。又一个灰蒙蒙的清晨，桑柔与Joey在秦皇岛火车站朔风凛冽的站台上，等待火车进站，回到离开了一个月之久的北京。

桑柔一面跺脚一面说："其实我们是离开了一整年。"

是一年，Joey笑着把瑟缩的桑柔揽进怀里。

归途上下起雪，茫茫的风雪，阻断视线，桑柔把腿使劲靠在暖气上。她说："这是我经历过的最冷的冬天。"

手机关机了整整一个月，没有通信，没有网络，没有社交，已经忘记人的世界、人的气味，这一刻，站在北京站的站前广场上，等待出租车的队伍，等待进地铁站的队伍，匆匆出现又消失在视线中的每一张脸，都让桑柔觉得恐惧。更恐惧的是，她还要回到公寓里，面对所谓的命运与难题。

Joey看了看手机，问她要不要去参加新年集体活动，晚上他们会去三里屯附近的一所国际学校，和一些孤儿一起包饺子。

桑柔即刻答应下来，因为她想要延迟面对的事情还有许多，比如打开手机，推开房门，见到江延，说出理智而冰冷的话，索要一个对不起，再给出一个对不起，然后相互承认这二十多年的人生可笑至极。

雪花落在眉毛上、睫毛上，落在衣服上、袖口上，每一片雪花都美丽而别致，在桑柔想要凑近观察的瞬间，融化成不均匀的水渍。就这么风尘仆仆，甚至是有些狼狈的样子，他们冲进幽深校园里最大的活动厅，脱下湿漉漉的外套，掸掉头发上的落雪，推开面前精致的大门，相视而笑，回归了闹哄哄的人间。

活动大厅里挤进了很多很多的人，有桑柔认识的，也有不认识的，更多的则是孩子，既有这所国际学校的学生，也有接受资助的孤儿。有时桑柔会觉得这样的活动其实有一点残忍，也许那些一无所有的孩子，自尊心还没有长成，不明白什么是不公，可是终有一天，他们会突然发现，人与人从被迫来到这个世界上开始，就是不同的，就注定拥有不同的东西。而拥有也不见得就更幸福，所有此刻拥有的东西都需小心翼翼地珍惜，因为拥有不会永恒，而失去，是瞬间，也是永恒。

Joey用手指蘸了面粉，涂在桑柔的脸上，哈哈笑着说："我大概知道你在想什么，不过现在还是开心一点比较好，有暖气、有饺子，还有同伴，没有什么不满足，有什么要忧虑的就留给明天。"

"在你眼里我总是有很多奢望吗？"桑柔一点一点捏紧饺子皮，仿佛问得漫不经心，但又似乎很认真。

“应该是……黑洞……填不满的黑洞……”

“原来我这么可怕。”

“但，我是宇宙。”Joey吐了吐舌头，笨手笨脚地擀饺子皮。这一刻桑柔想起在南京的水族馆里，他张开双臂说，“你是热带鱼，我是海洋”。

一锅又一锅的饺子从活动大厅里包好送到食堂，再从食堂后厨煮好送回来，热气腾腾，奇形怪状，孩子们尖叫着这是我的，我包的，我要这个，我要我的，比煮熟的饺子还要沸腾。志愿者们手忙脚乱，Joey的同事一直喃喃自语想去喝杯酒。有人唱歌，有人跳舞，来自国际学校的孩子们送了精心准备的礼物给被邀请来的小伙伴。桑柔突然抓住Joey的手说：“我得走了，不然我一定会去想筵席散场之后那些孤儿的失落，想想都觉得自己矫情。”

Joey打了一辆出租，把桑柔送到公寓楼下。也许是因为离矛盾的核心越来越近，所以这一路上，桑柔都很沉默。电台在放音乐，路灯熏黄，雪花还在纷纷扬扬，沉闷无声，就好像桑柔的心情。生活的琐碎纷纷掉落下来，落在心脏上，却没有一点声响，轻而易举就淹没了一切。

“你确定不用我陪你上去吗？”Joey的口吻里有些担忧。

桑柔摇摇头，自己的选择自己来说明，自己的麻烦自己来剪断。

她关上车门，透过半开的车窗对他挥了挥手，在转身的瞬间，又回过头来看他，他的眼睛在黑暗中依然有闪烁的光。“我想……你的结论是对的，所以，我果然还是诗人，并不适合写什么爱情小说，简直写得一塌糊涂。”说完她就匆匆跑进了公寓楼，按下电梯，所有的不真实与光亮在电梯的开合中消失殆尽。她又回来了，而她要面对的好像并不是江延，而是那个不怎么样的自己。

桑柔深吸一口气，转动钥匙，打开房门，按下吸顶灯的开关。玄关干干净净，客厅空空荡荡，有轻微灰尘气味，她轻轻打了个喷嚏。原来离家出走的人并不只有自己，曾经啃过苹果，写过稿子，喝过咖啡，丢过纸巾的茶几上，用玻璃杯压着一张字条，是江延留下的。

“我想无论如何你肯定会再回到这里，并且是以搬走自己的东西为目的回来。我知道你并没有回南京，我也知道，我没有权利去制造我们之间的命运，让本来不应该有交集的我们被捆绑在一起，并且强迫你接受我的爱。所以，既然是我自作主张进入你的人生，我想也该由我主动谢幕离开，这样才对，这个句号不该留给你来画。你说过，没有什么善意的谎言，你最害怕的事情是不知道自己的处境，可说出真相又恰恰是我最害怕的事情，一拖再拖就拖成现在的狼狈。公寓租金预付了半年，你可以继续住，我已经离开北京。答应我，要让自己快乐，我办不到的事情，希望有人可以帮我办到。我不会换号码，有需要一定要找我，无论你如何理解我的动机都没有关系，你只要知道，你一定能找到我就可以。再见了，桑柔。对不起。”

对不起，是他一直以来对她说过最多的话，多过我爱你，也是他对她说的最后一句话。可是他终究没有给桑柔留下机会，让桑柔责怪他，也责怪自己。她想象过无数次再度见面，面面相觑的情景，想象过激烈的争执与眼泪，也想象过自己残忍地说这一切都不是爱情，说自己好像终于知道爱一个人的心情，然后也丢给他一句对不起。

可如今她已经失去了对手。

在她面前的，只有一间公寓，水暖在供热，灯光明亮依旧，唯独空气里已经找不到任何熟悉的气味。时间的作用快得超乎想象，桑柔坐在地毯上，把落了浮灰的纸张一点一点撕碎，丢进一旁的垃圾桶里，从包里找出一直关机的手机，想了想，也一并丢进垃圾桶里。而后她站起来，去了卧室。也不管干不干净，掀开被子直接和衣躺了进去，闭上眼的时候，眼泪才慢慢缓缓地流了出来。

那天晚上，她又接连进入了过去同样的梦境，回到手持手术刀的位置，手术台上的女人似笑又似哭，她说这里没有心，没有心，胸前有漆黑的刀口，深不见底。她拿了线想要去缝合，并对女人说这里曾经是有心的，但是现在没有了，这样你再也不会生病了。女人的脸上写满了愕然，她长了一张桑柔的脸。

猛然于沉梦中惊醒，桑柔心浮气躁地坐起来，背后是黏糊糊的汗。暖气太热，梦又让人头痛，就这样在心惊肉跳中开始了新的一天。是新的一天，新的一年。这是他们两个人共同的选择，选择了某种结束。仿佛走了很久很久的峡谷，终于看到微光。她不知道究竟江延和自己，谁才是谁旷日持久的考验，可是现在，她更愿意相信，是她走错了剧组，演错了对手戏，在搞清楚所有的通告之后，她找到了她应当进的那个组。

桑柔洗了快两个小时的热水澡，把热水开到最大，重重砸在脸上、肩膀上、腿上。她要换一部手机、一张电话卡，给妈妈打一个电话，去网上找工作，再去见Joey。突然之间一切变得规律而有计划。在关掉热水器，用大浴巾擦干头发的时候，桑柔发现自己竟然有如释重负后的瘫软与轻松。她看着被雾气模糊了的镜子，把浴巾丢在一边，梦里的恐惧感再度袭来。她很怕，很怕这时会有人来问她，江延爱不爱你，留不留在你身边，对于你来说是不是都一样。如果承认了他的可有可无，也等于承认了自己的冷酷。“谁会理解你因为从不奢望爱情而不愿辜负他人的爱意，你就是个自私的坏人而已。”桑柔对着镜子里的自己说。

可是以后，她想她会告诉自己的孩子，就算明天即是末日，就算心中没有希望，至少也要学会等待，不声响，不动作，静静等待，在此之前不要软弱无能地接受别人递来的糖果，要等到自己想要伸手去拿的那颗糖，只有那时才能枯木逢春、云开月明，要知道，说不准的，才是命运。

五点半钟，晚高峰临近，车流渐渐密集，桑柔在Joey公寓楼下倚着墙抽烟，观察缓缓移动的每一束车灯，它们像妖怪的眼睛，投射出不同形状、不同亮度的光束，照亮污浊空气里飘浮的尘埃。她微微眯起眼睛，好像在看一张布满了胶片颗粒的老照片。

她看到了Joey的车，绕了很远才掉转方向，开进地下车库。待她掐灭烟蒂，又看见他从车库入口出来，去一旁的面包店买了一兜面包抱在怀里，径直朝这边走来。

“你怎么在这里？”看到等在楼下的桑柔，Joey的眼睛因惊讶而放大，“你可以先打电话给我。”

桑柔把新手机在他面前晃了晃，摆出一张略显无耻的笑脸：

“帅哥，介意把你的号码给我吗？”

“让我考虑一下。”Joey拎着她的衣领，像拎一只猫，把她拎回家去。

松狮迫不及待地冲她扑过来，使劲儿用爪子扒拉她的胳膊，脑袋贴在她的脸上来回磨蹭，毛茸茸的庞大身躯就像一个巨型毛绒玩具，在冬日里格外温暖。Joey说：“我一整天都在等你的电话，所以，已经解决了吗？”

桑柔垂下眼睛，已经解决了吗？她不知道。“他没有给我做选择的机会。他走了。也许这是最好的方式。但是……”

“但是……”Joey温柔的目光里打了一个问号，但又仿佛对她的结论心知肚明。

“但是，我是背叛者，没有可以开脱的理由。”

“不不，我就是最正当的理由。”Joey伸手揉了揉她软软的头发，“你们这些中国人，无论做什么都一定要找到一个，怎么说呢那个词，正当，正当的理由，为什么你想要，你想做，就这么不正当呢？”

桑柔歪着脑袋叹了口气：“是啊，为什么呢？”

他们一起做了简单的番茄意面，把面包切成片，在碟子里倒上清淡橄榄油，坐在铺了绿色格子桌布的方桌边，吃简简单单的一顿晚饭。玻璃窗隔绝了雪后夜晚的清冷，好像一直都这样安静地活着，没有毫无章法的故事，也没有糟糕透顶的琐碎。吵吵闹闹的现实都在很遥远的地方，他们像所有的普通人一样，在自己狭窄的疆域里，吃饭，忙碌，相爱。

“要不要搬到这里来？”Joey放下餐叉，突然问她。

“不要。”

“为什么？”

“因为想见你的时候，就走一段路来见你，为了这种酸溜溜的心情。”

“我去过许多国家，为了度假，为了学习，也为了工作，但是那些地方也仅仅是其他国家，那里的人，是其他国家的人，或者其他国家的朋友，我从来没有想到过，自己会喜欢上一个中国女孩儿。很奇妙。”

“你知道每天有多少爱情死于太过了解，而我们抵达太过了解之前，还有很长的路要走。”

Joey的脸上掠过一丝桑柔熟悉的笑容，是在去往南京的火车上她看见过的笑容，是他说“你是个很有意思的人”时有过的笑容，没有愧疚，没有同情，没有善意，仅仅因为，她是个他喜欢的、有意思的中国姑娘。

踩着积雪回到公寓后，桑柔做的第一件事就是打开电脑，把收藏过的职位一一找出来，把与广告和策划有关的职位悉数删除，就像丢掉的旧手机，不再提醒自己想起江延、想起程嘉黎。只要不想起，就总有一天会过去。

搜索与医药相关的工作，结果更是头痛，不做私立医院的医生，不卖医疗器械，不参与药品开发，保护自己还得保护着良心，桑柔一面翻页一面笑，一面努力想吐出连续的烟圈。救命与要命都在同一人手里，只是一个选择。就算所有人都会觉得可惜了她的专业，可她的目光还是停留在了某网站的健康栏目编辑上，至少这个工作看起来人畜无害。

工作要求就是有医学背景的优先，负责健康养生方面的内容，所以桑柔在投出简历之后，又在网上报名了营养师培训班，准备考营养师资格证。起死回生只能是妄想，不如春风满面地活着。

忙完这一切，桑柔伸了个懒腰，清洗烟灰缸，关掉灯，临睡前把窗户开了一条缝，吹了吹仲冬的冷风。这种积极的忙碌，她有过吗？恐怕只有追溯到许多年前的那个小女孩，那个心在远处的小女孩，只有她的身上才短暂地有过吧。

她如同昏迷般睡过了这个寂静的深夜，也睡过了紧随其后的黎明与白日，等她睁开眼睛时，已然是下午一点半钟，Joey的电话和短信挤满了她的手机屏幕。

Joey说下班后来接她去Taco吧吃墨西哥菜喝啤酒，她笑着回了个“好”字，然后叼着烟去附近的超市买了一大堆冰激凌回来。因为觉得冬天的外套太沉，加之阴沉沉的天空闷着厚重云层，无风，也不算太冷，所以桑柔索性不穿外套，只在毛衣外面裹了个围巾，却不承想刚出了超市，就毫无征兆地下起雪来。

把外包装上还残留着雪花的冰激凌一股脑塞进冰箱的冷冻室时，桑柔想，不知道Joey那个家伙多久能够消灭这些高热量的冰坨。

而后她才洗澡收拾，专心等待约会的时间到来。

结果六点钟Joey打来电话，说雪下得突然，也下得越来越大，机场和火车站严重缺车，某条公交线忽然瘫痪，所以他所在的志愿者车队已经纷纷出动接送行人。

“居然还有这样的车队。”桑柔惊讶地问了出来。

“当然了，有时候大半夜的，也会被人当成骗子。”Joey接着说，“我知道你不喜欢听对不起，而且我也知道，你肯定很希望我完成我的志愿者工作。”

“是是是，您连中国人惯用的捧杀都学会了，我还能拦得住您？”桑柔隔着电话翻了个白眼，挂断之前又反复叮嘱他开车小心，注意安全。

这一晚，桑柔就坐在窗前的地板上，开了很暗很暗的一盏小夜灯，看着窗外怎么落也落不尽的大雪。其实她也不知道自己究竟在看什么，又或者只是单纯地打发掉一段忽然空白出来的时间。

看着看着眼前就模糊了，人就困倦了，不知不觉就躺在温暖的地板上抱着地毯一角睡着了。似乎没有睡多久，她就被Joey的电话吵醒。电话里Joey大声说：“快下来，我们去跑步。”桑柔不情不愿地坐起来，透过薄薄的窗帘，看着尚未亮起的天空：“一定要去吗？”

“我现在是带着你说的那种酸溜溜的心情站在你的楼下，所以你觉得你要下来吗？”

裹上厚厚的外套和羊毛围巾，在运动裤里穿上加厚的打底裤，再裹上三双厚棉袜才套上鞋子下楼去，可桑柔依然觉得自己呼出的气息会在半空中冻结成一朵花。

Joey把她抱进怀里，抱起来转了好几圈，他的嘴唇在寒冷的清晨依然有正好的温度，他小心翼翼地吻她，小声说这就是想要见你的心情。

一天的开始，好像不会比这更美妙。桑柔能够听到自己蓬勃的心跳。月亮还在空中，启明星的光亮依然恒久，他们并肩在早晨到来之前奔跑，经过朝阳公园门口，又想起北戴河无人的游乐场，相视一笑，知道对方想起了同样的情景。

桑柔说："我很喜欢的美国作家劳伦斯·布洛克就说过他很喜欢慢跑，如果不写作，唯一能想到要做的，就是跑步，所以你们美国人都视跑步如生命吗？"

"跑步的时候，会对自己身体的每一个器官、每一根神经都有细微的感受，对自身存在的感觉会无比清楚，我喜欢这种清楚，你可以当作是对自身存在的重要肯定。"Joey一面跑一面说，显然已经习惯于这种晨间运动，呼吸平稳有力。

"其实用脑过度想太多的人不是我，是你。"

慢跑持续了一个小时，在中式快餐店吃了满满一碗鲜肉馄饨作为早餐，再在朔风凛冽的街头像两个傻瓜一样只知道看着彼此笑。

临别时，桑柔将一把备用钥匙交给Joey："我总是会忘记带钥匙，有备无患。"

Joey再次笑了笑，也从运动裤的口袋里摸出了一把银白色的钥匙，推到桑柔面前："你可以弄丢自己的钥匙，但是要保管好我的钥匙。"

"交易完成？"

"各回各家，各找各妈。"

桑柔白了他一眼，真不知道这些乱七八糟的句子他究竟是怎样学得这么顺口。

怀揣新的钥匙回到家里去，她收到Joey的短信。他说：“新的一天加油，我告诉了Rihanna我喜欢上了一个中国姑娘，春天我休假会回美国，我会去看望她，并和她好好谈一谈。也许我的爱情里也有莫大的问题，我曾经以为这些问题是应当想办法去解决的，不过现在我好像也和你一样，对爱情有了不同的看法。其实没有什么需要解决，对不对？”

桑柔没有回复他，她想他说得对，遇见一个新的人，并不能解决旧日爱情里的难题，而爱情里，难道真的有什么难题非解决不可吗？只是她很羡慕Joey的这种方式，也很羡慕Rihanna的独立，他们都很直接，从不迂回，也不拖泥带水，要的，不要的，都可以直接说出口，不用给自己或对方寻找理由。

羡慕归羡慕，桑柔知道自己和周围的大多数人一样，都没有办法做到这样的摧枯拉朽，在Joey的映照下，看见自己内心的曲折隐晦与羞耻，有一种怪异的过瘾。

巨人的花园

桑柔应聘网站编辑失败，好在她有为Joey所在的国际慈善组织撰写稿件的经历，虽被婉拒，但却接到了网站的撰稿邀请，欣然接受之余，还是努力投简历，努力准备营养师考试。“努力”这个词，好像离她远去很多年，甚至从未属于过她。努力，是某种积极主动的姿态，是某种带有快感的对抗，而这一切，竟然就这样在她身上出现，毫无预兆，却也不令人反感。

最终，经过半个月的折腾，她选择了一家下属于某传媒集团的杂志社，负责美容养生小栏目。主编用她的原因很简单，名校，医学专业背景，有文字功底，这样就会有人来相信。

“作为一个新杂志，你说了什么并不重要，重要的是他们信你说的是真的。其实做媒体不都是这样嘛，没什么新鲜的。”主编这样对她说。

换了号码，换了工作，也不再提起江延。妈妈什么也没有问她，只是给她寄来了缎子面的棉被，野生蜂蜜，剥好的核桃、杏仁、巴旦木，以及夏威夷果、圣女果干，还有熬好的山楂酱，一台多士炉——可以烤出有笑脸的吐司，说春天来的时候，再做草莓酱寄给她。她笑妈妈是要和自己一起做营养师。于是她又总结出了一条新的定理，距离同关系亲密程度成反比，同别扭程度成正比。数学当真可以解决许多问题。

在更换银行卡的时候，她在柜台把江延提前预付的半年房租打进了江延的银行卡里。

Joey来的时候，她分了一半妈妈寄来的食物给他。他故意扯着她床上的被子说这个也分一半。于是两个人就一起躺在床上看电影、聊天、争执，指责彼此的国家，用枕头打架，再长久地拥抱。她喜欢他的身体，喜欢他的香水气味，同这张床没有关系，同男人的荷尔蒙没有关系，同性也没有关系，这种喜欢就如同喜欢实验室里纯粹而透明的液体。

待业的最后一个周末，他们一起去宜家采购简易家具和生活用品，一起动手拼装了一下午，终于有一副安家立业的模样。桑柔从来都不是一个形式主义的人，在这方面，她很好地遗传了自己的妈妈。她不会丢掉江延置办的家具，也不会刻意驱逐关于他的回忆，就像一代一代人都是踩在过往人类的尸骨上繁衍生存一样，她也会在旧的回忆上，再生出新的回忆。

有时她觉得自己的大脑是个容量不够的老化硬盘，知道有些文件夹永远也不会再被用到，所以干脆利落地格式化，从来没有“另存为”。

吃完晚饭，Joey提议去打电玩。桑柔想起初中转学之前的某一天，她从来没有进过录像厅，更没有去过电玩室、台球厅，但是那一天，她独自去了上学路上的电玩室，一个人霸占一台射击游戏机四个小时，一动不动地对着屏幕拼命开枪。有跃跃欲试的男孩子三三两两想来驱赶她，但是看到她死人一样的脸和布满血丝的眼睛，都咽了咽唾沫缩了回去。后来她的胳膊整整痛了三天，耳朵里是持续不断的“嗒嗒嗒”。

这么多年过去了，她玩射击游戏的样子却一点也没有变，并且命中率极高，血掉得极慢。Joey说：“明明应该我保护你才对！你的样子好像真的要杀人，我会以为你是深藏不露的杀手。”桑柔突然把枪转过来，枪口对准Joey：“所以你根本就是间谍，对不对？”Joey愣了一下：“我是间谍你会杀我吗？”突然之间，两个人都显得过分认真，又因为对方的认真而怔住。

数秒之后，桑柔把枪放回架子上：“我不想要传奇人生。”

“我有必要让你看看我的实力。”Joey没有继续这个话题，一把拉住她的手，穿过射击游戏区，一直往里走。有人在开车，有人抓娃娃，有人博彩，也有人投篮，女孩子们打地鼠，男孩子们互殴，Joey一直把她拉到跳舞机前。

虽然开了空调，还是有些冷，Joey脱掉大衣、毛衣，只剩一件白色短袖T恤，踩上了跳舞机的箭头。音乐，节拍，动作，Joey专注又忘我，桑柔在一旁看得出神，反应过来才发现周围已经聚集了一圈人在围观他。哧哧的笑声，啧啧的赞叹声，这些都和正在跳舞又跳得极好的他没有关系。她微微眯起眼睛，透过嘈杂的人声与音乐，看到他脸上的享受与快乐、投入与陶醉，那是她最羡慕他的地方。

舞曲结束，Joey好像意犹未尽，跳下来抱起桑柔转了两圈，缭乱的灯光在眼前变成一圈圈的弧线。人群散去，一时凑热闹、看热闹的也都散去，可是因为跳舞而挥汗如雨的快乐还在。Joey说：“虽然你很少笑，可是你笑起来很好看，在火车上，我就想告诉你。”

“你知道我们一向不认同你们的审美观吗？如果你说我好看，我想死的心都有。”

“怎么会？怎么会不一样？我们觉得章子怡、巩俐都很好看，你们不觉得？”

“那她好看吗？她好看吗？她呢？”桑柔指着商场里一个接一个的广告牌，上面有舒淇、范冰冰、赵薇。Joey的嘴角扬了扬，微微皱起眉头，似乎很认真地评判了一番，而后说道：“还成，一般吧。Just so so。”

“那她呢，《实习医生格蕾》里的克里斯蒂娜，那个长了一张马脸的亚裔，她好看吗？”

Joey的眼睛瞬间有了亮光：“太美了，是大美人。怎么会是马脸，是你们嫉妒吗？”

桑柔一脸忧愁地看着他：“求你千万别说我好看。我不好看，一点都不好看。”

他的眼睛，在灰色的隆冬夜晚，像孤单的星星，在闪光。她说：“怎么办，总觉得你像天上的星星，我总能看见，却未必真的触手可及。就好像快乐才刚刚开始，可是悲伤总会潜伏而来。就好像因为你，我不孤独，却更孤独。就好像……”

“现在不是写诗的时候，你该回家去睡一觉，然后好好上班。”

“不对，是睡觉，被吵醒，跑步，吃早饭，再上班。”

生活又变得如此有规律可循，可以被预知，能够被操控，可供选择、删减，或者添加，从从容容排列整齐，等待日日重复。正如桑柔一直希望的一样，太阳升起，月亮落下，冬天吹北风，穿毛衣，多吃肉，夏天撑伞，电闪雷鸣，绿树繁花。总归是没有意外，也没有奢望。

第一天上班，主编带着十几人的团队，给桑柔开欢迎会。中午一起吃饭、聊天，大家挨个做了一遍自我介绍。桑柔不知道是不是曾经做医生的职业病使然，名字不太记得住，一眼扫过去，都是一排端端正正的骨骼与肌肉。

团队里年轻人居多，所谓年轻大都是刚刚毕业，比桑柔小上几岁，也有些大学在读的实习生。出于对新人的礼貌，他们问她许多问题，得知她做过医生，便真的好奇起来，问她是否收红包，有没有接生过孩子，开药是不是有回扣，妇科医生是不是性生活不和谐，小护士和主治大夫是不是难免有一腿，值夜班有没有撞过鬼、碰过邪……坐在这样的饭桌上，桑柔有点恍惚，不是因为隔行如隔山，也不是因为有些问题讳莫如深，有些问题荒唐好笑，而是恍惚自己竟然真的做过医生。好像曾经在医院里，出过急诊，上过手术台，开过药方，救治过病患的人，根本不是自己，甚至连同漫长的大学岁月，看过的医书，做过的实验，也都只是一个梦境，随着被挖走的一颗心，彻底丢失了。

我真的曾经是一名医生吗？我真的开过潦草的药方，触摸过病人的胸膛与小腹吗？我真的曾经看着手术室的灯熄灭，太平间的门打开吗？我真的面对号啕大哭的病人家属，无能为力，在那一天抽上了人生中的第一根烟吗？桑柔也想站到新同事的阵营里，好好问一问自己。

下班时间，Joey开车到楼下接她，临走前，主编问她第一天的工作感受，她想了想说："手机里存的号码突破了两位数，可喜可贺。"

她的新手机里，只有妈妈和Joey的号码，连外卖和快递电话都没有存过。她和Joey说，自己好像是在监狱里过了二十年的老人。

只要没有特殊情况，Joey每天都会接送桑柔上下班，一起吃晚饭。如果中午抽得出空来，他也会特意接她去吃饭，哪怕匆匆吃完一碗面就要各自回去面对鸡零狗碎的工作。

她说："你其实不用非要过来的。"

可是他却说："要特意走上一段路来看对方，不是你说喜欢这种酸溜溜的心情吗？"

每当这样的时候，桑柔就很想去摸一摸他棱角分明的脸。

桑柔知道Joey的工作非常忙，有处理不完的数据、表格，她看不懂的to do list永远列不到尽头。可他却从没有让工作占据过自己和桑柔的时间，就像一台高速运转的精密计算机，只要设定了时间与任务，他总能看上去毫不费力就完成一切。可桑柔就不同了，她没有那么忙，也不需要那么高效，却总是要加班。若是曾经的她，眼见同事分明无所事事却还要对着电脑死撑到最后一个离开工位，她一定会视而不见地做准点走人的那一个。但是现在，她看着慢吞吞拖延工作却积极争做表面功夫的同事，竟然可以耸耸肩，那就陪着加班吧。她想着一定是因为Joey。

遇到加班的时候，就算没有吃消夜的胃口，Joey也会拖她一起散散步、抽抽烟，在天桥上，迎着风，看热闹的城市一点一点安静下来，再买一杯热奶茶，捧着走回家。周末还是会一起参加各种各样的公益活动。

同事们只知道她有男朋友，似乎亲密而幸福，所以很少参加同事间的娱乐活动，团建的时候也总是见不着桑柔的人影，便笑她没出息。时间久了，看到Joey的车总停在楼下等她，有时也能看见他下车透气，靠在车门上讲电话，就会拿她打趣开涮，更熟悉些了便也会问些更露骨的问题，比如外国男人的尺寸、喜好等。

可是桑柔想，他们永远也不会知道，在平淡无奇的日常里，还有些东西，远比他们以为的“幸福”更重要，而那些东西，只有Joey才能够亲手为她打开，同她分享。比如，在天桥上沉默地观望淙淙车流，在公寓楼下一起倒数三二一街灯熄灭拍手跺脚，在客厅里分抽一根来自南美洲的雪茄，Joey呛得咳出眼泪，桑柔在一旁用力拍他的后背哈哈大笑，再如安静地看用不同语言写就的书籍，以及每一个在寒风中边跑边流鼻涕的早晨。

有时候，他把她抱起来，她会低下头去咬他。有时候手拉手走在路上，风把脆弱的皮肤吹得生疼，疼痛在冬季的作用下，会被延长，会变得缓慢，会记得更久，所以后来无论何时拉起手，都仿佛有北风呼啸而过。虽然每天走愈加熟悉的路，见愈加深爱的人，不去想明天之后的种种打算，可是，若多年之后，她能够回到这里，再看这一点一滴，一举一动，或许依然会难过，依然会掉眼泪，会想念她的巨人，他的花园。

用无限的伤感去爱一个人，桑柔想知道，是否只有自己才是如此莫名其妙。

工作与生活都接连稳定扎实之后，Joey劝说桑柔去学车："我假期回美国，你需要的话就可以自己用车，还可以带松狮出门，让它保护你，如果我们要自驾旅游，我一个人开车会有问题，终点恐怕会是天堂。"

"我们一起去天堂，我们一起去天堂，路上有风雪，还有最美的歌。其实我真的是个诗人呀。"

"汪汪！"松狮很捧场地在她脚边用力叫了两声，一脸讨好的样子。

于是这个话题又被敷衍了过去。或许桑柔想要敷衍的，并不是学不学车这件事，而是他要离开，他会离开，会回到属于他的国家，回到他的亲人还有朋友之中，那是一个只存在于她看过的书籍与电影之中，依赖想象构建的国度，自由、疯狂、忙碌、Party与冒险。即使这一次他只是暂时回去过假期，可下一次呢，再下一次呢，他总归要回去，要离开。他是不可能永远留在中国的，桑柔偶尔会惊讶于自己心底的这份笃定。而每当想到这些，都觉得彼此仿佛不是来自同一颗星球，就好像浩瀚宇宙中，两颗孤独星球经过亿万年，相互擦肩而过，他们站在光秃秃没有大气的地表，看见彼此的光亮，挥一挥手，却要再隔上亿万年，才能被看见，被听见，到头来，依旧是自说自话。

“你看别人谈异国恋，都高高兴兴带着金发碧眼的男朋友去炫耀，只有你这样愁眉苦脸。”

“你说为什么我总有那么多愁可发，我明明很高兴啊，可是明明也很难过。”

“因为你是我喜欢的桑柔。你是有意思的桑柔。是我在火车上遇到的诗人。诗人的大脑不是都和正常人不一样吗？”

“我只听出一句话，我不是正常人。”

“因为我也不是，你们不是喜欢说，兔死狐悲……不对……物以类聚……”

第二天早上，桑柔因为来例假，头痛欲裂，眼压升高，眼眶也要被拆开一般，于是索性请了假，在Joey的大床上，舒舒服服睡到中午，直到松狮把她舔醒。

桑柔去厨房给它添狗粮，看到Joey在冰箱上贴的小字条：

“你不快乐，我就和你一起不快乐。

你哭，我也和你一同哭。

你绝望，我也和你一样绝望。

所以只有你开心了，我才能和你一样开心。

这是桑柔和Joey的爱情。”

白痴。幼稚。真恶心。蠢死了。桑柔一个词一个词往外蹦，但却没有走开。她在冰箱前站了许久，那几行钢笔字字迹蜿蜒，如同不娴熟的孩童吃力写出的，可是一笔一画，都在讲述他的认真，认真得笨拙。晚些时候，她带松狮出去散步，离开前，也写了一张字条替换了原先的那张：

“突然想要去学车了。

想带着所有的不快乐、眼泪和绝望，去更远的地方，看更热闹的世界。”

这已经是身为理科生的桑柔能够想出的最拙劣的抒情了。而后她将Joey的字条小心折好，塞进钱包里。

谁也没有说明，却从此约定了某种习惯。在彼此家里留宿时，总会在冰箱上留下字条，说一些与彼此有关或者无关的蠢话，问一些奇奇怪怪的问题，比如“我有没有说梦话”“我喜欢你那件条纹睡衣”“今天晚上又想吃印度菜”。

而桑柔也真的去学了车。就连周末的早上，还要六点半爬起来，在瑟瑟寒风里等驾校的班车，去上一整天的课。学交规的时候，桑柔偷偷自拍鬼脸给Joey发过去，练车时被比自己还要小几岁的教练骂得狗血淋头也不生气，还偷偷录下来发到了网上去，引来无数共鸣。

深夜放上喜欢的法语歌，找无人的道路，和Joey一起练车。他说下一个冬天，我们可以开到蒙古，再到俄罗斯，沿着又宽敞又安静的跨国公路一路开到波罗的海，去北欧看极光。而此刻北京的夜空连一颗星也没有，但是世界在他的言语中，变成一颗透明的水晶球，那么小，小得哪里都可以去，那么清楚，清楚得能够看见千里之外的一草一木，一灯一星。

后来，桑柔以最快的速度拿到驾照，也依然喜欢在夜晚开车。凌晨一点过后，驱车经过空旷的长安街，带着Joey和松狮，敞开车窗，这时候的北京，显得温柔而深情。也在周五的晚上，不知谁先提了一句，就这样一路奔向海边吧，就真的一路开到了几百公里外的海边，束手沉默，并肩而立，看了一场鲜红的海上日出，再换了一个人开回北京。

也许因为车开得多了，才做了这样的梦。梦见自己开着Joey的车，但是没有Joey也没有松狮，天上有金色的太阳，路旁是金色的麦秆，没有尽头的公路起起伏伏，一直通向太阳。她一直开一直开，越过高山河流，森林海洋，而路途没有变化，也没有终点，她在速度与绝望中，再度哭着醒过来。

习惯性伸手往旁边摸了摸，没有Joey，这才想起，他为了假期的事情，昨夜加班没有回来。只听暖气轰然作响，窗外有雪花被吹进了屋内。因为自己，他放弃了圣诞假期回国的机会，还是因为自己没有回家过年，他又放弃了特批给中国地区工作人员的新年七天假。时间一晃便是飞快，眨眼间已是人间三月天，雪还在落，桃花也在开。桑柔擦掉眼泪起身，光脚踩在木地板上去关窗子，看着雪花无声地落下。如果雪一直这样不停地下，是否会将这座城市一同埋葬，就这么静静地、悄无声息地结束？

在停止供暖的第一天，桑柔开车载Joey去机场。她笑说："我从来没有在机场送过人，第一次就是国际友人，我们是该拥抱，还是该握手，还是只要简单挥挥手，该说些什么好呢，还是什么都不说，是不是该挤两滴眼泪？"

桑柔说这些的时候一直都在笑，这一回反而是Joey没有笑。他忽然说："桑柔，你知不知道，你笑得这么多很吓人，你不正常。"

机场高速通往T3航站楼的路边，停满了暂时休息的私家车，几乎都是来送行的，懒得开去停车场，便都在临时停车道上泊车。车里的人敞开车门，打着双闪灯、抽烟、吃东西、聊天、等待。

从这里，可以看到飞机一架架次第起落，它们来自不同方向，又去往不同方向，像铁皮缝制的简陋大鸟从头上俯冲过去，仿佛能看见机身接缝处的螺丝钉。Joey说：“一会儿我自己进去，你直接把车开走，睡上几个好觉，我们就又见面了。”

“这是一个童话故事吗？”

“嗯哼。”

也许有一天，她会失忆，会老糊涂，会忘掉许多事情，甚至不知该怎样描述他的脸，他的声音，可是她一定会记得他耸肩的样子和轻描淡写的一声“嗯哼”。

“所以，我只需要同你说再见，就可以了吗？这也太不形式主义了吧。”

Joey摇了摇头，从她的嘴里把吸了一半的烟抽出来，用自己的亲吻去填满所有的告别。

桑柔说不清楚自己是难过，还是不难过。她目送他走进航站楼大厅，再点起一根烟，看着时间一分一秒过去，看着巨型的大鸟带着他离开这里，漂洋过海，平坦的天空，连一丝痕迹都没有留下。她不知道，她会用怎样的方式去想念他。

她知道自己一定会想念他，同以往的每一次分别都不同，与任何人都不同。

无形符号

一弹再三叹，慷慨有余哀。

不惜歌者苦，但伤知音稀。

——《古诗十九首·西北有高楼》

桑柔：

我在飞机上，处理了一点工作，睡了一觉，当我写这封信的时候，应该正在太平洋上空。我吃了很多很多冰激凌，所以你会骂我吗？我在飞机上总会吃很多，吃牛排，喝红酒，因为不知道还有没有下一顿，也不知道会不会落在太平洋里，再也回不到陆地。所以在坐飞机方面，我总是选择最奢侈浪费的方式。

我不会当面对你说这些，我不会给你机会说我是胆小的悲观主义者。

坐在我旁边那位亚麻色头发的女士和我正相反，她什么都没有吃，在过去的许多个小时里，她不断地对空乘说“no，no”，我怀疑她是不是只捡自然掉落的果实来饱腹的清教徒。

她一直皱着眉头，闭目养神，除了喝水与拒绝，再也没有任何多余的声响。我稍微动一下，都会对她心怀愧疚。

在我还是穷学生的时候，我也绞尽脑汁买便宜的打折机票。第一次来中国，是空客的大飞机，那么大的飞机，可是经济舱依然很拥挤，并且飞行时间有二十多个小时，从美国起飞，一直向东，在迪拜转机，先到东京，再到北京，几乎是绕了地球一圈。后来我在中国学到一个成语来形容这种旅途，叫作“南辕北辙”。

现在的我，无论坐火车，还是坐飞机，总觉得应该有一个你来和我不停地说话，用你们的话怎么说，“有的没的”，说些“有的没的”。可是有意思的人，总不常碰到，美国的女人也很喜欢说命中注定，《西雅图夜未眠》里把她们暴露得淋漓尽致。你呢，你相信命中注定吗？

这个命题被无数小说与无数电影讨论过无数次，但是每个人，都有自己独特的命运。想一想，也会觉得很期待。有时我会觉得我的血液里流淌了许多命运的符咒。

还有六个小时，我的飞机就会降落在华盛顿杜勒斯机场，我的弟弟会开着他心爱的皮卡车来接我回家。圣诞节以外的时间，我很少回家，希望他们不会不习惯。

我想，我会尽快去纽约，去曼哈顿，去晨边高地，去哥伦比亚大学，是的，去找Rihanna，我希望你不要介意，也不必为此感到难过或者抱歉。我在飞机上很努力地去想她的样子，却只能想起电话里她的声音，没有眼睛、鼻子、嘴巴，只有电波重新组合的声音。而那声音，也根本就不是从她的身体里发出的真正的声音。那是模仿，是伪造。

我们之间的感情，也许在很久以前就该结束掉，但我们又希望能够与身边的美国人有一点不同，我们努力、坚持，以对方为骄傲，说服自己，说服他人，但是收效甚微。也许我们可以见面谈谈各自的感受，喝一杯马提尼，说一个笑话，她也许会给我看看她现在男伴的照片，然后愉快地告别，我想大概就是这样了。现在可是春天，她没有多余的时光可以浪费给我。她很美，也很热烈，即使分开，我也不会说她的不好，因为她确实很好。

我现在坐在舷窗边，给你写邮件，一点也不需要担心周围的人，因为他们的中文没有我好，他们看不懂中国字。在我学习它的时候，和以往任何一种语言都不同，它更像艺术品，我是在画画，不是在写字。你问过我，要去这么多国家，要学当地的语言累不累。累，但是很有乐趣，对世界和他人的了解，更多一点，虽然只是一点点。

没有语言，就没有思维。这是我相信的哲学。所以语言决定思维方式，也决定了我和你的不同。

现在我要把我的电脑收一收，再睡上一觉。倒时差比学一门新的语言更痛苦。

我爱你。不知道还可以怎样表达。

给我写信。

Joey

3月12日 太平洋

Joey：

你离开三天，我今天才看到你的邮件。你发短信告诉我你已经到了，却没有告诉我你写了信。有时候我真的会觉得你是中国人，是从很遥远的古代来的中国人，有一些不合时宜的浪漫与柔情，措辞讲究，句法工整，像个老先生。如果你在我的面前，我一定不会告诉你，我有多喜欢属于你的这一切。

命运优待一些人，冷落另一些人，就算是一年以前，我都觉得自己应当是憎恶命运的那类人，给过我，再夺走，比从一开始，就对我不闻不问，把我遗忘更残酷。可是命运再度和我开玩笑，告诉我它的善变。谢谢你，让我想要从自己封闭又狭小的世界里走出来，愿意看一看更远的风景，更多的笑容，把心里的话，也多说出来一点。

信我看得很仔细，没有错别字、没有语法错误，完美，但是读起来，还是像外国人写的。我今天被主编教育了，她说我现在写专栏稿有一点翻译腔，有奇怪的倒装和被动句，还有各种连词，我想这都是因为你。

我住在你的公寓里了，这样松狮不用挪窝，车也可以停在车库，我离公司也更近。松狮很能吃，很能睡，但是我觉得它很想你，可是我要怎么解释才能让它明白呢。我不知道它是听得懂英文还是中文，还是什么都听不懂。我一遍遍地说，哥哥会回来，哥哥只是回去看自己的爸爸妈妈和兄弟姐妹，我希望它听得懂。这个大块头其实很没有安全感，也许所有的狗狗都是这样。

你也会想念松狮吗？你会想念北京吗？你……会怎样和你的家人、你的朋友，描述这个国家，以及对诸多事情都很不满也不幸福的中国人呢？我们在过去的一百多年里，一直都在被你们妖魔化，或许你可以邀请他们来北京。

看着你的飞机起飞，我有一点好奇，不知道会怎样想念你。现在觉得，不会是那样强烈的想念，因为只要还有你的消息，还在听你说话，读你给我的信，就好像你并没有离开，你依然很近，甚至就站在我的旁边。和所有的夜晚一样。

我会多和同事一起吃饭，一起唱歌，一起郊游，一起拍照片，帮他们解决小感冒、小发烧，但是我依然觉得生活很单调，每天都是复制、粘贴，就好像偷懒一样，抄袭前一天的一切。你看，我的存在，对于世界并没有什么特别的意义，可我竟然还不死心希望世界给我意义。唯独给你写信的时候，你桌上的复古小台灯，就变成了整个宇宙的中心。

晚安。好梦。

桑柔

3月16日 北京 亮马桥

桑柔：

我知道你不太用邮箱，所以我才给你的邮箱写信，这样我就可以写好多你平时觉得肉麻恶心的话，反正你也不会看到，但是我的希望破灭了，所以我只好又假正经给你写信。

我在家住了三天。晚上坐在自己曾经的房间里，关上灯，开着窗，看到树冠、星空，听到风和夜行动物的声音。十年前，我也是这样坐在这里，没有想到将来会远行，会去那么多遥远的国度，遇到数也数不清的不幸，不幸的人，不幸的事，新闻里其他大陆的贫穷、疾苦、战争、灾难，有一天，竟然也会和我有关，我也会在现场，在那个当下。

中学时候的我、大学时候的我，照片都还贴在墙上。我那时候也喜欢运动，但还是很瘦，喜欢读书，也被笑话，好像昨天还在和橄榄球队的浑蛋打架，脸上贴满创可贴，怎么一觉睡醒，就已经三十岁。小时候，还为爸爸来自英国，有一个古老姓氏而觉得不可思议，现在，连南非也不觉得遥远。发现新世界的探险家们经过的好望角，不复神秘。旧世界的奇观不抵当下人们经历的种种，因为这些苦难，我却更爱这个世界，上帝是在那时才复活在我心里。

姐姐带着孩子来度周末，一家人在一起，也好像回到小时候。我们突然变得开始爱回忆，如果人生只过了短短几十年，就总是回忆过往，还伴有泪水，那我们的地球，该有多忧伤。这是风暴与洪水的诱因吗？

妈妈的烤牛肉是我非常想念的味道，有机会的话，我一定要让你尝到。姐姐会给我的咖啡里不放奶，少放糖，她总说我吃甜食太多。她从我手里把牛奶壶抢走的时候，我想到了不让我吃冰激凌的你。

晚饭后，我们全家会放音乐跳舞，都是爸爸喜欢的古董老唱片，跳舞的时候他确实很像英国人，有点滑稽，过分正经，但是很绅士。

周末结束，我就去了纽约。我没有选在周末去，这样可能会打扰Rihanna约会，破坏她的周末安排，不然就会显得我要约她度周末。也许是现在的工作让我变得谨慎了一点。其实，我每一次突然打电话给她，她都不太愉快，所以我不想破坏她愉快的心情。

我们约在中央公园见面，她知道那是我最喜欢的地方。伍迪·艾伦在电影《曼哈顿》里说，每年暴雨天，总有几个人在中央公园被雷电击中，一点也不夸张，我想你一定会喜欢。至少，喜欢坐在这里胡思乱想。如果俯瞰这里，一定会有点奇怪吧。

这么多年的分离，让我们对彼此又陌生，又熟悉，见面之后，甚至不知道该用怎样的方式问候，是拥抱，亲吻脸颊，还是点点头耸耸肩，结果变得很尴尬。这并不是因为摆在面前的是各自分开的岔路，这是从很久很久之前就开始的不知所措。抱歉我对你说过那么多豪言壮语，关于梦想，关于自由，关于爱情，但是我没有成功，我和Rihanna，我们为此努力过、证明过，但最终都成了失败者。我坐在这片久违的绿色里，想了很久很久，也许，从爱情变成坚持，并为维系它用分开来证明来努力的时候，我们就已经失败了，却不愿意承认。

她对我坦诚，在过去的一年里，她和三个男人上过床，其中一个是她的讲师，当然，他同很多女学生都会上床，所以，他们只是都很寂寞。在她意识到，她再也不能抵御身体上的孤单后，她回到酒精与性的世界里，为之狂欢，也为之痛苦，就算如此，也好过为我而痛苦。你可以觉得她很矛盾，一方面过着放荡不羁的生活，另一方面又有着坚贞的情结。

她说，知道我喜欢上别的女孩，好过知道我只是在和不同的女孩上床，这样她会为我高兴，也不会更加自责。

就好像是终于松了一口气，把所有的不合理都给合理化了。是的是的，这就是Rihanna，这就是我曾经的Rihanna，我依然觉得她聪明动人，依然喜欢她，但是爱情，已经离开了。我为爱过这样的女孩感到骄傲，但是我更开心的是终于有了一场正式的告别。

以前我们经常一起坐在这里，喝可乐，聊天，聊过去和未来，当未来真正来临，才发现我们并不能共同存在于同一个未来里，再坐在这里，真的有些沮丧。

她从没有去过中国，她其实不太喜欢亚洲，希望你不要不高兴。你说过，太多西方人把中国妖魔化，在我没有来到北京之前，我和她一样。也许对世界的认识，就是在这种我了解她不了解，她了解我又不了解中，慢慢有了分歧，慢慢去往了不同的方向，慢慢离彼此越来越远，再也无法回到一条道路上。

抱歉今天的我这么悲观。但是在遥远的中国，那里有我的星星，会一直照亮我。

我们只谈了十几分钟，干净利落，她带了咖啡给我，她喜欢喝纯粹的美式，我还是更喜欢喝得甜一点，所以她给我的美式里加了很多糖，但其实我还是想喝拿铁。所以她的矛盾真的很有趣，又照顾我又不照顾，最后搞得乱七八糟。喝得很快，说得也很快，她说终于结束了，是不是还挺伤人。她说她的小男朋友在等她，是刚刚入学的新闻系本科生。我是不是说过，她很讨小男生喜欢。所以我就放她走了，拥抱、告别，不知道什么时候还会再见。也许以后，都是要通过新闻去看到她的名字。希望她更好。如她所愿，去冒险，去经历，去体验，去活着。

我一个人去了当代艺术中心，看了一场后现代风格的展览，听周围的人在讨论、在解读、在评论，觉得很好笑。许多艺术家、作家、记者、评论家，还有学生，寻找自己喜欢的不喜欢的。我以前也是他们中的一员，但是后来，我看了太多现实的世界，我终于从中找到了不好的地方，那就是，不太相信美好的想象，但我在克服，一直在克服对待艺术的轻慢态度，这是我最大的敌人。

我以前不会一个人去教堂，但是这次去了，是Rihanna以前常去的教会，唱诗班在为4月的复活节排练。我坐在最后一排，一直在注意那台巨大的管风琴，不是穹顶上浓墨重彩的宗教画，不是圣母的塑像，也不是唱诗班的颂歌，只是那台管风琴，所有的意义都在那台管风琴里，没有人知道，这是个一直沉睡的秘密。

世界各地的人们都有自己相信的神明，有些人相信真主，有些人相信佛陀，还有些人相信原始的自然之神，相信高山有山神、河流有河神，人们相信神明无处不在，就好像是一个讳莫如深的传说。可是大多数人们，终其一生都不会明白，神明为什么给了我们生，又给了我们死，给了我们幸福，还要再给我们悲伤，让我们相聚，又要让我们分离。他有很多的旨意，无法揣度，只能顺从。

其实我一直不太知道Rihanna从天主教里能够获得什么，想要获得什么。你告诉过我，你相信佛陀，而你，又想获得什么呢？

我还要在纽约再过两天，拜访一些同学和朋友，有人离婚，有人生孩子，有人和我一样从国外回来，有人当了老板，还有人继续在边境走私大麻，这种感觉很奇怪，好像大家生活在不同的维度里，让曾经的交点都变得不太可靠。

我计划了这么长的一个假期，但是我要做的事情，却在短短十分钟里，全部完成了。我还没有想好接下来该做什么。

太阳从南半球回归赤道，春天也跟着回来了。想念你。

Joey

3月21日 纽约

Joey：

每天刷牙的时候，牙龈都会出血，也许是因为北京依然那么干燥，而我又加班太多，接受着无处不在的辐射。早、晚各一次，要面对满嘴的血腥味。可是一点儿也不疼，真不知道这些血究竟是从哪里流出来的。

如果我告诉你，你的描述，让我很喜欢那个自我固执、内心又很丰富的Rihanna，是不是显得有点奇怪。我很羡慕你们，你们懂得如何去表达自己的感情，你们知道怎样让别人知道你们爱他或者她，也知道如何去同一个人告别。我不懂，也学不会。以前觉得也许一辈子都用不到这种技能，因为我能不讨厌别人，或者让别人不那么讨厌我，就已经很好。有些人希望所有人像喜欢价值恒定的金子一样去喜欢他，有些人却愿意选择格格不入，或者为自己的格格不入找借口。

每天中午我都和同事一起吃饭，但是短短一个月，就已经有两个同事离职了，所以我的手上又多出了许多活儿。主编表扬我的时候，副主编就喜欢难为一下我，都是再正常不过的职业生活。不好玩。连一点高端的职场斗争都没有，没有一点可以值得津津乐道，讲给你听的。

早上我会坚持跑步，如果不是为了松狮的生理问题，我一定会睡懒觉。晚上下班也会再带它出去一次。每天看一部电影，最近我很喜欢伍迪·艾伦，因为知道你在纽约，所以我就看他的《曼哈顿》，大概可以想象那座简直可以代表整个地球的城市。我不知道自己会不会喜欢纽约，我也不知道自己有没有喜欢的城市。在看旅游节目的时候，我经常会想，有没有哪座城市，会让我想要停留在那里。每一次，我都想不出来。我很爱南京，可那或许并不是我喜欢的城市，它的重量，超过了能够表达好感的任何词汇。我不喜欢北京，这你一直都知道。小时候，我想象过，想象过自己喜欢的城市，有茂密的树，有盛开的花，有石头房子，有干净街道，有时时刻刻都会微笑的人群，有好看的阳光，生活安静又热闹。但是忽然之间，连想象里的小城都下起了再也不会停下的雨，树叶掉落，花朵凋朽，人们关起窗，对世界说不。

连想象都把我驱逐出境。

可是有时候，我还是会想寻找，找到一个我喜欢的地方，一个有笑容的地方。

你知道佛教里有这样一句话吗？佛陀是已觉醒的众生，众生是未觉醒的佛陀，因为这句话，我变得迷信。我相信人间并不存在的乐园，穿透心中幽暗的森林，就会抵达。

这种相信能带给我什么呢，好运？吃饱？爱情？我倒是希望它可以。其实，它带给你相信，就是相信，是其他事物都无法给你的。也许Rihanna也是一样，对这个世界，她有更宽泛的视野，她和你一样，看到那么多政治的阴谋、战争的残酷、天灾人祸的不可抵挡，大到她所报道的全球要闻，小到她对一个人的爱，恐怕都找不到“相信”。这只是我的想法，相信本身，已是最重要。

对了，等你回来，我说不定都找不到回家的路了。住得太习惯。在属于你的地方，有我，却没有你，感觉很不好。

昨天中午，我终于翘班一个小时。我去看了场电影。因为是工作日，因为是十二点二十，所以整个放映厅只有我一个人。我吃了两人份的爆米花，喝了瘦瘦高高的一大杯可乐，幸好我看的不是恐怖片。

过几天我可能要去出差。我们的杂志靠广告费维持，所以我们就得给别人发广告。我要去广州，再去海南，差不多五天，时间很紧。生活的节奏突然快起来，好像从冬天直接进入夏天。从冬眠进入到要流汗、要奔跑的季节。

星巴克出了新款的春季杯子，我买了两个回来，因为你不在，所以我可以优先挑选，这不能怪我。

也许你可以出去旅行，和家人一起。最近开始想念妈妈，那种想念，很不一样，因为突然抽风，做了个算术题，如果我一直在外工作，每年只有过年可以回家，如果我往后的人生还有五十年，那我只能见妈妈五十次，生生在半夜把自己吓得清醒了。

也许美国人没有那么浓厚的家庭意识，不喜欢黏黏腻腻，喜欢独立，喜欢分得清清楚楚。老人不愿意黏着孩子，孩子也不把父母当作老年人。可是如果你们真的那么能够耐受孤独，为何还要没日没夜地Party。为何需要人群，需要狂欢，需要麻醉，需要性。这或许不是全对。或许我们应当互补。你有太多的时间给了没有关联的其他人，为什么不能多陪一陪需要你的家人？我不相信他们不想念你，我绝不相信。

我刚刚给妈妈打了电话，今天我想睡个早觉，晚安。

桑柔

3月27日 北京

桑柔：

跳舞，唱歌，狂欢，吃不完的冷餐，喝不完的威士忌，为了敬一杯古老的精神，我们也喝琴酒。高纯度的蒸馏很像你们喝的白酒。重金属的音乐轰炸耳膜。在别墅，在海边，在州际公路上一路飞奔，我不是在路上，我只是在享乐。

太久没有这样的生活了，大学毕业之后，长久离开美国之后，就少有这样的日子。虽然宿醉醒来，总未免空虚，但是空虚，总是永恒的主题，其他时候，不过是一点点变奏。听到音乐就想跳舞，美酒入腹，就想歌唱，这是一种本能，人愉悦自己的本能。世界上的许多民族都保留了这样的原始基因，可是唯独你们中国人，或者说，汉族人，没有。

我记得在北大时，有一位人类学的博士，是汉族，一直致力于研究这个问题。

不过很难说，这是不是也有社会学家的事儿在里面。

躺在南加州的沙滩上晒太阳的时候，我在想，你在做什么呢？你要去海南岛，是不是也像我一样，这样懒懒散散地躺着，看着大海？大海是相通的，所以我们也是。

这里永远没有浮冰，没有零度以下，没有寒冷，没有寂寞，和秦皇岛冬天的海，完全不同。

也许，我不会再去体验第二次的孤独与寒冷，但只需一次，就会永远记得。会时时刻刻被提醒。会不经意就想到。

这个世界怎么会有这样多的不同，而我们竟然还不住地抱怨单调与乏味？我并不是哲学家，我只是个半吊子的医学院学生，却无法停止蠢猪一样的思考。这一定就是我中学时期不太受欢迎、总是被欺负的原因，有谁喜欢愁眉苦脸的书呆子呢？虽然在学校操场看到当时喜欢的女孩同橄榄球队队长热烈亲吻，我还是伤心了一个星期。

对了，我可能会在复活节后回去，我会带一个妈妈亲手画的彩蛋给你。我有多少年没见过她做的复活节篮子了，她真的还会给我做吗？

这并非我自己的决定，北京那边有些工作和手续需要到总部去办理，还有一个会议，既然我人在这里，正好可以去参加。

复活节的三天里，商店都不会开门，橱窗都装饰得非常漂亮，但你什么也别想买到。所有人都放假，庆祝，在家里看节目或者出门旅行。我妈妈非常热衷于过节，阁楼上的储藏室里，有她装扮每一个节日所需要的装备，相当齐全，从天堂到地狱的一切都能在这里找到。我有预感，我一定会像只猴子一样在草丛里还有榉树上到处找彩蛋，不然她会伤心。

我依然还是觉得非常神奇。最惨烈的灾难，最享乐的生活，最意外的爱情，在短短的时光里，竟然都发生在我的生命中，而我，还安然无恙，还能坐下来，给你写信。

这足够让我每晚都要感谢一遍主。

代我向松狮问好，告诉它我很想它，我很快就会回去了。

晚安，亲爱的桑柔小姐。

Joey

4月6日 加州

Joey：

很热。很阴。风很大。我在海口机场，等待回北京的航班。

好城市，好风景，只是没有好同伴。也没有一个人的自由。觉得有些遗憾。身边有什么样的人，就会看到什么样的风景，这就是旅途的风险啊。

一同出差的同伴们，都很懒惰，也没有好奇心，对甜品和大个儿椰子都没有渴望，让我好着急。

喜欢陌生的城市，与自己无关的城市，这样是不是显得很不负责任呢？

夜晚的广州密集又悠闲，我从住地一直走一直走，穿过很多条大大小小的马路与高楼，一直走到小蛮腰。小巷子里藏起来的小店，也有好吃的点心和粥。南方城市，再忙碌拥挤，也终究比北方城市多出许多生活气息，没那么冷硬，有来自食物和夜生活的温情。

竟然没有恐惧。陌生的城市、陌生的夜晚、陌生的人群，大概因为哪里都不认识，所以也无所谓走丢，也就走到哪里都可以。好像自己是隐形人，在一座不会留下痕迹的城市，旁观了不会记住长相的人们的某个时间段。

与广州相比，海口则安静得多，厚厚的云朵给我留下了极深的印象。它们会变幻形态与颜色，从遥远的海面绵延着涌过来，包裹着自然最深不可测的力量。而我永远也看不到那里的故事。每时每刻，天空都在发生许许多多的事情。许许多多。

随便散步到某个公园，路边都是卖椰子的小贩，许多当地人坐在那里喝椰汁，看着孩子或宠物在脚边疯跑。

空气里海水的味道，和北戴河不同，和广州也不同。

对接我们的广告商带我们去参观了博鳌，路上的荒蛮景象令人震惊。长长的、长长的、没有尽头的路，从海口开出去，路边都是茂密的亚热带植物，水果与花朵，全都不能辨认。在狭窄的公路边，每隔一小段就有个小入口，竖着牌子，粗糙地写着某个小村落的名字，牌子后面又是一条细长的土路，远远地延伸过去，在密林深处转一个弯，就不见了。树木不那么浓密的地方，隐约能够看到简陋的屋顶。这样隐藏在树林深处的村庄，一路上看到了数十个。

这些村落的样貌，大概数百年甚至数千年都没有过太多变化吧。没有什么人口迁移，也没有日新月异的变化。

这样古朴又简单的生活，在这世界上，还有很多很多吧。看着那些细细长长像一条等待被闭合的拉链一样的红土路，那种心情，没有任何语言可以表达，也不是任何一种能够被简单概括的情感。只能一直看，一直不说话。

他们说海南物产丰富，可是起名字都很简单。花朵都叫作大黄花、小黄花，鱼类也都是大鱼、小鱼这样称呼。大概是物产太丰富了，所以根本不需要依靠一个美好的名字来想象。

在玉带滩，我的人字拖被海浪卷走了一只，看着它在海水里漂啊漂，感觉奇怪极了。一秒钟的时间而已，它就再也不可能回到我的脚下来了。为了不让它太孤单，我把另一只也脱了下来，扔到了海水里，就算它们不会相遇，也会觉得至少有个同伴吧。不知道潮汐会把它们带到哪里去。我光着脚坐船，走路，回酒店，还遭遇了一场突如其来的雨。

回来海口机场的路上，路过渔村。据说渔民都骁勇，远海捕鱼都带着自制土枪，过去也曾杀敌寇捍卫疆土，所以渔村里有许许多多的衣冠冢。这些，有多少人一辈子都不会知道。

不知道可以买些什么，就买了白色的砗磲手串和海柳烟斗，你赠我打火机，我就只好赠你烟斗，虽然你并不抽烟，但是看到它总会让你想起我这个烟鬼。

一周的行程，更多还是在忙工作。所谓工作，说白了就是回来以后要给对方登杂志广告。但不管怎么说，总还是愿意去陌生的地方，即便是为了工作。我有太多年没有旅行过了，再次踏出禁闭的生活，再也不是小时候那种满满的优越感。并不是为了自身得到什么或者看到什么，而是为了看到世界本来的样子，看到更多人浩渺的生活，用来淹没自己的存在。只有淹没了自己的存在，才不会执着于自己的琐碎。

我要准备登机了。复活节快乐。我们北京见。带一个最好看的彩蛋给我，如果还能有糖果。

桑柔

4月12日 海口机场

中国传说

仿佛是有犬吠。

仿佛是有晨光熹微。

仿佛是有风从窗户的缝隙溜进来，打耳边痒痒地吹过。

仿佛是有小心翼翼的亲吻，落在额头上。

梦境像是一个巨大的比喻，摇摇晃晃，找不到本体，到处都是仿佛，仿佛。桑柔在仿佛中睁开眼，却赫然看见Joey高高的鼻子。

背对早晨蓬勃的阳光，桑柔看不清他的眼睛，只能恍惚伸出手，摸到他嘴角扬起的小小弧度，还有嘴边剃须留下的青色痕迹，他的整张脸都好像被雾化了。

好像是这一个瞬间她才真正醒过来，愣了片刻后她突然直起身子，用力搂住他的脖子，茸茸的金色汗毛让所有的仿佛变成了事实。她用了很大的力气去拥抱他，好像不这么做，他就会消失在云开雾散的阳光里。

“我回来了，希望是惊喜，不是惊吓。”Joey眨了眨眼睛。

桑柔一下就笑了，松开他的脖子，端详他干干净净的脸庞，好闻的松木香味一阵又一阵：“好像有一辈子没听过这么蹩脚的中文了……我得适应适应。”

“我的中文很蹩脚吗？！我明明说得很好！”

“除非你每天都在我耳朵旁边一直说一直说，不然我就会不习惯。怎么以前没觉得你说中文的语调这么傻呢。”

Joey叹了口气，捏了捏她的脸。

她又看到他背光的笑容，有一点模糊，有一点看不清，她伸出手去想擦掉蒙在他脸上的那层薄雾，可是好像越擦越是模糊。

结果她就这么莫名其妙地哭了起来，攥着他的衣领，哭到发抖。

Joey的眉宇间，有一点哀愁，眼眶也微微有些发红。

“咦，你怎么也要哭啊？”桑柔突然有点想笑。

“我是坐飞机没有休息好，眼睛不舒服。”

Joey说完深吸了一口气，从背后拿出手绘的复活节彩蛋和一小篮子糖果放在她面前，像个笨手笨脚的青春期男孩，突然不知道该说什么好，就送上同样笨拙的礼物来讨好。

漂亮的彩蛋和漂亮的糖果横亘在他们中间，桑柔伸出手去捧起来，触及了另一个家庭，另一种生活，另一个世界。眼前的一切都是被潮水推搡而来，是不是总有一天也会被冲刷而去？

就像不会说话的冬日海滩，洋流循环，季风更替，离开的时候把一整片远古的沉默都留给岸边看海的人。

“是Beryl亲手做的，就是我妈妈，让我一定要带给你。她很想见你。也很想以后可以来中国看一看，如果有机会的话……”Joey说着说着，突然顿住了。

桑柔歪过头来看他：“怎么了？发生什么事情了吗？”

Joey连忙摇摇头：“没有……快起床吧懒虫，我很饿，我想吃烤肉。”

“难道你一点也不想念中国便宜得烂在市场里的青菜吗？”

“我想吃烤肉。”Joey的样子就像是在撒娇，硬是把她抱下床，一路抱进浴室。松狮就在他的小腿边摇摇晃晃地跟过去，发出哼哼唧唧的声音，拼命想要吸引他的注意力，结果却被玻璃移门挡在了哗啦啦淋下来的水声之外。

好像在热水的包裹里，才会感觉到绝对的真实。好像只有不间断的亲吻与拥抱，才能确定他们正在彼此身边。一整面的太平洋与相隔一整天的时差在水汽弥漫的浴室里被填平。桑柔第一次觉得，再也没有什么，比身体与身体之间最原始的需要，更能证明对一个人的爱。需要你，不是需要你给我住所，给我三餐，给我笑脸或照顾，需要你，只是，需要你。

半小时后，桑柔顶着一头湿漉漉的齐肩发，在刚刚好的春天里，让阳光与微风慢慢吹干它们，和Joey勾肩搭背地穿过没有红绿灯的小马路，去高楼大厦的背面寻找韩国老板娘开的地道烤肉店，吃一顿哔哔剥剥的五花肉，再吸一头的油烟味回去。回去的路上还要穿过疾驰的车流，Joey一只手拉着桑柔，另一只手对焦急的司机打手势，说抱歉。

回到公寓楼下，Joey主动摸出一根烟递给桑柔，桑柔接过来叼在嘴里，在Joey帮她点着的时候微微眯起眼睛。

在街边站着抽烟的感觉，就好像是用吐出来的烟圈为自己表演了一个戏法，把拥挤的城市变成虚假的舞台，可以眯着眼睛看一出嘈杂的哑剧，人来人往，看她或者不看她都没有关系，烟圈像一层奇妙的幕布，散去后，她和路人都能再回到现实。

一开始桑柔没有在意身边的Joey，转过头却发现他竟然也给自己点了一支烟，但是却没有抽，就那么捏在手里，直到烟燃出了长长一节灰色来，烟灰摇摇欲坠，而他的眼睛，盯着桑柔，又好像看到了别处。

桑柔在他棕色的眉间看到细小的褶皱纹路，她也不自觉地跟着一起皱眉，见他似乎是有心事的样子，便伸手在他眼前轻轻打了个响指："嘿，你是觉得我又变漂亮了吗，看这么呆？"

Joey仿佛是如梦初醒，烟蒂落在脚边，火星挣扎着闪烁了一下就黯淡了："你不让我说你漂亮，我记得。"

"你真的……没事？"桑柔不太放心地问。

Joey摇摇头，伸手揽过她的脑袋，隔着细细软软的头发，吻了吻她的额头："也许是……时差。"

桑柔吸掉最后一口烟，白色烟气在嘴巴里打了个转，时差，多么有意思的东西，看不见，也摸不到，却存在，并有很大的威力。

北京的春天，短暂得让人觉得恍惚。好像几场扬沙漫天的大风吹过之后，龙爪槐被绿叶遮住扭曲苍劲的枝干，玉兰花大朵大朵埋进土壤，呢子大衣刚脱掉，就连裤子也都穿不住了。到处都是蓬勃的生机，到处都是对夏天热烈的期待。只是桑柔忙碌了一整天，把衣柜换季，把被子晒在阳台上的时候，觉得金灿灿的阳光和不断蔓延的绿色，是那么刺眼地遮住了这座城市原本的灰头土脸。

“每个人都在欺骗自己，就好像夏天来了，他们的难题就都能够迎刃而解。骗着骗着，四季就过去了。”

桑柔在自己的博客上敲下这行字。下面的配图，是绿油油的四季豆。是她自己买来，洗干净之后认真拍的照片。

“四季豆性甘、淡、微温，归脾、胃经，化湿而不燥烈，健脾而不滞腻……微毒，需浸泡十二分钟以上……尤其适宜女孩子……”

再往下就是烹调方法、注意事项之类。

没什么事的时候，她就会隔三岔五写上一篇，用Joey的话说就是“有的没的”。可能是工作需要看到的药材，或者菜场买来的新鲜蔬菜、水果，甚至是花朵，参考《本草纲目》和营养学书籍，她认认真真自己试过，再写下来。

Joey很多时候不大看得懂那些中医词汇，他会苦着脸问桑柔：“蔬菜就是蔬菜，我只知道它们是不是含钙、铁、镁、锌，这才是科学。你说的那些，都很奇怪。它只是叶子，只是草，可是你把它说得太神奇了，你确定你没有在骗人？”

“你不懂。这是中国人的诗意世界。”

“可你明明学的是临床医学，你应该站在我这边才对。”

“所以我要学别的东西了，我们的庄子大人说，生也有涯，知也无涯，你自己体会。”

虽然有太多不理解，Joey还是会坚持不懈地看她写。有时他在上班，发现她更新博客，看到她写的无关紧要的开场白，就能知道她是开心还是不开心。比如，看到“骗着骗着，四季就过去了……”他就会给她发去信息：“我们晚上要不要去喝酒？”

她自然爽快地推脱掉同事们的例行聚会，下班时间一到第一个收拾包走人，回去和Joey喝酒。

也有不喜欢她的同事，议论她不合群、倨傲，不知道哪里来的自信，独来独往。可是时间久了，连主编也习惯了她，知道团队建设、活动、酒会、应酬客户种种活动，她一定会找各种借口逃开，数落着数落着，也就懒得数落了。

也许只有桑柔自己知道，她其实没有那么不合群，没有那么倨傲，也没有什么自信，她只是对热闹有点无所适从，并且和大多数人相反，她绝不会委屈自己和爱人，不会讨好无关紧要的人，会把更多的时间留给更亲密的人，仅此而已。

“如果你总这样，被开除怎么办？”居酒屋的吧台边，Joey一面往满杯的冰块里倒酒，一面问她。

“同事不喜欢我又不会掉肉。老板不喜欢我又不会掉肉。被开除又不会掉肉。其实想一想，和自己生活有关的人和事，哪儿有那么多啊。所以真不明白职场上的厮杀有什么意义，真是难看，没意思。”

“所以不和我约会，你会掉肉。那么你想减肥的时候，就可以去和同事约会，不要来见我。”Joey的笑容特别认真，还附带着一点点的自鸣得意，似乎自己说了一个很棒的笑话。

很多时候，桑柔都觉得自己不是什么积极乐观的人，大多数时候甚至想法又阴暗又消极，和Joey简直就像被晨昏线隔开的昼夜半球，明暗对垒，泾渭分明，所以她不知道自己为什么会喜欢Joey，就像不知道Joey为什么会喜欢自己一样。而这个问题，她知道永远也不会有答案。怎么可能有答案呢。

她一直在吃生蛋拌山药丝，黏糊糊的，加很多海鲜酱油，吃了一份又一份。Joey知道，她不开心的时候，就带她喝酒、吃生食、看电影、睡觉、做爱，开心的时候，可以聊天，坐在街边抽烟，一起做饭，去咖啡店各自工作，吃冻过的榴梿。他从未和她对证过，但每一回他都一定押对。

爱情有时需要大声喊出来，有时只需要默默遵循它的轨迹。其实很多时候，桑柔也希望Joey能够不开心一次，好让她也当一次肩膀，做一回树洞，可是他的脸，每一天，都是晴天。

喝完酒，谁都不能开车，两个人都把手插在牛仔裤的口袋里，在路边慢慢地晃，缓缓地走。

"真是很神奇，无论是南京，还是北京，历史过去了，就是过去了。它们只有现在，过去已经不值得标榜。有点难过，但又没有办法。"

"你知道日本的许多城市，六十年前是什么模样，今天还是什么模样。伦敦和巴黎的房子，几百年来也没有变过。中国不一样，中国变化得太快，让人焦虑，是不是今天离开家，明天再回来，就会找不到那个门牌号。"

桑柔笑起来："所以其实你也没这么喜欢中国对不对？来中国，是你自己的选择，但又不是。如果给你选择的机会，你希望自己最终停留在哪里呢？"

"你呢？"Joey反问她。

“我？我在信里告诉过你，我还没有找到这样的地方。我只知道，初来北京的时候，我并不喜欢它，现在似乎喜欢多了点，以后呢，我也不知道。是我在问你啊。”

“我啊……”Joey转过身，看着桑柔，倒退着走，他总是喜欢这么走，“就算去过那么多地方，其实，也还是不知道。有时候觉得每个地方都完全不一样，有时候又觉得，其实都一样。年轻的时候或许会觉得要走要走，要快点走，要拼命地走，要去做英雄。现在也会突然冒出这样的想法，嗯，能留在一个地方，也很好，并不是失败。”

“你永远都年轻。”桑柔看着他深蓝色的眼睛，那双眼睛，比一碧如洗的夜空还要澄澈，她说得很认真，“你永远，都不会失败。”

Joey笑了，连法令纹的线条都显得柔软起来。

那天晚上，桑柔有资料要带去公司，因此回了自己的公寓。Joey也有一份文件要准备，所以送她到楼下，与她亲吻告别。

每一次，她闭上眼睛，在他的亲吻里，总会看到在南京遇见他时的那个自己。

爱情其实早在你能够意识到它存在之前，就已经落地生根、悄无声息地占据了属于它的位置，等你感觉到它的存在时，根茎已经交织密布。以前的她，不会相信，也不会懂。

收拾好次日需要的资料，桑柔飞快地洗了澡，躺在床上准备好好睡觉。本以为喝了酒，会睡得更快、更好，结果却是失眠。桑柔翻来覆去，眼皮越来越沉，也越来越闭不住，最后连合上眼都觉得疲累，人也越来越清醒，于是没办法，只能坐起来发呆。

黑暗中，她能够看到许多彩色的线条在面前的空气里游离飘浮，有时会组成奇异的形状，像一幅会动的图画。她推开窗，坐在窗台上，一面抽烟，一面专注地盯着被收纳在这个房间里的黑暗，从它的缝隙里，寻找那些线条与光点。似乎黑暗也有了呼吸，它在用自己的语言，向她讲述它所知道的故事，而她手中闪烁的烟头，就是最好的回应。

这是一场沉默又热闹的交谈。

于是，一直到窗外的夜色被鱼肚白的黎明撕裂，她都没有能睡着。只是一个瞬间，黑暗倏忽不见，她焦急地左顾右盼，也找不到一丝那些光点与线条的踪迹。邮差送来早报，迈着急匆匆的步伐上楼下楼，她想如果可以做个不需要睡眠的人，那么会知道这世界多少的秘密。

一整夜，抽空了两盒烟，喝光了一大罐柠檬冰水，吃掉了一整盒巧克力，由于寻找黑暗中的图案精力太过集中，导致现在有一点头晕目眩。她从窗台上跳下来，活动了一下僵硬的身躯，用冷水洗脸，把咖啡煮上，开门取晨报。站在门边一页一页唰啦啦地翻，翻到夹在尚有印刷温度的纸页间的彩色广告单，发现附近新开的影院有一些旧电影的回放，《花木兰》的海报排在最显眼的位置。

真是永远也不会过时的题材，虽然她从来都想不通女扮男装想要不被拆穿，脸还好说，声音该怎么办？这还算是比较新的片子，只是去年年底上映时她与Joey都在北戴河与世隔绝。这么一想，他们确实没有一起好好看过一部中国电影。她记得他说过，在美国，几乎是看不到外国电影的，包括张艺谋之类中国人觉得足够国际化的大导演，在美国的影院，也几乎没有排期，他还会很嘚瑟地耸耸肩说，没办法，谁让美国自己的电影都放不过来呢。于是她想了想，拿过手机，给Joey打了电话："晚上去看电影吧，《花木兰》，是中国一个很古老的传说，我想你可能会感兴趣。"

Joey说："好啊，好啊，《花木兰》，嗯，应该比《2012》好看……"

"不要再诟病我喜欢的那位导演了。"

"可他确实没有拍出比《后天》更好的灾难片来。"

"但我还是哭了。"

桑柔又想起坐在Joey旁边看《2012》时的情形。末日的最后一刻，你手中的电话要打给谁，哪怕是再想到这个命题，都让人有点窒息。

电话里，桑柔听到了松狮的叫声，仿佛是在附和她。"你看，松狮也同意。所以你，闭嘴。"

"好吧好吧，我什么也没有说。"电话里听得出Joey是在房间里走来走去，收拾东西，准备上班。即使看不到那个画面，桑柔也知道他现在应该是在茶几边把手表戴起来，去厨房的吧台喝掉剩下的半杯咖啡，漱口，然后左脚先踩进鞋子里，准备出门，并且和她说再见。然而，他说的并不是和往常一样的再见，而是，"桑柔，晚上我正好有一点事情要和你说。"

"哦，好啊，晚上见。"愉快地说完晚上见，挂了电话，桑柔才反应过来他略显突兀的最后一句话。

于是这一整天，Joey电话里稍显郑重的结束语总是不时浮现出来，让本就一夜没睡的桑柔脑袋更加混乱。上班时她偷空翻看营养学书籍，翻着翻着就恍惚走起神来，总不自觉去想Joey要说的到底是什么，也许是又要回家，也许并不是什么要紧事？

原本一夜没睡，却全无睡意，但又疲惫不堪，索性自虐似的喝下三大杯不加糖、不加奶的浓缩咖啡，可精神也并没有因此好一点，后来她一直在嘎嘣嘎嘣干嚼咖啡豆，也只换来心跳加快，几乎要崩断脆弱的血管。

临街教堂的钟声准时敲响，鸽子从钟楼里飞出来，拍着翅膀掠过窗外平坦的天空，桑柔隐约听到弥撒曲，心里如有深潭静水在轻轻摇晃。天主教堂哥特式的尖顶是否能够接收到来自天堂的信号？如果不能，那刺穿苍穹的姿态可真是孤独。

还好，她终于下班了，不用和它一起孤独。也终于和Joey并肩坐在了影院里，好像这样才能正式开口去问他："你要和我说什么？"

Joey沉吟了一下，刚要开口，却又犹豫了，他想了想说："看完电影再说吧。"

好吧。桑柔有点疑惑地看看他，而他只是对她笑。

电影开始后桑柔才发现没有英文字幕，她有点懊恼地问Joey："你能看明白吗？我还以为都会有英文字幕呢。"

"中文我都看得懂，没有字幕听也没问题，我说过多少遍我中文很厉害，原来你一直都不信任我。"

整个电影放映的过程中他们没有再说一句话，没有像其他观众一样或者笑或者哭，也没有窃窃私语，没有指指点点，只是他一直紧紧握着她的手。桑柔是因为悬着一颗心，不知道Joey要同自己说什么，而Joey又为什么沉默呢？她不知道。

人生百年，如梦如幻，生有何欢，死亦何憾，电影里这段往复的悲歌，一直在桑柔的脑海里盘桓。

散场之后，他们又默默坐了很久，等人全都散去，Joey才拉她起来，走过长长的散场通道时，他问她："我大概都看明白了，只是为什么最后他们不能在一起，他要对她说，对不起，忘了他？因为他是王子，而她只是普通人？因为他们的身份不平等，所以不能在一起？我看不出他们有什么理由不在一起。"

桑柔摇头："因为他是王子，他要他的国家和平，所以他要娶敌国的公主，这样两个国家就是一家人了，就不会再打仗，就会有和平。所以，他才不能和花木兰在一起。在中国的文化里，这叫作大爱。"

或许，那是Joey第一次把她抱得这样紧，紧得连呼吸都困难。这个拥抱来得很突然，桑柔一下子没能反应过来。还在她有点愣神的时候，他贴在她耳边，一个字一个字地说："桑柔，在美国的时候，我就接到了工作调动，我必须要去阿富汗，至少要两年。那里的情况很不好。很多人生病，死亡，失去父母或者孩子。下个月，我就要走了。"

很意外，又似乎早有预料。桑柔停留在他怀里，某一刻只希望他能抱她更紧一点。她听到自己的身体里一片寂静，连血液循环也被消音。她下意识地闭上眼睛，似乎只要这样，便看不见近在咫尺的分别。

桑柔一直没有说话，不是不想说，而是在找到合适的回答前，她得先找到合适的情绪，可是她却找不到，她只觉得眼前都是空白，自己像个石头。

似乎过了很久，Joey稍稍松开她，低下头看着她说，如果我遇到了任何不好的事情，任何意外，比如，踩了地雷、遭遇枪击、生病，你都不要来，也不要找我，那时你也忘掉我，对不起，对不起。

到最后，他也未能免俗地对她说了最后一句台词，对不起。

所以我们等待

那天晚上，后来吃了什么，说了什么，怎样回的家，怎样睡着，桑柔都不记得了，唯一能够证明那一晚存在过的，就是她记得，在温温和和的夜风里，她在明晃晃的路灯下仰起脸来看他，笑着对他说："我是不是也应该对你说一句，我不要你死于一事无成？"

她记得自己一直在笑，可是他却哭了。

而后她便像失忆了一般，在第二天醒来后，无论如何努力，也回忆不起更多的细节。

虽然是周六，可是Joey因为在走之前有太多工作需要交接，早早就起床去工作。她和松狮大眼瞪小眼地在地板上坐着，她说："松狮你知道吗，因为世界变小了，所以我们才会遇到，也是因为世界变小了，我们才要分离，可是分离之后，世界一定会突然变成泱泱大海，运气好的话，或许能够等到一班船。"

松狮睡眼蒙眬地发出类似撒娇的声音，吐着舌头，可怜巴巴地望着她。

其实表达快乐或者悲伤也都是需要能力的，桑柔想方设法也找不到正确的应对方式。对他笑祝福他说不在意没关系就会不难过吗？对他哭责怪他说些伤心赌气的话就会有什么不一样吗？都不会，那究竟应该怎么办？牵着松狮在小区里散步时，她一直在思考这些，最后挫败地坐在路边长椅上，觉得自己也许直到下个月，也都不会想明白了。

有一只白色的萨摩耶摇摇摆摆地走过来，松狮永远睁不开的眼睛瞬间睁得精神无比，两个小伙伴转着圈相互嗅着，桑柔松开绳索，放它们去草坪上一起玩闹。草坪上还有早起的中学生、小小的情侣，坐在一起吃三明治，喝同一瓶酸奶，然后手拉手离开。

她一直看着他们离开，单薄瘦弱的身影，不放开的一双手。她的少年时代里，没有这些，也不曾觉得有什么可惜。可是烫起来的风吹过眼睛的时候，她好像突然明白，怎么可能会因为觉得爱情美好而去喜欢一个人呢，只有喜欢了一个人，才会接纳爱情里的种种，并自愿粉饰成美好。所以，在那些灰色的时光里，她缺少的全部，只是这样一个人。

她的眼睛也像松狮一样有了光，她大声喊松狮回来，拖着舍不得离开萨摩耶女友的它回到公寓里，找出纸笔，在阳台上点燃一支烟，一面抽，一面飞快地写。

Joey回来的时候，就看见桑柔举着一张写满条目的纸在门厅迎接他。他探过脑袋，顺着抬头硕大的“TO DO LIST”几个字母往下看：

一起看一场话剧，一场越剧，一场芭蕾

一起夜晚骑车横穿北京城，在长安街唱《北京的金山上》

一起去图书馆看书，去学校的食堂吃饭

一起拍照，统统洗出来，把我的照片放在你的钱包里

一起穿情侣衫，买情侣戒指

一起看夜场电影，手拉手睡着

……

"这是什么？"Joey从她手里拿过那张纸，逐字逐句看得很认真。

"是情侣应该做的事情。是每一对情侣都会做的事情。是很多情侣都会写下来的一张清单。是会让我记得你的事情。"说到这里，桑柔从昨天到今天，才终于哭了出来。

Joey的表情显得有些凝重，握着单薄纸张的手指，姿势也显得郑重。棕色的眉毛彼此靠近，拧成微妙的弧度。他说："桑柔，我真想说，为什么要这样形式主义，为什么这样让人难过，可是，我也不知道，分开之后，我们各自的路上，会有什么，会往哪里去，有没有再回到一条路上的途径。"

桑柔抹掉眼泪，隔着一张认认真真写满的清单，还是笑了。

从那天起，谁也没有再提过必将到来的分别。如果分别将是今后最为漫长的主题，那么这短短的一个月，他们谁也不想让这份漫长的分别把阴影提前投射进来。他们都好像一同用力抵住一扇高大的铁门，把敌人关在门外，把一颗种子沉默地种进心里。

第一个周末，他们一起去蜂巢剧场看了孟京辉的《空中花园谋杀案》，在他所有的作品里，桑柔唯独喜欢这一部。冒着被演员喷

口水的危险，他们买了第一排最中间的票。“关于那些我说过的爱你，现在想起，不胜唏嘘。关于那些我说过的爱你，现在听来，像是儿戏。”这是桑柔唯一记得的一句歌词，演员抑扬顿挫唱出来时，她仰起脸，看着舞台旁边显示器上提示的歌词，没有转头去看Joey。

那天晚上，他们一路骑车，骑过了东直门，东四，鼓楼大街，穿过东单，经过空荡荡的长安街。桑柔大声说：“你看，我一直走，毛主席一直在看我。”Joey说：“蒙娜丽莎也是这样看着你。”然后桑柔就大声唱着《北京的金山上》骑过了东单。两个人笑得上气不接下气。

每完成一件事情，桑柔就在清单上打一个红色的小钩，在觉得快乐的同时，也感觉到慌乱。仿佛每勾销一个愿望，他们拼命顶住的那扇门就会多一丝缝隙，呼啸的寒风挤进缝隙，穿堂而过，要把他们的手指一节一节地吹开，最后把人也吹到看不见的远方去。

剩下的三个星期里，他们在保利剧院看了《天鹅湖》，在国家大剧院看了越剧《梁祝》，去国家图书馆看了一整天的书，中午去距离最近的民大食堂蹭了饭。买了三脚架，串了许多胡同，拍了许多照片，她会一直记得东四十条，那是他带她走进北京的入口。洗了一千多张照片出来，她挑了两个人笑得最灿烂的一张，塞进了他的钱包里。在不曾认识她的那些北京生活里，他常去的酒吧，常见的朋友，常常出没的地方，他都带她一一地去……

坐进夜场电影最后一排时，也许是太累了，也许是希望宽屏幕上的故事永远也不要结束，桑柔握着Joey的手，真的很快就睡着了。散场时候，早晨五点。Joey轻轻推了推她的额头，把靠在自己肩膀上睡得很久、很长、很沉的桑柔叫醒。

她揉着迷糊的眼睛直起身来，Joey冷不丁给她的脖子上挂了什么东西。她低下头努力让还没完全清醒过来的眼睛对焦在那垂在胸前的小东西上，这才发现，是一枚干干净净的白金戒指，被穿在同他的眉毛一样深褐色的棉绳上，安静地垂在那里。

而他的脖子上，也挂着一模一样的戒指。她叹了口气说："果然已经是能想到的最俗气的事情了，你什么时候去买的，为什么没有告诉我？"他说："不能让你去，这是唯一的惊喜。上面有我们的名字，你的名字，太麻烦，太长，这么长。"他说着拉起自己那枚戒指给她看，sangrou的拼音果然快要绵延满整个戒指环的内侧，像一条河流。

"生生不息。"桑柔拉开他的领子，把戒指塞了进去。

勾完清单的最后一条，整个世界好像都安静了下来。

桑柔在阳台边摁灭烟蒂，转过身，看到公寓里的一切都已经打包完毕。需要搬到自己那里去的，都装在了纸箱里，只等搬家公司来取。Joey要带走的行李，已经跟随大部队提前托运去往了目的地。

站在一片狼藉和灰尘里，隔着落地玻璃移门，隔着被风吹起来的白色窗帘，Joey看着她，谁都没有进一步，谁也没有退一步。宇宙里这个微小的角落，从此再也没有了。

Joey还有许多的事情要处理，所以桑柔独自跟随搬家公司的车把东西运回公寓。司机一路上都在同她聊天，他说："你们是情侣吧，是要搬到一起住吧，赶紧结婚呗。是不是老外都不着急结婚啊？我和你说，结婚早是好事，我现在有三个孩子，每天回到家里别提多开心了，什么烦心事都不是事儿！小姑娘别被老外骗了，咱中国人毕竟还得传统点不是，看着差不多，赶紧拴住，把证一领，皆大欢喜。”

桑柔只是笑着点头，嗯，对，没错，是……

是在一起，还是不在一起，其实对身边的司机来说，又有什么关系呢，他说了许多，其实对是谁在听并不在意，所以桑柔也不想去纠正他。

谁能知道别人都在经历些什么呢，谁能明白这看起来的聚合其实是一场告别呢。这些故事，最终也只能在自己的眼睛里，被一点点融化掉，和其他所有幸福的人，没有丝毫的关系。

她摇下车窗，在后视镜里，看到Joey对她挥手，而后在他们习惯观望人群的路边，点燃了一支烟。

那一天，桑柔牵着松狮，在机场外的临时停车道上，仰着脸，看Joey的航班刺穿青天白日，纷纷的过往都一并碎裂掉落，像迁徙的鱼鳞状云朵，即将翻山越海，不知所终。飞机消失于云层的时候，深红的落日还挂在傍晚的天空，桑柔想起“浮云游子意，落日故人情”这句诗来。

她说：“松狮，你懂得再见吗？再见是个美好的愿望。”

她不知道怎样向松狮表达，在相当一段时间内，它再也不会看见Joey，它只能每天面对自己，换一个窝，也换一个伴侣。又或者，松狮心里原本就什么都明白，比自己还明白。

“松狮，我们回家。”牵着松狮转身回到车里时，桑柔攥紧坠在胸前的那枚戒指，刻着他简洁的名字，她的指尖能够感受到凹凸的线条，那个远在未来的再见，其实她并不能看见，而这一转身，一脚油门，便是盛夏。

桑柔每天下班回到家里第一件事就是检索邮箱，从各种奇形怪状的广告邮件中，把Joey的那一封挑出来，然后煮上一杯咖啡，慢慢读。即使不是隔着山海收到的手写信件，那些躲藏在日常生活缝隙里的等待与盼望，都足以让她每次点开邮件时，握着鼠标的右手，微微地颤抖。

她每天都会坚持给他写点什么，告诉他北京的天气，国内的新闻，在国内看到的美国以及阿富汗的消息，还有上班时候的愉快与不愉快，都是些细细碎碎的小事情，无关紧要，无伤大雅。而Joey的回信，总要十天半个月才能够看到。

他说喀布尔是他见过的最不像首都的首都，甚至不像一座城市。对世界的认识，会随着每一次工作地点的转换而不断刷新。那里经常断电、断网，通信设施也要常常借助使馆和军方力量，长时间挂在线上聊天简直是奢侈，并且工作的强度也不容许。有时在难民营待久了，会觉得喝一杯咖啡，上一下网，都有负罪感。久而久之，人会变得特别简单粗糙，没有太多想法、需求与愿望。

他说没想到自己的人生还有这样一天，不枕着枪声就睡不着。他说富裕的阿富汗人都走了。他说从苏联入侵开始，这里就再也没有了未来，没有到过这里的人，不会知道什么叫作触目惊心，伤痕累累。你很难想象有一天，这里会变成我们认同的那种城市。阿富汗与巴基斯坦交界处的难民营里，难民多得超乎想象，每一个男人脸上的褶皱里都深藏敌意，而每一个女人，甚至每一个孩子，都有一双充满苦难的眼睛。

他说："如果你来，你看到，你会觉得，没有任何语言能够解释那种苦难。也没有任何人，能够给他们解释，为什么他们要过这样的生活，为什么不是我们。"

Joey会经常发一些照片来给她，空旷的街道，只能看见男人的集市，穿着黑色布嘎的女人，她们的眼睛很美。政府工作人员的办公室既简陋又狭小，建筑物看起来都是简单的毛坯样子，有一种随时都可以逃离的意味。而喀布尔以外的照片，就只有无尽的黄褐色高山、泥土、零星村庄、珍贵河流、地雷炸过的痕迹，各国驻军年轻茫然的脸。

"大部分时候这些兵士都无所事事，但是只要一个偶然，死了，就是真的死了。"

有时桑柔看着这些照片，会突然不明白，这世上的人们到底都在做些什么蠢事。

Joey有时也会和她开玩笑，他说三个月没有做爱，像个清教徒。

三个月，桑柔把晨跑变成了夜跑，自从那一晚，她撕开黑夜的裂缝，看到光的秘密，失眠便成了常客，因此只有让自己拼命跑、拼命跑，跑得一停下就会睁不开眼睛，才能有一个好眠的夜晚。

每天晚上十点之后，她都会去公寓对面的大学体育场，在四百米跑道上，塞着耳机，听Vox Angeli的法文专辑，最喜欢的一句歌词是："Si un jour tu m'ecoutais, Tu apprendrais tout ce que je sais（如果有一天你听我说，你将会学到我所知道的一切）。"不间断地跑上十多圈，经过手牵手的情侣，独自发呆的女孩，抱着吉他在草地上唱歌的少年们……跑到最后，连发梢都会滴下汗水来，把球场外密集的灯光，都融化成夜色的温柔，她大口大口地呼吸，有一种无法言说的难过。

在她踏上从南京到北京的列车时，从来没有想过会有这样的一天，自己会这样独自生活在这座城市，竟然不是同任何人在一起，也不需要什么理由非留在这里不可。

同事们很快就觉察到桑柔生活的变化。平时从不在办公室逗留过六点半的她，经常下班后不再急着第一个冲出办公室，而是会戴着巨大的耳麦，沉着脸看BBC纪录片，叫咖啡和甜点外卖。那个常常停车在楼下打电话等她的美国男人也没有再出现过。出差的活儿能推就推掉，在外过夜的集体活动也一律拒绝，理由是松狮没有人照料。

觉察之后就是怀疑、揣测、试探和询问。于是所有同事心照不宣地形成了桑柔失恋了，不要招惹她的默契。至于本来就不喜欢她的同事，自然会说些更难听的话。

终于坐在桑柔背后的姑娘忍不住第一个来问她是不是分手了，桑柔说没有，只是工作调动。

而这样的回答，只会引出后面一环接一环的疑问，由这个姑娘开始，每天几乎都有人故作神秘、小心翼翼地来问她。而她心知肚明，她给出去的所有回答，隔天都会被加上许多作料，和饭桌上的炒菜一起给他们下饭。

所以，她给主编发了一封辞职邮件，坦然不愿意对自己多作解释，只想自扫门前雪的心情，便收拾了东西走人，从此和这里的任何人再没有关系。他们也会在唏嘘上几天她的失恋之后迅速把她忘记，多好。虽然在走出写字楼的某个瞬间，桑柔觉得，是不是在自己的身体里，也有着未曾被察觉的、可怕的冷漠。

在常去的烤串店，烤了五十根串，一半加了很多辣，另一半则没有任何作料，而是让老板直接用清水煮了，是要带回去给松狮的。

Joey在的时候，对松狮的健康管理非常严格，每天只有狗豆和罐头可以吃，风干的牛肉片桑柔偷偷尝过一口，觉得干巴巴难以下咽，所以她常常觉得松狮可怜。因此Joey一走，她就完全自作主张改变了松狮的饮食习惯，只要做了肉食，一定有一半水煮了给它，让它从此过上骄奢淫逸的好日子。

她和Joey说，等你回来的时候，它也不会像从前那样爱你了。

他们常常说等你回来的时候，可是他们都不知道，这究竟会是什么时候。

也许是因为桑柔今天回来得比平时都要早，所以松狮异常兴奋，一直跟在她屁股后面打转，眼巴巴地望着她手里那堆煮熟的羊肉串。

桑柔在地上丢了两只垫子，随手撕下杂志内页铺上，就和松狮面对面坐着，吃烤串、喝啤酒。突然觉得这种场景很好笑，抖着肩膀就笑起来。松狮仰起头，用永远睁不开的眼睛，茫然地看着她。

她把手放在它硕大的脑袋上，用力揉了揉，房间突然变得很安静。

吃完自己的一份，桑柔从地板上爬起来，伸了个懒腰，推开窗，点了一根烟。扒着窗口，看层层叠叠的高楼与道路，山外山，人外人，她统统都看不到。所以，就算看得再远，也看不到再往西去的世界，即使数字信号让他们之间看起来似乎没有距离，可事实是，他们已经不在同一个时空了，看到的、听到的世界的样子，全都不一样，这样的想法会让她恐慌。她害怕他变成自己的传奇，害怕他变成只有传奇里才会存在的男人。

在重新寻找工作的这段时间里，她终于考下了营养师资格证，网络上的饮食专栏也聚集了不少固定读者，有书商主动联系她希望结集出版，甚至连妈妈也在照着她写的那些去做菜、去养生。赋闲的时候，想过回家一趟，可是，她好像不再那么讨厌北京，也不再那么眷恋故乡，那些沉睡在故乡的过往，她再也不想去触碰。

所以很快她就开始了新一轮的面试，隔三岔五开上Joey留给她的二手车，凭着混乱的方向感，一次次围着同一个高架打转，一次次把自己逼死在死胡同里。她对Joey说，我也学会了挑肥拣瘦，我也拒绝了很多公司。在诸多面试中，便有最初拒绝了她的那家网站。

面试那天，恰好是松狮定期体检的日子，桑柔掰着指头算了算时间，只能带上松狮一起去面试。

松狮很喜欢坐车，只要坐在车上，车窗开个小缝，风呼呼地吹着它厚重的黄毛，就一副比骑它的专属抱枕还要享受的样子。只是把车停在地下停车场的桑柔却犯愁了。她不想把松狮留在锁死的车里，它会害怕，她也会担心，犹豫了好久，还是决定把松狮牵出来。

松狮自然不知道桑柔的烦恼，只知道来了新鲜地方，四条腿卖力地蹬着地面，一副活泼可爱的样子。可是，就算再活泼可爱，坐在电梯门口的保安大叔还是把他们拦了下来：“宠物不能进去。”

“对不起，对不起，我是来面试的，正好它今天要去宠物医院体检，所以我们早上体检完直接过来了，拜托可不可以通融一下？”桑柔合起双手，一脸的恳求模样。

保安大叔无动于衷地摇摇头：“这是规定，它要是进去了，我就要走人了。”

场面有些尴尬，桑柔知道自己的要求无理，哪怕再多说一句话也好像是在强人所难，有点胡搅蛮缠。可是，她又实在不忍心把松狮关在黑漆漆的车后座里，那些狗狗被闷死、被偷走以为被主人抛弃而抑郁而终的新闻轮番在她脑袋里滚动播出。

松狮的一万种死法在她脑海里全都过了一遍之后，她竟然没有发现十分钟已经过去了，保安大叔都要睡着了。

就在她不知道该怎么办的时候，在不远处的车位停好车走过来的男人很友好地对她笑了笑，主动开了口：“我刚刚就看你在这里半天了，这里不能带宠物上去，你如果只是办点事很快就下来，我就帮你看一会儿。”

“我是去面试的……可是……”桑柔上上下下打量了一下这个男人，平头，戴黑框眼镜，穿格子衬衫，牛仔裤，背着深棕色牛皮包，穿蓝色休闲翻皮绒系带鞋子，似乎是有点可靠，但主动的好意，总会让人心存疑虑。

“这是我的名片。”男人笑了笑，从胸前的口袋里摸出一张名片递给她，“这上面有我的名字、公司和联系方式，还有这位保安大叔也认得我，我不是偷狗贼。”

伸手接过名片的桑柔略微有点不好意思，尴尬地笑了笑，顺便瞟了一眼印刷简洁的名片，“韩奕”，再看一眼职务信息，她“呀”地轻呼了一声，“我就是去你们频道面试的……”

“这么巧？那你完全可以相信我了吧。快去吧。有缘就是同事了。”

“那……松狮就拜托你了……”桑柔把牵绳递给了韩奕，蹲下身来拍了拍松狮的脑袋，“乖点哦，不许对别人凶，不许淘气。”

松狮好像听懂了一样“呜呜”地回应她。

“它叫什么？”

“就叫松狮。”

“没有起名字？”

“有，名字就是松狮。”桑柔笑了笑，走进电梯，摁下了关门键。

为什么还要选择这里，也许只是因为某种说不清楚的固执，一定要从拒绝到被接受。在电梯的镜子里，她看着自己，从口袋里摸出唇膏又使劲涂了涂。对着镜子，她好像看到了别人都不会看到的那个自己。许多东西，她可以主动放弃，但不能被放弃，因为痛恨被放弃，所以宁愿不索取。所以，才会变成了看起来什么都无所谓的、现在的自己。

然而无所谓的对面，就是根深蒂固的在乎。因此，她可以大义凛然地送Joey离开，让他去完成自己的梦想，让他去属于他需要他的地方，这一切，一定要是她送他离开。

好笑的自尊心，好笑的别扭，这丰富的内心戏，她也只有在镜子里演给自己看。

故事的另一半

整个面试过程都很顺利，主编对她各方面都满意，生活类的频道，她的各方面背景也都恰好，因此十多分钟就结束了愉快的面试。桑柔从容不迫地与主编告别，约定好HR面试的时间后，几乎是一阵风一样就卷进了电梯。前台的姑娘迷惑地抬起头，不知道刚刚到底是不是有人冲进了电梯。

看她慌慌张张地冲出电梯，韩奕扑哧一下笑出来。他就在电梯边，原地站着，背靠阴湿墙壁，用iPad看新闻，松狮乖乖地蹲在他的脚边，看来并没有因为桑柔的突然消失而紧张。

“谢谢你，谢谢你，是不是耽误你上班了，我请你喝咖啡吧。”桑柔觉得很不好意思，从他手里把松狮牵了回来。

“面试怎么样？”

“还好。”

“那等成了同事再还我人情吧。”韩奕礼貌地笑了笑，走进电梯，和桑柔置换了位置。

全程保安大叔都保持着和松狮一样没睡醒的表情，仿佛眼前的一切都和他没有什么关系。桑柔也对大叔说了声谢谢，牵着松狮就离开了。

两天后她去面试HR，主编派了韩奕来领她去面试。他说她的名字有点怪。她笑了笑，想起在火车上，她在Joey的笔记本上写下自己的名字，一笔一画，教他读，为他解释，告诉他与此有关的古老诗歌与期许，此前她从来没有那样耐心地为人解释过这个看起来有点怪异的名字，之后，也同样没有过。所以现在，她也只是无辜地笑了笑，仿佛在说，名字反正不是我自己取的。

那天中午，她还是坚持请韩奕在食其家吃了一顿简餐。韩奕说，她这么做，只有三种原因，要么就是不能欠别人的情也决不会让别人欠自己，要么就是松狮对她来说太重要意义非凡，要么，就是两者兼有。

桑柔想了想，似乎没有什么可反驳，便欣然接受下来。

韩奕开玩笑说："那我以后工作中可得提防着你点儿，万一不留神得罪了你，日子可要难过死了。学医的人真是可怕。"

那顿饭的时间里，韩奕大概给她介绍了部门的状况、同事们的特点、工作内容、公司的福利，他说不会经常加班，所以不用怕男朋友有怨言。

听到"男朋友"三个字，桑柔扒拉沙拉的筷子停了一下，微微垂下眼睛，似乎是笑了一下，并没有说话。

韩奕虽然没有明白她不太自然的反应，但是却注意到了她唇角微妙的变化，于是就没有再继续这个话题，自然而然地聊起了周边的交通美食娱乐，活脱脱就是真人版大众点评。他说得眉飞色舞，桑柔虽然听得稀里糊涂，但是觉得听听热闹也挺开心。

三个多月来，这好像是第一次，桑柔对着一个人，听了那么久一席话，也好像是第一次，同除了松狮以外的别的什么活物，面对面，一起吃饭。

已经过了立秋，9月的天气，虽然炎热，却依然能从天空的颜色和云朵的形状里，觉察到秋凉的意味，又到了虽然每天喝很多水，去很多趟厕所，依然是嘴唇干裂流鼻血的季节。她写信给Joey，告诉他，就像学生过完了暑假要面对新的学期，自己也要在同样的季节开始新的工作，也把带松狮去面试的情形告诉给他。

Joey则告诉她，他们收留了一名失去孩子与丈夫的女人，是一名受过教育的阿富汗妇女。他们留下她协助工作，结果遭到了极端分子的频频围攻，他被石头砸中了脑袋，并且拍了一张绑了绷带的照片给她看。可是照片里，他和同事们坐在一起，笑得很灿烂。看着他的笑容，桑柔却突然哭了，并不是为他担心，也不是难过他受伤。她伸手关掉电脑屏显，突如其来的黑屏，仿佛她心里洞开的深渊，全世界都在那里同她一起沉默恸哭。

每次看到她哭，松狮都会跑过来，舔她的脚，用胖乎乎的爪子拍打她的小腿，再对着电脑狂叫上两声。或许在它眼里，每一次让桑柔不高兴的都是这个家伙，所以有好几次，桑柔回到家，都发现松狮在想方设法地要抱着主机啃，以至于她只能把主机也搬到桌子上去。

上班之后，韩奕的工位同她紧挨着，所以很快就发现她每天早上来到公司的第一件事，就是打一杯拿铁，抱着从公司楼下的85℃里买来的面包，挨个打开所有新闻网站，浏览一切关于阿富汗的实时消息与评论，一条也不会放过。每天早上的画面都一模一样，唯一变化的只有她的衣服和面包的口味。

终于韩奕忍不住问她：“你怎么每天都要看阿富汗的新闻？你是对国际要闻有多关心？你又不是潘基文，也不是奥巴马，你要是对政治这么感兴趣，怎么不去做新闻？”

“我只是想看看其他人的水深火热，好让自己对现在的生活满足一点。”桑柔随口敷衍，并不想解释什么。

有些事情，解释起来，太复杂，太漫长，也太难过。

韩奕耸耸肩，表示接受她的解释：“喜欢和人互不相欠，幸灾乐祸，把自己的幸福建立在素不相识人民的苦难上，桑柔，你这个人还真是可怕。”

“还是医学院的高才生。知道怎么下毒，怎么开肠破肚。”桑柔补充。

“我想我应该聪明地讨好你。”

韩奕是这样说的，也是这样做的。拿快递送邮件的时候常常主动代劳桑柔的那一份，买到了新鲜的零食分给同事时桑柔得到的总比别人多一些，甚至会买犬类用品说是要送给只有一面之缘的松狮。而每每桑柔翻出钱包要把钱给他，总被他硬生生地把钱塞回去，然后严肃地说“请我吃烤肉”。

但是桑柔从来没有请韩奕吃过烤肉，两个小时的午休时间，他们常常火锅、港餐、咖喱来填满，唯独没有烤肉。所以韩奕当她不爱烟熏火燎的肉食，其实她只是会像卖火柴的小女孩一样在火光里看到Joey的样子。她拒绝与人分享任何与他有关的瞬间。

纵然他们在同一个组，彼此照顾，渐渐成为朋友，不再设防，经常一起出席活动，做采访，把车马费花光在一顿大餐上，因为住得也算顺路，谁的车限行了就相互带上一程，偶尔桑柔需要短期出差也会放心地把松狮交给他，但是，她从来没有对他提起过Joey。

她很怕把他当作一个故事去讲述，因为故事总发生在很久很久以前，在由一个人告诉另一个的时候，却已经是很久很久以后了。许多事情，都是结束后再被总结被分享，所以桑柔选择沉默，因为一切还在继续。

冬天到来的时候，她问Joey是否有圣诞假期，会不会回美国，会不会来看看自己。

Joey发了一张满脸沮丧的照片给桑柔："我想念妈妈烤的松饼，我想抱抱你，这里的圣诞节恐怕不会下雪。我们现在医疗资源紧张，人员资金都不足够，这里官员很闲，士兵很闲，人们也很闲，只有我们，很忙很忙。所以……如果你要和别的男人一起过圣诞的话，我可以接受，我不会生气，我们很早就聊过，这没什么。"

桑柔一点也不喜欢他最后的结论，这让她想到Joey和Rihanna理智又感人的冷酷爱情。被理智控制的事情，总会顺理成章地开始，再顺理成章地结束，有始有终。她说："圣诞节对你和对我的意义不一样，我想我大概会和同事聚餐或者在家里看看会不会下雪。"

这一年的冬天来得特别早，11月的第一天，城市就变成了厚重的白色，她呆呆地光脚在窗口站了好久好久，才相信了这是真的。来不及找厚厚的冬衣和围巾，披上风衣就出了门，当天下午就发起高烧，她好几次把昏昏沉沉的脑袋重重砸在键盘上。

韩奕把自己的呢子大衣给她穿在身上，开车送她回了家，容不得她的拒绝推辞，给她买了药，熬了粥。看着她把粥吃完，再把药片和热水递到她手里，他说："桑柔，你是骗子，你根本没有男朋友吧。"

桑柔接过药片和水杯，拼命把眼泪憋了回去。连自己也不知道是因为生病太难受、太废物，还是因为想起了上一个年末，她也发了高烧，她的身边，还有Joey。下一个年末，还会不会再生病，身边会不会有他，她更加不知道。她的生活不再能被自己完全掌握，这曾是她最恐惧的事情。

"我有。"

"你的家里没有一点点男人的痕迹。"

"我有。"

"他人呢？"

"在外地。"

"告诉他你生病了吗？"

桑柔摇摇头。

"你病死在这里他都不知道，你要这样的男朋友做什么？"

"我就是有！我就是要！"桑柔猛然抬起头来，眼睛里面有怒气，冒着吓人的火光，仿佛在指责韩奕的越界。

"当我没说……当我没说……你吃药……我给你讲笑话……"

韩奕连忙赔笑转移话题。

这一瞬间，桑柔在他的脸上，看到曾经江延的样子，哄着她，让着她，从不与她认真，把她说的、做的一切当作孩子的任性固执，那种不同她计较的神情，让她整个身体更烫了一点。

她说："我不想听笑话，我想睡觉，你走吧。"很不友好，也没有谢意，并且说完就把自己蒙在了被子里，一动不动。松狮在一旁朝无辜的韩奕低低地吼了起来。

韩奕叹了口气，只好起身离开："明天我帮你和主编请假，你好好休息，我下班再来看你。我走了。"

"你别来。"桑柔朝他喊了一声，他没有回答。

脚步声。开门声。关门声。感应灯亮的声音。水暖管道里偶尔的轰鸣声。窗外的万家灯火声。积雪加固或融化的声音。还有寂静声。桑柔静静地听着这些声音，缓缓挪开遮住脑袋的被子。她伸出手背去，一点一点抹掉脸上的泪水和汗水。松狮趴在她的脚上，像一双毛茸茸的雪地靴，微黄灯光里耷拉着眼睛望着她。她说："松狮，不如你做我的男朋友吧。"

第二天，韩奕果然无视她的反对，下了班带着水果来看她。桑柔略显虚弱地裹着毯子给他开门，韩奕伸手就抽走了她叼在嘴里的半截烟头，摁灭在电梯口的垃圾桶上。

他询问她是否退烧，指责她光脚不穿袜子，帮她打开摆在立式空调上的加湿器，依旧熬粥给她喝，小菜换了几样，却没有再提起"男朋友"的话题。有一种似曾相识的局促感细细密密地缠绕在桑柔的周围，让她坐立难安，她几次想开口说点什么，最后都变成

“咕咚咕咚”喝下去的热水。

病好之后，她请韩奕吃高档日料，选了最贵的一档会席料理，坐在那里专心致志地盯着面前貌美而冷淡的食物，有新鲜的鱼生，有美味的烤物。可是韩奕却用手里的酒杯轻轻碰了碰她搁在手边的杯子，他笑了笑，说：“我明白你的意思，多花你一块钱，咱俩的距离就多远那么一米，这顿人均一千五百元的饭你是想把我送到五环外啊。可是桑柔，不是所有人都喜欢互不相欠这种模式，我也有让别人欠我的自由。”

这顿饭吃了很久，韩奕一直在喝酒，所以后来是桑柔开车送了韩奕回家。公寓楼下告别的时候，韩奕伸手想要抱抱桑柔，却被她没有丝毫犹豫地躲开了。她坐回车里，摇下车窗说：“我有男朋友，我不想再说了。”可是韩奕却笑着说：“这种拒绝别人的借口真是很烂，你的说谎技术，更烂。”

冬天的夜晚，冷风飕飕地从落下半截的车窗灌进来，稀疏的树木和摇曳的霓虹在后视镜里飞快地倒退，一切都在迅速而匆忙地告别，不可赊欠，不留余地。桑柔用力踩下一脚油门，至少这疾驰的路上，她依旧还在坚持。

平安夜当天，桑柔被韩奕的电话吵醒。他说：“你怎么没来公司？”她嘿嘿笑着说：“我请了年假，元旦后再去上班。”虽然她一再拒绝他亲自把圣诞礼物送来的要求，他还是在下班后按响了门铃。

桑柔开始后悔让韩奕知晓了自己的住处。

韩奕的礼物是一盒定制巧克力，还有一双毛茸茸的手套——同这个节日一样热烈的红色，他的短发上还有薄薄的一层雪花。他说："路上堵车严重，我丢下车一路跑过来的，你真的不来参加同事的单身圣诞派对或者和我共进晚餐？"

如果你知道自己是一个会心软的人，那么最好的方法就是拒绝让自己心软的机会。所以桑柔看了看被塞进自己怀里的礼物，笑得很礼貌："第一，我不是单身；第二，我不过圣诞；第三，我没有准备什么礼物，所以对不起。"

她拆开一颗巧克力丢进嘴里，靠着窗户，看着韩奕沿着几近瘫痪的马路飞奔出自己的视线。巧克力融化了，她打开电脑给Joey写邮件，只写了一句话：我不会同任何人一起过圣诞，除了你。

休息的几天里，韩奕也约过她，她也都毫不犹豫地推辞掉了。她每天不是抱着松狮在暖气充足的房间里席地而坐吃烤串看电影，就是牵着松狮去不禁止携带宠物入内的商场逛街，一起分吃一盒冰激凌；傍晚依旧还是带松狮在三里屯或者亮马桥路散步。那里的一切，松狮比她更熟悉，有时眼前一辆车飞驰而过，带来一阵呼啸疾风，桑柔本能地闭上眼再睁开眼，就会想自己是不是能看到另一个平行时空里，她和Joey还有松狮，依旧在这里的街道上奔跑，清晨或黑夜。

有时走过Joey曾经租住的公寓，松狮总会不自觉地停下来，记忆总有着许多的方式来提醒它的根深蒂固。桑柔仰起头，那间已经换了主人的公寓，阳台上偶尔会毫无遮拦地晾着内衣或者洗旧的牛仔裤，或者出现一个年轻的外国女孩在大声打电话、抽烟。

没有想到会再见到程嘉黎。她挽着陌生男子的手臂走出亮马桥地铁站D口，与遛着松狮的桑柔迎面碰上，彼此都愣在原地。

“你不在南京？江延告诉我要回南京去找你。你俩又回北京了？”程嘉黎打破了尴尬的沉默。

桑柔亦有同样的以为，以为眼前的人应和江延在这个城市的某个角落里，过着原本应该属于他们的生活，那不正是她费了那么多力气想要做的事情吗？她拉住了想要跑开的松狮：“他说他知道我没有回南京。我以为你们……”

“对不起。”

桑柔以为自己听错了，讶异地张了张口，不知道该接什么才好。

可是程嘉黎也只是事不关己地笑了笑，陈年旧事，所以“对不起”也只是同“你好，好久不见”一样的礼貌用语罢了。她想了想说：“也许，你可以回南京去找他。现在我也联系不到他。但是，他大概不在北京吧。”

时过境迁，言语间也涂上了一层久远的释然。站在一边等待嘉黎的男人指了指腕上的手表，嘉黎便挥挥手与桑柔告别，腻进男子的臂弯。没有什么更多的话可说，没有更多关心要表达。

桑柔定在原地，目瞪口呆地看着程嘉黎与男人双双离去的背影。如果曾经口口声声要执着到底的那份爱情，竟然转眼也就新人换旧人，那之前种种纠缠，又是何必。

她忽然很诧异，自己竟然从未想过去关心江延的去向，去担心他过得好不好。爱情原来可以让人那么自私。

牵着松狮走回家，桑柔的脚步越来越慢，越来越慢，突然间抬头看到密集的楼宇，和身边匆匆忙忙掠过的人群，再度站定。模糊的脸，空旷的天和车流滚滚的公路，除了手中的那根绳索捆缚的牵挂，这拥挤的世界，再没有什么同她有切身的关系。一旦一张脸孔消失在你的眼睛里，关于他的一切，就同你再也没有关联。一座城，一个国，就是由这样根本没有关联的一个个人组合起来，生活在一起，打架或关心。再亲密的人也会消失，那么那个人呢，他走得那么远，那么远。这种微缩到几乎可以忽略自己存在的感受，让所有的不舍与缱绻都变成了被轻轻呵出的一口气。

回到家之后，桑柔打开电脑，抱着腿发了很久的呆，而后打开常听的音乐，也打开了自己的博客。

她写了和“松针”相关的小文章，应了圣诞的景，提供了很多小偏方。在专栏的最后，她写：“会枯黄的植物也悲伤。永远绿着的针叶也悲伤。有些人的爱，是温带的阔叶，饱满的时候可以成荫，枯萎的时候面目全非。如果是我，大概会选做后者，因为我怕变了颜色，蜷曲了姿态，你就会找不到我。那个已经远在异国的你，那个把松狮留给我的你，我哪里也不去，就在这座干燥缺水的城市里等你回来，带热带鱼回归海洋。”

写完这短短的数百字，桑柔就关掉电脑睡觉去了。第二天打开邮箱，却看到了一封凌晨三点发来的邮件，署名是“江延”。

桑柔：

十四年前，我第一次看见你与老师争执，你说编悲剧的人一定没有见过悲剧，我正从你们班级的窗外走过，听到老师愤怒地喊你的名字，桑柔。原来你就是我要找的人。我去你的学校，就是为了找到你，为了看看你。看看我爸爸到底都做了些什么，到底害了谁。放了学，你去水族馆，趴在玻璃上看鱼的样子非常快乐，可我却觉得很难过。

十三年前，我虽然努力，但基础太差，没有考上你的高中，是交了择校费进了很差的班。每天放学我都会不自觉地张望，希望能在偌大的校园里看到你。久而久之，我问自己为什么。真的仅仅是出于为父亲做的事情而愧疚吗?

十二年前，父亲抛下这个家，独自去了新加坡，看到母亲每日以泪洗面，我一度又开始自暴自弃。可是那一天，我看见你扶起路边摔倒的孩子，脸上的笑容很明媚、很灿烂。可是转身你自己却也摔了下去，我想冲过去扶你，可你自己站起来，拍了拍腿。我发现你真的常常摔跤，我看过很多次，每一次你都是自己拍拍手爬起来。那时我想，你遇到了那样的事情，不还是一样能自己爬起来，我凭什么不行呢。

十一年前，我和你考上同一所大学。学校举办媒体论坛，你笑容满面端茶递水，积极拍照，推开侧门在室外楼梯的角落深吸一口气，脸上瞬间就结了冰一样吓人。那时候我想走过去，怀抱着相认的心情，即使对你来说我只是陌生人。

可是十年前，我必须要装作素不相识从你身边狼狈走过，其实那一天，我和你的师兄大打出手，他因你的重要实验成果获奖，在颁奖典礼上丝毫没有提到当时的你。我分明看见你失落的样子，我知道你在意，我知道你有一点小小的野心和对公平的固执。所以我才挂了彩，从你面前尴尬地走过去，而你却意外地喊住了我。即使上了大学，你依然总是摔跤，大学之后我看到你摔在寝室楼前、摔在水房门口，所以我要背你走过浅浅急湍。在背起你的那一刻，我下定决心，陪你走以后的路……

一年前，我找遍了北京站、西站，终于在北站看见你靠在那个美国男人的怀里，是那么平静安稳甚至满足。突然，我才明白，也许自始至终，你的生活里，就不该有我的存在。是我硬生生地闯进去，是我擅自改变了你的人生。

现在，我在南京，你喜欢的南京最终却是我回来了。你在网上写的专栏，我一直都在看。经常会假装不经意路过你家小区，看看你的妈妈是不是在锻炼，是不是在跳舞。我没有想过再打扰你的生活，因为哪怕你过得有一点点不好，我都会觉得是我的错，是我的亏欠。直到昨天，你说他离开了。我并没有别的意思，我只是想告诉你，曾经承诺的，以后依然是承诺，我愿意等你回来……

桑柔目瞪口呆地看着故事的另外一半，那些无论是程嘉黎还是江延都没有告诉过她的所谓番外，可是关于爱，早一步晚一步的佐证，都没有用处，不是吗？

爱或者不爱，和任何理由都无关，她在二十八岁那一年，才终于明白。

右手食指轻轻抬起，颤抖着点下了删除键。

心中那个故事的框架而今终于填满血肉之躯。只是尽管真相层层叠叠地掀开，可是正如程嘉黎有了别的男人，她也爱上了Joey，青春过去，也终归就是过去了。这样一封信，粗粗一数，竟能道出十多年前的种种，让桑柔顿觉可怕。

再过十多年，Joey还会不会在她的生活里呢?

桑柔粗暴地关掉电脑，弯下腰抱起松狮，眼泪就掉了下来。

热天午后

坐在从虹桥机场到浦东机场的大巴上，桑柔懊恼不已，不断责怪自己的愚蠢。

固执地等待着、坚持着、准备着，都是为了说不准的这一天，可是一切却并不那么顺利。

离开一年后，Joey被派到柬埔寨的一所学校执行短期任务，同时得到了为期两周的休假。在抵达柬埔寨的当天，他就给桑柔打来电话，说："让我见见你吧，桑柔，让我抱抱你。"

Joey本打算直接帮她买好机票，桑柔却坚决反对，死活要自己准备电子签和机票，还买了相关书籍来读。心里仿佛有个小小的自我在与Joey默默较劲，地球完成公转一圈的时间里，Joey经历了无数水深火热，技能点数噌噌上涨，自己不能还像个游戏赠送的初始角色一样，身无所长，毫无长进，慢慢变得不再是Joey的对手。

第一次付款后，桑柔得意扬扬地给Joey看订单，说："你看，done。"结果Joey很快回来信息，说你的返程机票为什么是在一个月后。

桑柔吓了一跳，一个字一个字把日期看过去，才发现这个可笑的疏漏。连忙给订票平台打去电话，你来我往，你进我退不知几十次，对方才勉强答应换票，但拒绝退差价。好不容易挽救了金钱损失，却在出发前一天赫然发现，自己的行程竟然是从首都机场飞上海虹桥，再由浦东机场转飞暹粒。转机时间只有三小时，还要下飞机，上大巴，横跨上海市区六十多公里，再过安检，再上飞机，一旦哪个环节浪费掉一点点时间，恐怕就要错过飞机了。

桑柔抱着双肩背包一屁股坐在地板上，真是沮丧啊，还有比自己更蠢的家伙吗？兴冲冲地做一件事，却从开头就不断出错，就好像是在提醒自己，不会有好结果的，所有的努力都是徒劳，别做梦了。

好在，她顺利赶上飞机，平稳地一路向南，这才有时间与自己怄气。

坐在她身边的是个美国男人，从一上飞机就拉下眼罩睡觉，不喝水、不吃饭，也不醒来。机舱里大多是带着孩子的欧美家庭，一路上吵吵闹闹，孩子们满机舱疯跑，在遭遇气流颠簸连续下降时兴奋地尖叫。她的前座，就是一对金发碧眼的夫妇，他们可爱的女儿大约有五六岁，时不时站在椅子上，伸手想要去摸桑柔的脸，桑柔便偷偷冲她做鬼脸。

幼童时期的Joey也是白白软软的样子吧，有可爱的小卷发，还有长长的睫毛。

前座椅背上的屏幕显示她与目的地之间的里程愈来愈短。就像舷窗外被月轮照亮的乌云，她的心里，也渐渐堆积满了水汽丰沛的温柔。

飞机落地滑行时，她打开手机，给妈妈发了条信息报平安。妈妈很快就回来信息，显然是在等她安全落地。当然妈妈是不会承认的，她只会说，人生地不熟的，不要跟陌生人走得太近，不要乱吃东西，不要去人太多的地方，国外乱得很，到处都是爆炸来爆炸去的，你不要残废了回来拖累我，我不管你的。她笑了笑，扭头去看舷窗外空荡荡的停机坪，对于妈妈来说，这大概就是自己做过的最冒险的事情了。她一度不敢坐飞机，不敢出远门，她怕任何的意外，却没想到Joey成了她人生中最大的意外。

后来，她不太能够想起自己是怎样在座位上填写好入境卡，怎样走下飞机，怎样随着陌生人群一头扎进热带潮湿的夜色里。她假设了许许多多种重逢的样子，模拟了各种版本的对白，而那些假设在她忽然空白的脑袋里蒸腾成了黏稠的糨糊，冒着烟消失在湿热的夜空里。她只记得，被海关勒索了二十块人民币小费后，她拿着护照走出关卡，看到Joey微笑着出现在她面前，像以往每一次的相见一样打开修长有力的双臂，像海洋，也像宇宙。

他喊她的名字，“桑柔”，声调依旧不那么标准。

她想她一定是吓坏了周围所有的人，她像一头见了红布的斗牛，一头扎进Joey的怀中，双手紧紧攥住他的衣襟，放声大哭起来，引来一片侧目。

Joey没有说话，也没有因此尴尬，等她哭够了、哭累了，才轻轻松开她的肩膀，依旧是笑着给她擦眼泪。他一笑起来，眼角和唇边就有深深的细长纹路，显得温柔，又坚定。他说：“桑柔，我以前从来都不知道，久别重逢原来不是开心的，而是伤心的。”

“还好我们还能够久别重逢。”桑柔揉了揉眼睛说。

Joey说：“你还是哭吧，你哭比说话可爱。”

机场外几乎一片漆黑，借着机场里暗淡灯光看到的，也都是荒芜的景象，没有住宅，没有建筑，没有多余的光源。原本机场大厅里嘈杂的人流在黑夜里忽然散得无影无踪。等待客人的突突车司机无聊地躺在各自的车上发呆，有的叼一根烟，照亮了鼻翼边的法令纹。

Joey租了小摩托来接她，也带来了当地的烟，大概相当于国内几块钱一盒的红梅烟。烟盒很小巧，盒面上印刷着复杂的黄色图案，Joey抽出一根来塞进桑柔嘴里，再“啪嗒”摁下打火机，帮她点燃。或许是这里的夜晚太过沉默，所以几乎能够听见烟叶燃烧起来的声响。

她喜欢看他用手护住火苗的样子，也喜欢他认真帮她点烟的样子。在她背靠摩托车抽烟的时候，他伸手揽过她，将她小小的脑袋贴在自己的肩膀上。

所有的声音都消失了，连风也变得沉默，只在高高摆动的棕榈树顶看得出风的形状，只有夜空里的星斗在闪烁，也只有身上沁出的细密汗水在流淌，除此之外，一切都是静止的。

桑柔在这静止中默默抽完一根烟，低头用脚仔细踩灭烟蒂，而后偏过头，深深吸了一口气：“你没有换香水，还是松木……”

Joey忽然低下头来吻她，将所有言语堵回了喉咙深处，掐灭在了幽微的身体深处。

仿佛为了反击他的用力，她忽然咬住他的嘴唇，咬出了血来。

可他并没有推开她，后来的吻都带着一丝腥甜。而后他伸手抹掉自己蹭在她唇上的血迹，笑着揉揉她的头发，把安全帽扣在她的脑袋上：“回家。”

空旷的道路上，Joey把小摩托骑得飞快，桑柔紧紧贴着他宽阔的后背，仿佛能够感觉到他根根分明的脊椎骨。七块颈椎骨、十二块胸椎骨、五块腰椎骨、九块骶骨和尾骨……桑柔用手指一节一节骨头摸下去。

“喂，我记得我们在北京吃羊蝎子的时候，你就是这样把一条羊脊椎给拼起来的。”Joey大声抗议她数骨头的行为。

“你是不是瘦了？”

问出口的话被扑面而来的风瞬间吹散，连桑柔自己都没能听见便彻底消失了，而她的脸，也在呼啦啦往后吹的大风里，被吹成了一摊肉泥。

小摩托跑了一刻钟左右才渐渐有了街市，有了路灯，也有了零星路人。回酒店的途中小城愈发热闹起来，从空旷颠簸的逼仄柏油路，到亮起灯光冒着热气的小街，从孤零零的风声，到人声鼎沸，Joey在热闹的夜市街头停下车，在路边摊给桑柔要了一碗辛辣的牛肉米粉。量不大，香气却浓郁，桑柔扯开一次性筷子，把不认识的绿叶菜悉数泡进滚烫的汤粉里，混合着东南亚食物特有的香料气味，在雨季初来的北纬十一度，热腾腾地将米粉吃下肚，再喝上一口加了很多碎冰和炼乳的木瓜奶昔。她说：“简直此生无憾。”

“来这以后，我每天都要吃一碗，这么多年在外，最见长进的，就是吃辣的功夫。”

“可你不吃火锅，我们是阶级敌人。”

“等我回到中国，你可以带我去重庆吃火锅。我答应你。”

桑柔抬起眼睛，隔着空气里黏稠的水汽，看着Joey的脸，他在笑，笑得很认真，并不是随口开玩笑的样子。

她说：“你知道我会当真的。”

“嗯哼。快吃。”

吃完米粉，继续跨上小摩托赶路。经过群魔乱舞的酒吧街，只见漂亮的美国大妞集体站在桌子上跳舞，甩起浓密的长发，在夜色里有一种决绝的性感，走过的路人吹起口哨。酒吧连着酒吧，街摊连着街摊，彩色的灯次第更替，所有的背景音乐都不肯退让半分，熙熙攘攘的小城街头，是全然的醉生梦死。

她说这里简直是你们这些外国佬的度假天堂。这一回，她不得不努力提高自己的音量，才没有输给呼啸的风。

他也同样高声回应：“我也喜欢度假，我也喜欢喝酒、跳舞、看漂亮女人。你知不知道，这里，是刚刚结束内战才二十年的地方。你知不知道对当地人来说，这些送美金来的白人不是来自西方，而是来自未来，一百年以后的未来。我们是来安排新一批心理辅导老师，帮助残疾儿童的，包括身体上的治疗和心理创伤的辅导。”

不知道。桑柔什么都不知道。在吃下刚刚那碗汤粉之前，她对柬埔寨的了解只有“吴哥窟”三个字，她所看过的资料，也多半是关于吴哥窟的介绍，游览参考，艺术鉴赏，还有些史诗背景的科普。除此之外，她并不确切知道自己身在怎样的国度，也不知道这辆小小的摩托车要去往哪里，她只知道，只要在Joey的身边，时空、季节、旱涝统统都不重要。

如果可以不问来路归程，她可以一直跟他走，可惜，不计代价，并不能完成所有的冒险，更何况她不可能不计代价，她不是有资格不计代价的人。

于是，这场久别重逢变成了桑柔躺在床上听Joey零零碎碎地讲柬埔寨的历史，讲吴哥窟的发现，讲这里拍过的电影，也讲内战、地雷、穷困。桑柔时不时起身去窗边抽烟，并不插话。

他说："内战炸毁了整个国家的电话线，所以这里没有电话，只有手机，也只有在暹粒或者金边做旅游业的人才买得起。十年前吴哥窟里的地雷才全部清理干净，在郊区以及乡下，依然不能走标记道路以外的区域，否则随时都可能踩雷。因为地雷而造成的残疾，是突出而棘手的问题。外人只知道暹粒是闻名世界的旅游胜地，可他们不知道的是，这是一个非常非常贫穷的国度，因为吴哥窟对旅游业的带动，导致了很不健康的经济模式，只有摆脱了依赖施舍的那些人，才能改变自己的命运，用你们的一个成语来说叫'纸上谈兵'。纸上谈兵容易，可是根本做不到。暹粒的繁华都是假的，可是高棉的微笑是真的。这里的普通人，只要一笑，你就会觉得他们真是可爱。我最喜欢的一座寺庙是巴戎寺，有那么多的笑脸，早上太阳升起，那些笑脸被一张一张地照亮，我觉得自己置身奇迹，也成了不朽的一部分。"

桑柔把烟摁灭在左手端着的烟灰缸里，伸手又拿过啤酒来喝，默默地在房间里走来走去，默默地躺下或起身，默默地听他一段段地说。听他说起她所不了解的世界时，她总是又开心，又难过。

不知这样琐琐碎碎地说了多久，窗外忽然落下大雨，黏滞到凝固的闷热被重重打破，桑柔起身关窗，看到楼下的泳池被滂沱大雨砸起跳跃的水花，因为照明灯的关系，绚烂地开出了一整面水池的蓝色水花来。她出神地看了一会儿，直到Joey悄无声息地走过来，从背后圈住她。他说："我终于又见到你了，终于又可以用嘴巴和你说话，像做梦一样。"

像做梦一样，对桑柔来说又何尝不是。桑柔努力让自己的声音显得平静，她说："我不知道你离开了阿富汗以后还会去哪里，可能是非洲，也可能是太平洋上叫作美拉尼西亚之类奇怪的地方，我们可能一直都要分开，我懂你为什么要去，我想你也特别明白我为什么不能去，但是没关系，只要有路，我就会一直走向你。过去的我，最讨厌的事情就是不可控、不可知，你全占了。"

虽然舍不得睡着，舍不得少看对方哪怕一眼，舍不得少说一句话，可终究还是要慢慢、慢慢睡过去，熬不过长夜，熬不过时间。

第二天在餐厅吃早餐时，桑柔收到韩奕的消息："Boss说你去柬埔寨了，要去十天。为什么不告诉我？是一个人吗？遇到不开心的事情了吗？我可以请假去陪你。"

韩奕的热情让桑柔又是感激，又是恐惧，感激不多，恐惧不少，犹豫了片刻，只好依旧选择沉默对待。Joey见她面露难色，便问清了缘由，随即笑了起来："看来我有个很厉害的竞争对手，我可不能，不能……掉以轻心，是这么说吧。不过没关系的桑柔，如果你愿意跟他约会吃饭，我不会介意的，真的。"

"每当你这样说的时候，我都非常讨厌你。"桑柔白了他一眼，发脾气似的把手机用力反扣在餐桌上。

Joey颇为无辜地笑了笑，为她面前的松饼淋上厚厚一层蜂蜜。他说：“我想带你去我们的学校看看那些孩子跳舞，想带你去安吉丽娜·朱莉来拍《古墓丽影》时常去的Redpiano喝酒，想带你去看那些神迹一样的寺庙，不仅仅是巴戎寺和崩密列。”

桑柔听着Joey嘴里说出的那些名字、那些计划，还有嘴边的胡楂被微笑牵扯，修长的手指偶尔有些简洁的动作，她的眼睛便渐渐被水汽模糊。若是其他出来度假的情侣，说起要一起去看的风景，一起去完成一些心愿，一定会万分雀跃，心怀满满的期待吧。可是自己呢，却只觉得潮湿的空气在眼睫毛上凝结出了水珠，随时随地都能哭出来一样。

其实从收拾背包准备出发的那一刻起，她就不断暗示自己要开心、要笑，不要破坏气氛、不要哭。可再多的心理建设，也敌不过一砖一瓦亲手搭建起来的坚固堡垒在Joey的面前瞬息坍塌成粉末。

那些天，Joey就骑着那辆破旧的小摩托带着桑柔跑遍了整座暹粒城，大部分的路途上，他们都吃下了一嘴沙土。

在儿童救助学校，桑柔给孩子们分椰子糖，用不太高的价钱买下孩子们画的画、做的手工；也和Joey一起，跟在授课老师身后，陪枯瘦的孩子们一起跳简单的舞蹈，帮他们拍照，也教他们简单的中文，“你好”“再见”“我喜欢你”“太阳”。

“没有亲历过战争，没有成长在全是战争后遗症的国度里，就永远没有办法估量他们心上留下的创伤。”

在一座荒废的城池引道前，Joey指着那些被砍掉了脑袋的神族造像：“就像这些神明被砍掉了脑袋，内战里，人们的眼睛也被蒙上，大家都闭上了眼睛，假装什么都看不见。许多战争都披着‘帮助’‘重振’‘更好’这样的外衣，可事实上，战争里从来没有重建与修补，只有无止境的破坏。古老的高棉王朝遗弃了这座旷日持久雕筑的吴哥城，一段历史好像也就顺理成章地结束了。今天我们不会再随便遗弃一座城市，也无法轻而易举掩盖一切痕迹，可是战争过去之后，我们所做的一切，也只是欲盖弥彰的粉饰。”

桑柔说，也许这样很自私，可是因为你告诉我的这些，因为我看到的这些，我忽然觉得自己没有那么不幸，也没有那么可怜，虽然每个人都在各自的命运面前，无限地渺小着。

“不，我和你说这些并不是这个意思。我想说的是，不幸并没有比较级，如果你离开我，对我的心脏来说，并不比经历一场战争更好过。”

乌云在地面上投射下连片阴影，桑柔仰起头去看他，说：“这句话比你让我同其他人约会要中听多了。”

在巴戎寺看日出日落，在崩密列的废墟上就坐着喝水、聊天，也会好奇伸手去抚摸那些岩石，那些破坏力旺盛的雨林植被，被太阳暴晒，被雨水浇透。大雨不期而至的时候，就困在房间里聊天，预约酒店的SPA，在游泳池边喝冰可乐。每一个深夜与黎明的更替，桑柔都拼命压抑住去计算距离旅行结束还有多少天的欲望。

就好像谁都不看时间，谁都不提分离，是不是就可以一直这样赖账下去，为此刻的在一起，打上一沓厚厚的借条。如果时间真可借贷，那桑柔情愿为此倾家荡产。

如果说Joey是桑柔生活中最大的意外，那么意外大概就是Joey的全部生活。如果说倒计时尽头的分别已经在桑柔心里演练了一遍又一遍，那么突然被任务叫走的Joey，则让桑柔根本连预习好的难过都来不及表达。

前一秒钟还是愉快地在Redpiano要了两扎吴哥啤酒，下一秒Joey的电话就响起，美国驻阿富汗使馆区域突发爆炸，多处美国驻军基地被袭，需要所有救援及人道组织全力参与救助工作。

每一个字都那么正经，那么铿锵，掷地有声地砸在桑柔的耳蜗里，激起沉默的波纹。

Joey放下电话，咬了咬嘴唇，那表情似乎在酝酿着如何道歉。

桑柔摇摇头，举起大大的玻璃杯，不轻不重地碰了碰Joey面前的半杯啤酒："中国酒桌上不是总说一句话，都在酒里了。"

Joey深吸一口气，扬了扬眉毛，又习惯性地耸耸肩，举起酒杯来："好吧，都在酒里了。"

仰起头一饮而尽的那一刻，酒吧街的吵吵嚷嚷与霓虹琉璃，都像被静了音，桑柔一杯接一杯地喝酒，傻乎乎地冲Joey笑，只看见流动的人群，却听不见酒吧里的钢琴弹奏，也听不见街头的尖叫。

被Joey扛回酒店后，全部的记忆只有自己抱着他死死不撒手，既没有哭，也没有说胡话，只是简简单单想要抓紧他，不愿放手。

而当她再度头痛欲裂地醒过来，烟味弥漫的酒店房间里，只剩下自己和那只孤零零的双肩包。她在打火机下找到Joey留下的字条，离开了中国一年，他的汉字似乎并没有退步，仍旧比自己写得好看、写得工整。

“其实昨天，我想说的并不是对不起，而是我不想走。所以今天我也没有勇气叫醒你。我们的团队跟着红十字会运送救援物资的飞机一起出发。你看，我又要去做个自以为是的英雄了。虽然根本就没有人能做英雄。我留了英文版的《真腊风土记》给你，我想你会喜欢。这个国度的历史非常神奇，我说不完，也说不清楚。我可能无法在抵达后马上和你联系，但你要向我汇报你的行踪是否平安，当然，一定要平安，这是命令。再见，桑柔，你的，Joey。”

桑柔小心地把这张酒店便笺折起来，放进双肩背包的夹层里。她喜欢他郑重其事的落款，喜欢他过分的认真和微妙的迂腐。

再见。这字眼恍然让她想起火车站初逢时的挥手告别。我相信你。每一次你说再见，都一定还会再见。这是茫茫人海只发生在你一个人身上的奇迹。

拉开窗帘，是雨季难得的晴空。就像深夜忽然倾盆而下的大雨，可以轻而易举触摸到Joey的那些天，也在日出之后，被蒸发得干干净净。虽然提不起精神，却还有很多事情需要一一去做。

联系机票改签未果后，桑柔想起，回程依旧要从浦东到虹桥，抵达浦东的时间是凌晨3点，真是尴尬，果然所有的事情从开始就有预兆。

无人知晓

在暹粒期间，韩奕依旧坚持不懈地发来消息，桑柔也依旧不予理睬。纵然Joey走后，热带的一天变得尤为漫长而无聊，她也并不想同Joey之外的其他人多说一句话。每天吃了早饭她便出去闲逛，在老市场一家家看相似的粗糙小商品，看到顺眼的就买下来，午后炎热，时而暴雨倾盆，就在咖啡馆坐上一下午，对照手机里的辞典看Joey留给她的《真腊风土记》。傍晚偶尔在离酒店不远的多乐之日买面包，在固定的水果摊买牛油果奶昔，也在固定的店里吃香料气味十足的米粉。晚上睡觉前就在泳池里游上一小会儿，在池边躺椅上和来自不同国家的房客随便聊聊天。一面之缘也是缘分，虽然这种缘分好像并没有什么实质意义。前台的小姑娘已然很熟悉她，有时见她满头大汗回来，会做免费的柠檬薄荷冰沙给她吃，是Mojito的味道，只是没有酒。

想想也觉得不可思议，竟然在一个人都不认识的异国他乡，过起了如此规律的生活。

离开的前一天，她又独自去了一次巴戎寺。从某种意义上来看，吴哥大概和南京城一样，在同一块地方，有一代代的君王，一世世的传说，新的伤痕遮掩旧的结痂，骨头缝里早已是废墟一片。湿婆神的舞蹈，搅动乳海的大蛇，雕刻下来的史诗比文字更生动，到处都有洪荒的传说，却并非处处都有巴戎寺这么触目惊心的微笑。桑柔一张脸一张脸看过去，不厌其烦，没什么理由，就是愿意去看，她总觉得那笑容和Joey倒是很像。

赶往机场之前，桑柔简单地买了一些当地的棕榈糖和热带果干，打算回去后分送给同事；还买了很多自己并不认识的烹饪作料，打算回去以后寄给妈妈；唯一作为纪念品买给自己的，是一本柬埔寨语的《小王子》。虽然她并不知道自己为什么一定要买这样一本一辈子都看不懂的书，而且印刷质量也异常粗劣，可就是觉得非带回去不可，就像封面上守着玫瑰花的小王子，为了这朵花，他非要回到自己的星球不可。

回去的飞机上，有一半座位都空了出来，除了桑柔之外，只有一个来自上海的老年旅行团。为了保持飞机平衡，空姐找桑柔协调换到机舱后段。虽然桑柔想不明白其中的原理，不过换座位倒也无所谓，她宁愿坐到远离人群的地方，图个清静。机舱灯光熄灭的一刹那，九天以来的疲惫像山一般铺天盖地压下来，让她连一口水都来不及喝，就迫不及待地昏睡过去，直到飞机降落，空姐温柔而焦急地一直唤她，她才揉着眼睛几乎是挣扎着醒过来。

“请问您还好吗，是不是哪里不舒服，是否需要什么帮助呢？”

美丽的空姐说美丽的话，美丽的眼睛里有美丽的笑意，完美得像人工智能。桑柔摇头说谢谢，抱起双肩背包和纸口袋匆匆忙忙走出了机舱。

从北纬十度到北纬三十度，桑柔深吸一口气，确定自己回到了熟悉的气候里来。可是困倦感并没有因此消退，空荡荡的机场更是为这场疲惫添油加醋。实在害怕睡过去耽误了赶大巴转机，桑柔便直接打了车一鼓作气冲到虹桥机场，打印登机牌、过安检、找到登机口，二话不说把背包垫在脑袋下面，顾不得其他，一个人占了一整排长椅，说睡就睡。反正除了手机外也没有什么更值钱的东西，何况，就算有手机，也不能和Joey联系上，妈妈的电话是她唯一能背下来的号码，所以要偷就偷吧，这样一想便飞快地睡死了过去。

“桑柔……桑柔……”

好像是睡了很久很久，迷迷糊糊中有人叫她的名字，还有一只手轻轻拍在她的肩膀上，她狠狠皱着眉头，极不情愿地从深沉睡意中清醒过来，没想到眼前竟然是韩奕的脸。

“你怎么会在这里……”

“我从Boss那里套的话，知道地点也知道时间，很容易找出航班信息的，所以……我来接你回北京啊。”韩奕说着晃了晃手里的登机牌。

“你怎么知道我是一个人？你怎么知道我就不是和男朋友一起回来？你凭什么能那么理直气壮地打扰我？你不觉得你像个跟踪狂吗？”

桑柔不仅没有感动，反而突然有些恼羞成怒。桑柔平日里虽然也是硬邦邦的，但极少发火，也从不大声说话，所以她这么一吼让韩奕一下子尴尬得不知说什么好，还引得周围候机的旅客纷纷侧目。

“对不起桑柔……我……不知道……我以为你是自己去度假散心……对不起对不起……你要是生气，我现在马上去把机票退了，我不和你一起回去。”

“对不起……”桑柔拍了拍自己的脑袋，懊恼自己为什么要同不相干的人发脾气，“谢谢你……我太累了，口不择言，对不起。”

韩奕迅速抹掉脸上的尴尬，帮桑柔拎起背包和口袋，说：“快走吧，该登机了，大小姐你差点睡过头知不知道。”桑柔并没有完全清醒，睡眼惺忪间，只看见阳光从玻璃窗打进来，笼罩在韩奕的身上，温暖而可靠，越发觉得他像江延。又或者，对每一个人来说，大多数的其他人都是相似的。

“你的男朋友在国外是不是？”

在飞机上安顿下来后，韩奕还是擅自同桑柔边上的乘客换了座位，见桑柔没有反对，便试探着问了一句。

桑柔点点头，摆出一副打算继续睡觉的样子，不愿意去谈论这些。

可是韩奕似乎并没有打算放弃，他犹豫了一下，还是徐徐地说出了口：“桑柔，我不知道你和你的男友感情有多深、有多好，或者多不好，我也不知道他究竟是怎样的人，但是没关系，我确实不需要知道。一方面这是你的私事，你不愿对我多说，我无权窥探，另一方面我对你的喜欢，和你对他的喜欢是一样的，都不可耻，所以我并不想遮掩。未来究竟会怎样，谁都无法确定。说不定呢。说不定有希望呢，也说不定就死心了呢。我妈因为飞机事故，在我十六岁那年离开了我。我一直到工作以后，迫不得已才克服了飞机恐惧症。每一次坐飞机对我来说，都像是末日，都要留遗言。这么说可能会惹人讨厌吧，毕竟不太吉利。所以，这也是我的私心，可能只有在飞机起飞的这一刻，我才能像这一分钟就是生命的最后一分钟一样，把心里话说出来。”

“韩奕……”

“你好像很少叫我的名字吧。突然听起来，还真挺不习惯的。”

“……”

“一看你严肃的样子，我就紧张。你什么都别说，让我说完。只要那个未来还没有被盖棺定论，我都有喜欢你的自由，你无权剥夺。我不会让你为难，也不会死缠烂打，毕竟我还算是有那么一点了解你。但我还是会用我的方式，在你能够容忍的范围里去喜欢你。”

韩奕话音落下的那一刻，飞机也完成了划破对流层的冲刺姿态，平稳地飞在了没有云朵的平流层，阳光在更洁净的空气中顷刻变得刺目，就像韩奕说完的那些话，每一句都无法被忽略。

若是平日，桑柔也还是能够以不变应万变地扭头就走。可她的余光看到了韩奕微微颤抖的手，在整个起飞的过程中，他的双手都紧紧抓住座椅扶手，指根的关节一个一个突起成狰狞的模样，努力克制住的紧张与恐惧还是被撕开了一个缺口，一览无余。

因为遭受过重击，所以铺在心底的材质是“恐惧”，却不足为外人道，在这一点上，韩奕和自己都是一样的。

她想起Joey很平静地说，不幸是没有比较级的。

于是她什么也没有说，只是微微别过脸去，继续做出补眠的样子。

也许她比任何人都能够理解韩奕的痛苦，又或许她根本连万分之一都理解不了，不幸没有比较级，也没有感同身受，每一种不幸都是被收藏起来的孤本。

两个小时的空中飞行，韩奕没有再提起之前的话题，只是帮桑柔要水，或者关心空调会不会太冷。桑柔时睡时醒，睡着的时候也没有做梦，醒着的时候韩奕就随便说些有的没的，比如松狮寄养在了哪里、吴哥窟好不好玩、有没有狂吃水果，也顺手散播一些公司八卦。桑柔耐心听，也耐心回答，因疲惫而声音微弱，说着说着，忽然不太相信暹粒是昨夜才离开的地方，分明是好像过去了经年一般。

终于落地北京，虽说没有困意全消，但精力也恢复了一半有余，毕竟一直都在休息。

“你知不知道，俄罗斯的飞机每次安全着落，机组成员都要鼓掌庆祝，可见是多么侥幸的事情。所以，我们是不是也该吃点东西庆祝一下？”

“反正我也饿了，我请你吧，我记得你早餐爱吃鲜虾云吞面是不是？”

“那我不客气咯。”韩奕没有推脱，他已经熟知桑柔的脾气，懂得与她相处，时刻保持距离，才能拉近距离，谨记互不亏欠，才能藕断丝连。

桑柔走在流动的人群中，或来或往，像去往两个方向的水流，淙淙而匆匆，真是神奇啊，火车站也好，机场也好，长途客运站也好，都是很神奇的地方，可以相聚，也可以分离；可以归程，也可以出发，也许，这些去往两个方向的举动，本质上有着深深的一致。比如再见。桑柔忍不住还是要想起Joey，她一直避免事事都要牵扯到他，避免让自己面临过度的想念，但越是避之不及，越是无处可避。

见她神情恍惚，心不在焉，最后还是韩奕直接把她拉进了机场里的茶餐厅。

桑柔其实没什么胃口，只要了一碗和韩奕一样的鲜虾云吞面，韩奕知道不可能强迫她点餐，便自作主张加了蟹籽烧卖、虾皇饺、榴梿酥和流沙包："你不会记恨我宰你吧。"

桑柔摇摇头，托着腮帮，一脸木讷。

韩奕默默地往两个人的杯子里倒柠檬水，很好奇她同男友相处的时候，会不会生动一些。

餐厅里的电视忽然从韩国女子组合的现场切换到了国际新闻，桑柔都不用抬头，就知道现在所有的新闻里，肯定都是美国驻阿富汗大使馆的恐怖袭击，现场画面、硝烟、军队、新闻发言人、人道主义机构，来来回回、反反复复，无论发生了怎样的事件，都并没有什么新鲜的花样。

"让我们继续关注美国人道主义机构工作人员遭阿富汗当地武装力量绑架事件……"

桑柔愣了一下，不自觉地抬起头来，那些曾经存在于另一个平行宇宙中的名词，忽然与自己都有了密不可分的牵连。她望向餐厅角落里的电视屏幕，那台高高挂起的小电视和桑柔之间的距离，恰好是餐厅的对角线。

“在这段由半岛电视台发布的录像中，绑匪要求美国政府支付五百万美元的赎金，并要求释放五名关押在美军监狱的塔利班组织成员……”

画质奇差的录像，人质跪在地上，脑袋上套了黑色的头套，身上被粗糙的麻绳五花大绑，背景是模糊的岩壁，旁边的两名武装人员也都持枪蒙面。这一幕像一张风格诡异的后现代画，那么僵硬，那么不真实。

类似的绑架事件早已忘记是何时开端，但从第一起开始，便一发不可收拾，持续了很多年，同样的镜头一次次恐吓着全世界的人们，但后来那些人质究竟怎样，被处决在何处，释放后的人生如何，从来都没有下文，也不再被关注。活在新闻里的人与事都很容易被遗忘，可唯独这一次，桑柔觉得自己的心脏重重地跳动了一下，仿佛隔了很久，才有了下一次跳动，那间隔的无声是那么清晰。

“美国政府已经证实，遭遇绑架的人道主义机构工作人员名叫Joey，来自华盛顿州……”

桑柔只觉得脑袋“嗡”的一声，眼前刹那间冒出了细细密密的雪花点。

她微微眯起眼睛，想要看清楚屏幕下方打出的人质照片，不知道是因为距离太远，眼睛太疲累，还是因为她心里有一个声音在喊：“重名，可能仅仅是重名，就像Michael、Jack一样，华盛顿大概有好几百个Joey。”她看不清那张照片，却在某一个瞬间，觉得自己周身的热度“唰”的一下从头顶退到足尖，撑着餐桌边缘的十指，冰凉到僵硬。

“又一个……世界要疯，要疯啊。”韩奕还没有察觉出桑柔的异样，“昨天上午的事。美国向来的立场都是坚持拒付赎金，因为赎金会变成恐怖分子的武器，也不可能释放罪犯，虽然人质无辜，却没有办法，感觉怎么做都不对，就好像那个铁轨难题，无论是死四个人还是一个人，总得有人要牺牲掉。如果全世界都乱了，我们也只能祈祷自己不是被时代前进牺牲掉的那一个吧。”

昨天。昨天。昨天她在暹粒的街头喝了冰咖啡，她买了热带糖果，买了很多辨不清的香草，还买了柬埔寨语的《小王子》，她在烈日下漫无目的地闲逛，打发无所事事的白昼，却丝毫不知道Joey经历了什么。

她腾的一下站起来，径直冲到电视跟前，仰起头，就看见屏幕右下角，白底证件照上，Joey笑得那么温和，被笑容挤出来的每一条纹路，她都认得。

眼泪好像是五脏六腑积蓄良久的洪水，顷刻找到了闸口，奔涌而出。桑柔垂在身体两侧的双手在不知不觉间紧紧握成了拳头，每一处关节都因紧绷而突出，之后她的身体似乎除了颤抖，再也无法产生其他反射动作。

桑柔扭头就往茶餐厅外冲去，那种无法控制自己身体的无力感，时隔多年，再度占据了她的每一根神经。在飞速冲下电梯的那一刻，她双腿一软，毫无征兆地向前摔去，正如过去每一次跌倒一样，像命运随意伸出了腿，偏偏绊倒了她。

“桑柔！”

当韩奕也用同样失控的声音喊着她的名字追到电梯边时，只看见桑柔已经滚下了电梯，蜷缩成一团，躺在冰凉的地砖上，看起来格外痛苦。

韩奕不知道这短短十几秒内究竟发生了什么，他唯一能做的就是冲下电梯，在确认桑柔依旧清醒之后，握住她的手，不敢太重也不愿太轻，焦急地等待救护车。他不敢随意挪动她，也不敢将她抱起来，甚至顾不得围观的人群和拍照录像的好事者，这大概是他人生中为数不多像个白痴一样的时刻。

是不是骨折了？是不是内脏出血了？眼睛看不看得清？还能不能说话？有没有哪里不对劲？我应该怎么做？桑柔你是医生啊，你告诉我我该怎么做！无论韩奕说什么，问什么，桑柔都没有回应，他又是着急，又是愤怒，或许愤怒更多一些。

可是蜷缩在地上的桑柔，完全是一副自暴自弃的样子。碎乱的头发像被海水浸泡过的海藻一样，纠缠在脸上，浸泡在盐分同样浓烈的眼泪里，她的眼睛，像深山里的泉眼，持续不断地涌出泪水，像两条淙淙不绝的溪流，没有干涸的可能。

她说："我不要他死，我不要他死……"

"什么？"听到桑柔开口，韩奕连忙俯下身去，将耳朵贴在她嗫嚅的唇边。

"我不要他死……他不能死……他不可以出事……"

那一瞬间，韩奕所有的愤怒化为乌有。他微微仰起头，看到机场最大的那块电视直播屏幕上，正在轮播被劫持人质的工作照和视频资料，他在军队里给战士包扎，他在难民营分发食物，他搂着流离失所的孩童在阳光下微笑，他给自己腿上的伤口涂药膏，冲着晃动的镜头做了个鬼脸。

Joey，原来是这个人，原来这就是你一直拒绝我的那个理由，是你舍不得轻易提及的理由，是不是，桑柔？他低下头去握住桑柔依旧在颤抖的手，心里的难过，全都化成了眼睛里最沉默的哀伤。

雨水在玻璃窗上一层一层地铺下来，像融化了的奶油与不太干净的玻璃之间，有着黏稠的厚度。

桑柔和松狮一起，并肩坐在阳台上，久久地看着雨。松狮偶尔偏过头去看看她，她并不配合地扭头与它对望，只是看着窗外，看着阴沉天空不间断落下的雨水。

韩奕买了晚饭开门进来，就看到她还是那副样子一动不动，不知道已经保持了多久。

万幸桑柔摔下去的地方不高，并没有摔出大问题，既没有脑震荡，也没有内出血，虽然没有骨折，但扭伤了膝关节，需要休养半个月。韩奕帮她从医院开了假条，去公司处理病假。公寓的钥匙是送桑柔回来那天，他私自去配的。

他知道，如果没有这把钥匙，就算敲断了手，桑柔恐怕也不会给自己开门，她会一直把自己锁起来，谁也不肯见，更不会向任何人求助。

所以，他说："桑柔，你就算报警也可以，就算警察把我抓走，我也一定不会把钥匙还给你。"

而桑柔显然没有心思和力气与他纠结，她甚至觉得就算大门敞开，随便谁进进出出都可以，都不重要，都无所谓。无论是小偷还是强盗，抑或乞丐，就算他们搬空了这个家也没有关系，只要留给她一台电视，让她能够时刻看到Joey的状况就好。

雨哗啦啦地下，客厅里的电视上，新闻循环播放，连韩奕都已经觉得自己和Joey好像老熟人一般，认识了许久。

韩奕讨厌那台电视，无论他何时到来，那台电视总是开着，总是播放着同样的新闻，渲染着美国政府的不作为，还有人质的危险处境。韩奕怀疑桑柔就没有关掉过电视，可他不敢多问什么。

他只能每天来看她，中午和晚上都来，下了班就买饭过来，就算桑柔赶他走，他也只是假装离开，而后坐在大门外，直到确定桑柔睡下才离开。无论多么艰难，桑柔一直逼迫自己入睡，万一这一切不过是一场噩梦呢，万一一觉醒来，Joey还没有去阿富汗，甚至一觉醒来，她的生活中并没有叫作Joey的人，她也没有离开过南京，一切都只是一场梦，就算这样也好。

可无论如何努力，她都很难连续睡上一整夜，于是她开始做各种尝试。

比如，喝牛奶，一杯接一杯把自己喝到蹲在马桶前吐到胃酸都涌了出来。

吐完就坐在马桶上使劲哭，眼泪滚烫，可胸腔里冰凉一片，像一把火烧过的原野又急急降下暴风雪，凛冽得几乎结冰。

哭到手脚发麻，却还是没有疲乏、没有睡意。于是，她只好坐在阳台上抽烟，一根接一根，一盒连一盒，烟抽完的时候就下楼遛狗，顺便再买烟上来继续抽。

七天的时间就这么无序而混乱地过去，除了关节的疼痛一点点退却之外，一切都同七天前一样，没有任何改变。对Joey的营救行动没有任何进展，反反复复都是那些冰冷冷的官方声明，自己身上的瘀青也没有淡化的迹象，世界上的事情都是这样如出一辙，无所作为、无能为力。

只有一次的冒险

“我买了你最喜欢的那家冒菜，多少吃点吧。”韩奕把餐盒挨个打开，取下眼镜，擦掉镜片上的雨水。

松狮闻到了食物的香气，忙不迭地跑进来，围着韩奕打转。

桑柔慢吞吞地站起来，她不想让韩奕觉得自己好像随时会想不开跳楼，也不想因为自己的绝望而连累他，可她收拾不了自己的心情，无法笑着说我没事，无法假装一切正常，所以，她唯一能做的，就是坐起来，吃一口东西给他看。

“谢谢。”桑柔从韩奕手里接过筷子。

“桑柔，我知道你想做什么，在想什么，我都已经帮你打听过了。这件事肯定没有办法上升到政治援助，毕竟，你别生气，你们没有血缘关系，你不是他的家人，不是他的妻子，可就算是亲人也一样无能为力。这件事，只可能是美国政府出面的事情，是那些离我们都很远的官方去角力的事情。而我们唯一能做的，就是在网络上号召大家去白宫网站上留言、施压，现在美国的民众也正在做这件事，几乎每天都有大大小小的游行，要求政府同意家人筹措并支付赎金，同意民间捐款。”

桑柔吃了一口蘑菇，想起在网络新闻上看到的对Joey家人的采访。她甚至从未想过自己会见到Joey的家人，更别提是以现在这种方式，隔着无数由1和0组成的信号，穿过十二小时的时差，看到他曾一一提及的妈妈、爸爸、哥哥和姐姐，看到他们流下眼泪，却又强作镇定的样子。

如果五百万美金就可以换回一个活着的Joey，谁又在乎这些钱是不是会被换成了不得的武器，炸毁全世界呢。谁他妈在乎呢，桑柔用力吸了一下鼻子。

“参与国际救援的都是专业的维和部队与医疗小组，你现在申请加入也来不及，其间流程漫长，审批情况复杂，我想你应该清楚。红十字会我也问了，但是打听不到什么有用的消息。事情并不是没有希望，但你不能先放弃，你能做的就是好好吃饭，照顾好自己，等他回来。你是个医生，你比我更懂什么叫奇迹，什么叫生老病死。”

韩奕在来的路上权衡良久，最终还是决定有什么就同桑柔说什么，他知道再高超的安慰技术在此刻都不会起作用，与其遮遮掩掩不如劈头盖脸地把实话砸给她。

桑柔又吃了一块豆腐，不觉饿，也不觉饱，连味道也不大吃得出来，只是觉得在听韩奕说话的时候，必须要做点什么事情才行。

她能想到唯一可行的方法，就是参加医疗队，可她无门无路，根本动弹不得。也许这个世界上就是有无论如何努力，最终都只好无能为力的事情。所以她唯一能做的，就只有二十四小时盯着新闻，生怕下一秒就爆出人质被处决的画面，一天里的每一秒对她来说，都是煎熬，凌迟一般的煎熬。

也许是为了避免无话可说的尴尬，桑柔吃饭期间，韩奕下楼遛了松狮，回来后桑柔就摆出了要送客的样子。

韩奕走后，桑柔去洗了一把脸，继续回到阳台，一屁股坐在地砖上，一面抽烟，一面把玩Joey给她的打火机。因为使用太过频繁，边边角角的地方已经磨损，她想不出，如果Joey再也不会回到她身边，她该如何处理生命中与他有关的一切，包括那些记忆。那些记忆像洪水，而她自己却像高高筑起的堤坝拼命拦截泛滥的洪流。

她宁愿他没有带给她那么多想忘都忘不掉的记忆，她宁愿在那段回家的火车上，她没有因为好奇而同他开口，那么，他们也就不会再见，不会相爱，不会毫无血缘却将身体的脉络根根连在了一起，那样，就不会有现在的痛苦。

她终究只能眼睁睁地看着他成为英雄，她甚至无法与他的家人抱头痛哭，她对他们来说与陌生人无异，她也不在与这件事情有关的任何一个国家，任何一个城市，她在毫不相干的北京，无法为自己爱的人做任何事情。

凌晨四点，雨水渐渐歇止，松狮躺在桑柔脚边，沉沉地打着鼾。不知道它是否也在想念Joey，它是否知道短短数天里都发生了什么。桑柔第一次觉得，知道或者不知道，真相或者假象，似乎都不是什么好事。

少年时代根深蒂固的执念，在生活细流的冲刷里，渐渐露怯，渐渐失守，在遇到Joey以后，她再也不是那个非黑即白的桑柔。说实话，她不太愿意承认，这七个日升月落的时间里，她早已做好了彻底失去他的准备。

又过了半个小时，虽然乌云密布，天还是有了亮起来的样子。桑柔抽空了第三盒烟，有气无力地站起来，准备去楼下的便利店买烟。经常轮班的老阿姨已经认得她，不开口就知道她要什么牌子，只是看起来，老阿姨没那么喜欢桑柔，她脸上的每一个毛孔都写满了对这个女烟鬼的偏见。

谁能明白别人身后那一堆收拾不完的烂摊子呢。一个五十多岁守着二十四小时便利店常常彻夜上班的女人，她的身后，大概也有一个别人看不到的深渊。

桑柔从鞋架上抓起零钱开门出去，坐在门边睡着了的韩奕吓得桑柔差点失声尖叫。

开门的动静吵醒了他，他见桑柔一脸惊讶地望着自己，连忙拍拍屁股站起来："那个，桑柔，不好意思，我担心你所以想陪你一会儿再走，结果不知怎的就睡着了……"

"你每天都这样是不是？"

"不是的，我……"

看着面前这个男人一脸疲倦，胡楂旺盛地冒出来的样子，桑柔的心里，那种叫作"难过"的气体迅速膨胀，几乎要炸裂开来。

她忽然想伸手去拉拉他的手，说一声对不起。可她只是轻轻带上门，说："我们下去吃点东西吧，楼下便利店的关东煮很好吃。"

韩奕受宠若惊似的，不知道说什么好，连忙冲过去按了电梯。

便利店的阿姨格外多看了韩奕两眼，桑柔并不在意，要了两份关东煮，买了鱼肉肠和小菜，还拿了两罐百威，便和韩奕在靠窗的狭窄吧台坐了下来。

“大清早喝酒？”

“不喝给我。”

“喝，喝。”

雨停的街道空空荡荡，样子有些凄凉。

桑柔说：“韩奕你放心，我不会想不开对自己做出什么事来的。他对我说过，难过的时候就使劲难过，想哭的时候也无须克制，所有的情绪都需要时间来释放，然后才能好好面对接下来的事情。我只是需要时间，单纯只是用来难过的时间。”

“桑柔……”不知为何，突然间看她又变回平日里那个桑柔的样子，韩奕有点不是滋味，“虽然是我自作多情，可我喜欢被你需要。”

桑柔没有再说话，而是喝下一大口热热的汤，冲韩奕伸出手：“钥匙。”

“桑柔……”

“还给我。”

桑柔的样子很坚决，好像是一瞬间，这些天的颓丧萎靡都消失得无影无踪，她每个字都说得坚定，眼神也是。

韩奕叹了口气，从口袋里摸出钥匙，放在桑柔的手心。

她的手上还有那天摔下电梯的擦伤，和她坚硬的性情比起来，她的手则要柔软得多，韩奕很想用力握住那只手，可终究还是缩了回来。

桑柔把钥匙收好，从高脚凳上跳下来："我出去一下，你别跟来。中午我会回来，你可以来查岗。"

她说出的话，音调尚显虚弱，可却让韩奕觉得非听不可。他知道她心里的废墟一定比新闻里的阿富汗还要荒颓，可他永远只能隔着屏幕去看，哪怕将手伸出去，也只不过是贴在了永远无法被打破的玻璃屏障之上。他目送她拿了一包烟推门出去，在空无一人的黎明中将烟点燃，深吸一口，朝地下车库走去。

桑柔开车去了Joey曾经在中国工作的地方。那是她最后一根救命稻草。

忽然间，开过千百遍的路变得陌生，那种熟悉到厌烦的感觉不见了，桑柔觉得自己与城市之间有一层厚厚的玻璃罩，无法冲破，无法融入，她从未觉得自己如此像一只困兽。

十分钟开到目的地，桑柔一脚急刹车，根本顾不得左顾右盼好好停车，连车钥匙也没拔，推开门就冲了出去。

曾经她很喜欢Joey工作的地方，这里的院墙不太高，三层小楼隐藏在茂密的植被和池塘后面，外墙布满爬山虎，是颇有些年头的老建筑。每每走进来，就好像进入了一个独立的生态系统，所以她总是慢慢走，走到池塘边，还会拿饼干喂锦鲤。

可今天，她什么也不想看，更不能放慢脚步，虽然早一步晚一步，对Joey来说并没有什么实际作用，但对桑柔来说却不行，她必须飞快地做些什么，才能不让自己距离他越来越遥远。

"你找谁？"

桑柔刚冲进大门就被保安一把拦住。

“是我！”

“啊！啊！你是那个……我听说了……”保安还是一年前的那个男孩，他认出了桑柔。

“今天谁值班？谁值班我就找谁。”

“你进去吧，值班的人你也认识。”

保安没有变，Joey过往的同事也没有变，桑柔也没有变，可明明什么都变了。

桑柔再度从保安身边经过时，低着头，兀自往外走，下台阶的时候，膝盖还有些疼痛。保安似乎看出她的病痛，连忙过来扶了她一下。她没有转头看他，只是说了声谢谢，便往外走去。

“桑柔我明白你的心情，我们也一直在担心Joey的情况，大家都好多天没有回去了。”

“我想加入救援队，我想去阿富汗，我要加入你们，或者红十字会，或者其他任何组织都可以，我是学医的，我学了七年的临床医学，我做过医生……”

“你冷静一点，现在就算要增派人手，也不会从我们这边抽调，我们没有办法给你解释清楚，但是就算你申请做志愿者，也不会今天申请明天就把你派遣到阿富汗。我这么和你说，对于国际维和部队、慈善机构等这些组织来说，阿富汗的绑架，非洲的饥荒，中东的内战，南美的武装盗匪，都是一样的，没有哪一个更紧急，没有哪一个能让你来挑选，你和Joey在一起这么久，你应该明白。”

桑柔从车窗上撕下违章停车的罚款单，想起Joey说，不幸没有比较级。可是，她拉开驾驶室的门，坐进去点着烟，深深吸进去一口，眯起眼睛，我失去你，比经历一场战争更难过。

“没有办法了？”

“Joey不会希望你去的，如果他回来，他不会希望你像现在这个样子，你会让他愧疚。”

……

“如果我出了事，你不要来。”

那一年电影散场，Joey是这样对她说的。

“你告诉我，他被解救的概率有多大？”

“百分之五十。”

桑柔吐出一口烟，百分之五十，所有事情的概率不都是百分之五十吗，要么是，要么否，就像关在箱子里的那只薛定谔之猫，生也好死也好，都是自欺欺人。

在抽完一根烟的时间里，桑柔做了一个决定，一个做了没用，不做却要后悔一生的决定。她清楚地知道，在自己的一生中，并没有多少机会来做这样的决定。这是只有一次的冒险，为了仅有一次的爱情。

掐掉烟头，挂上安全带，一脚踩下油门，渐次后退的行道树，渐渐散去的晨雾，像极了烟灰色的南京城，她不知道在抢救室的门口，妈妈是否也做过这一生仅有一次的决定。

回家之后，桑柔照例打开电视，但却不去看。Joey被抢指着太阳穴的画面，她没有办法不断地去温习、去巩固，她最怕自己会梦到那个画面，虽然她还没有真的梦见过。她只听播报，想从相似的报道里抠出蛛丝马迹的进展。

再开电脑，连续打开几十个网页，寻找去往阿富汗的方法。

网页上的条目密密麻麻，浩如烟海，桑柔惊讶地发现，竟然有这么多背包客单枪匹马走过阿富汗，说多也并没有多么庞大的绝对数字，只是比桑柔想象得多，其中还有不少是女孩子。

桑柔一条一条搜索自己需要的信息，可还是止不住地分心去细细看那些女孩们拍回来的照片。是那样一个已经毁掉了文明的国度，那样一个处处荷枪实弹的国度，她们究竟是怀着怎样的心情，踏入那片人间？是对世界好奇，还是对自身失望？是想寻找什么，还是想忘记什么？

长久以来，自己活得自私而封闭，Joey是她通往世界的入口，现在，这个入口不见了，她必须要自己去找到它、打开它。说实话，她从未像许多同龄人一样向往过三毛万水千山走遍的生活，对这颗偌大的星球也没有什么好奇心，她小心翼翼地缩在自己的角落，却没有想到，竟然会有这么一天，她在笔记本上密密麻麻地写下了去往阿富汗的方法与注意事项。这曾是一个只存在于新闻播报里的名词。

可惜，她并没有更多时间去了解这个早已被摧毁的古老国度，也不能细究那些惊心动魄的游记，她只知道自己现在要做的事情是去办理巴基斯坦签证，从白沙瓦取得进入阿富汗的许可，进入阿富汗之后该怎么办，那已经不是她现在要考虑的事情。

提交签证材料，订机票，桑柔觉得好像是从自己的身体里逃了出来，在一边看着自己的手指在键盘上飞速舞动，搞定一件又一件棘手的事情。

正午十二点，离她做出去阿富汗的决定不到五个小时，还没能喘口气，韩奕准时敲响了房门。桑柔连忙关掉显示器，若无其事地打开门，甚至因为心虚而挤出了一丝勉强的笑容。

“如果我的出现让你还必须要照顾我的情绪，那我就不来了。”韩奕说着进门，把外卖放在了餐桌上。

“我也想每天都半死不活地躺着，谁养我？”桑柔坐下来，帮着一起拆外卖，咖喱的浓香迅速从塑料袋里钻了出来。

“你不太对劲，怎么突然想通了？”

“没想通，就是认命了。我爸跳河的时候，你妈妈出事故的时候，我们不是都认过命吗？有经验。”桑柔说着耸了耸肩，顺手掰开一次性筷子递给韩奕。

“桑柔其实你说话从来都不讨人喜欢，你到底知不知道？”

“知道。”

可为什么要讨人喜欢呢？如果没有喜欢作为开头，就不会有伤心作为结局。

韩奕见桑柔不再说话，便试探性地讲办公室里的新鲜事给她听，还有目前需要桑柔跟进的项目都进行到了怎样的程度，提醒她最好尽快去上班，不然同事们的态度可都没有那么友好。

其实他最想对桑柔说的是，认命之后，我们终究要回到日复一日的生活中来，没有人能够永远活在传奇中，更何况传奇往往都是悲剧。当然他不敢说，也没有必要去说，他只要看一眼桑柔的眼睛，就知道她什么都明白。

等待签证的这一周，比此前的每一周都显得难熬。这是第一次，桑柔感觉到规则的强大是那么牢不可破，让人束手无策。她甚至怀疑，这个世界上，究竟有没有人的命运，是真的掌握在自己手中的。

或许没有吧，即使是那些始终用枪指着Joey脑袋的恐怖分子，他们的手中，也根本没有命运的线索。

当然也没有奇迹。唯一的进展，不过是网上传言美方可能正在秘密部署军事救援。对此，桑柔的心里并没有抱任何希望。

对自己此去的意义，她也同样未曾抱有希望。她不知道自己究竟能否顺利由巴基斯坦入境阿富汗，也不知道最终的目的地又是哪里，能够看见他的可能性或许比他成功获救的可能还要小上千万倍，可她却相信，她唯一要做的事情，就是离Joey近一点，去到他身边，去亲眼看一看他的处境。

像做梦一般，手握签证和机票，两条胳膊颤抖着收拾行李，连同身体左侧被深埋在交织血管中的心脏也跟着一起颤抖起来。仿佛是置身雾中，四下都是白茫茫一片，像流动的牛奶，分不清前后或左右，哪里都不是方向。

哪里也都不是前路，所以往哪里走，也都是一样的。桑柔只好这样安慰自己。

临行前的那一天中午，韩奕如常带了午饭来。他注意到电视被关掉了。或许是因为再也没有什么新的进展，媒体渐渐失去了热情，那里不会再有桑柔想要的消息。面对桑柔，他只敢暗自揣测，不敢开口询问。

吃完饭，桑柔趁着韩奕收拾垃圾的空当，将那把之前要回来的备用钥匙，又偷偷塞进了韩奕的单肩背包里。

钥匙落进手工牛皮包的深处，她回头去阳台，抱住正在吃饭的松狮，把滚烫的眼泪，全都蹭在了松狮的脑袋上。

“对不起。”她小声说。

而松狮仿佛听懂了她的意思，硬是在她的臂弯里扭过硕大的脸盘，伸出舌头舔过她湿湿的面庞，歪过脑袋，平静地望着她。

似乎已经过去了很久很久，在她离开北京后的七个小时，只有想起松狮的时候，她的心里才会有一点点的软弱。

勇敢并不是一种特质，它分明是一种情绪的附属品，因为愤怒、冲动和焦虑，于是就有了莫大勇气。

她想韩奕一定已经发现了那把钥匙，也一定猜出了她的去向，但他已经来不及阻拦她，也不可能追上她。

“也许我无法再平安回到这里，也许我无法找到你。也许这将是我写给你的最后一封信。带着爱死去，还是活着分离，我不知道，哪一种更美好，哪一种，更残酷。”

连两个小时前在新疆餐厅的留言簿上写下的一字一句，都模糊得像几十年前一般。心在平静的苍穹下，打着旷日持久的一场混战，时间或地点都不重要，每一秒钟都可能天翻地覆，桑柔好像第一次真正离Joey眼里的世界近了一些。

动荡与不确定，没有结局，只有断裂，也许帮得了别人，但注定救不了自己。

当她拉开窗帘看到太阳从城市的高楼间升起时，他在地球彼端看到的，是没有尽头的深夜。她爱的那个人，远比她所看到的，经历得更多。再度扣上安全带的瞬间，桑柔面向舷窗外，哭了起来。他们看起来毫无破绽的爱情，其实永远都处在晨昏线的两侧，永远也无法重叠，永远都漏着呼啸的风。

飞行途中，她断断续续地做了许多个梦，梦中她一直在奔跑，像手机里的跑酷游戏，热闹的市场，荒凉的铁轨，汹涌的海岸，心里有一个想去的地方，醒来就已经忘记。与游戏里不同的是，身后并没有什么怪兽在追赶她，她只是想抵达终点。

直到飞机降落，她也没能梦到那个终点。

和落地暹粒的心情是多么不同，她还能够想起Joey笑着按下打火机的样子。那一刻还并不久远，这一次她也一样是要走向他，可是，他在哪里呢?

也许早已做好了失望而归的准备，只是没有说出口罢了。

桑柔找到吸烟室，几乎是迫不及待地深吸一口烟，才能够用当地电话卡联网，查询与Joey有关的新闻。依然没有什么新鲜事，无休止的谈判与抗议，以及不被看好的军事救援。

人们往往都对自己走过的路途有格外深刻的印象，在异国他乡遇见的每一个人，吃下的食物，看过的星空，喝过的烈酒，无论过去多少年，只要想起，都清晰如昨。

可桑柔却什么也想不起，在她离开巴基斯坦的时候，在她被推着远离这一刻、一年、十年、二十年的时候，这一段狼狈颠簸的路途从来都没有清晰过，像清晨山谷间浮起的浓雾，她回答不出巴基斯坦是什么样子，阿富汗是什么样子，战争与毁灭是什么样子，那时候的自己又是什么样子。

她只记得，那是一段被命运推着走的路途，从踏进伊斯兰堡的那一刻起，每一个走向她的人，每一个她走向的地方，都是命运给她的选择，也是命运代替她所做的决定。

翡翠城门

在去往酒店的途中，桑柔顺便在路边买了一块头巾，胡乱把脑袋给包了起来。作为独身女人，路上遇到的每一个人都长久地注视着她，载她的司机也非常紧张。她本以为司机可能对她没什么好感，结果下车时，司机很郑重地说，注意安全，中国朋友。

桑柔目送司机离开，她想在当地人来看，她一定是个热衷冒险、不知深浅、不顾死活的背包客，却没有人知道，她现在做的所有事情，都背离了自己全部的原则。

办理入住时，前台的女孩再三同她确认："真的只有你一个？"桑柔用力点头，女孩则露出了忧愁的表情："晚上千万不要出门。还有你的头巾，穆斯林不是这样胡乱包起来的，你这样包更像恐怖分子。"

"那我该怎么办？"

"一会儿你下来吃晚饭的时候我教你。"

回到房间扯下头巾，看着窗外的街区和楼群，桑柔挠了挠头发，说不上是泄气，但也确实没什么底气。晚饭之前的时间里，她洗了一个澡，翻遍了电视里的每一个台，只想看看会不会有Joey的面孔出现。

晚饭后，桑柔去大厅，见已经下班的女孩如约在等自己。女孩引她去角落里的椅子上坐下，便开始帮她包头巾，同时很自然地问桑柔的打算。女孩的名字叫拉娜。

桑柔说想从白沙瓦入境阿富汗，明天就动身去白沙瓦。

拉娜连忙摇头："不可以，白沙瓦太危险，一个女人绝对不可以去。你没有听说过不久前有个中国女人就在大街上被杀掉了吗？而且那边的旅馆因为恐怖袭击的问题，大多拒绝接受国外游客，你们就是最显眼的袭击目标。"

不一样，亲耳听到和在网络上动动手指看到的，完全不一样。有一种难以置信的真实感，将桑柔从头到脚整个贯穿。

"听很多外国游客说，那边已经不给外国人发通行证了，规矩每天都在变，所以还是从这里直接飞到喀布尔比较安全。就算你拿到通行证，政府也要求必须租车，可是现在已经没有任何司机会走苏莱曼山之间的开伯尔公路了，那里是塔利班的据点，实在太危险了，外国人是猎物。虽然警察可以保护你，可真出事了，最多也就是多死一个巴基斯坦人而已，谁又在乎呢，连警察自己都是不安全的。"

桑柔有些目瞪口呆，向来不太会说话的她，此刻用英语，更是一个字也说不出来。

"我有一个远亲就住在白沙瓦，听说最近又有许多美军的车子过了边境，兵力也比平时增加了不少，大家都传说这次的人质绑架，美国要硬来了。”

桑柔心里“咯噔”一下，明白她说的一定就是Joey了。她想接下来自己可能就会听到一些不太想听到的话，她这一次来得如此盲目，所以连耳朵也要一并堵上，因而连忙转移了话题，像普通游客一样，问起了去阿富汗的注意事项。

“真不明白为什么你们非要去阿富汗。独身女人真的很危险，你需要穿布嘎，尽量不要让人发现你是外国人。最好还是能找到男人一起。”

于是桑柔给了拉娜足够的钱，央她帮自己买来一套纯黑色的布嘎，那么漆黑那么厚重，套在身上像压了千斤，却也分外安全。就像穿上了隐身斗篷，化成一团黑压压的乌云，她真想有心情同镜子里的自己开个玩笑。

“我一定要走陆路去阿富汗，我不坐飞机。”桑柔每个单词都尽量说得清楚而坚定。

拉娜的眼睛里写满了疑问，甚至是某种怀疑和忧虑。

“我不是坏人。”桑柔连忙辩解，又觉得这种说法真是轻如鸿毛，“我只是要去见一个非常重要的朋友。一个一定要见到的人。”

有些在心底暗自破土生长的想法，连对自己，她都不肯承认。也许真的会遇上塔利班，也许会被绑架，也许就能去到Joey身边。这些疯狂的念头，她绝不肯承认是来自自己的心底。

“一旦你被发现是外国人，一定会有人通知到塔利班，结果只有三种可能：一是遣返边境，二是绑架，三是轮奸。”言之凿凿的拉娜必定也不曾经历过她口中的三选一，可是这样的故事，已经成为这个国度里所有人的故事，它是每一个人的眼见为实，是所有人的亲身经历。

“不管怎么说吧，你还是要在这里办边境通行证，白沙瓦已经办理不了。”拉娜离开的时候还是给她留下了一些建议。

桑柔躺在床上，盯着床边的黑色布嘎，一面回想女孩说的话，一面又把所有电视台挨个翻了一遍。明天她需要买一张新的电话卡，再去办理边境通行证。3899公里航程之外的北京，在安静的夜晚，变成了一场沉默的梦。无论那个梦有多糟糕，只要还能回去，一切总能面对。

带着一些乱七八糟的心思和长途跋涉的疲惫，她在干净的酒店房间里睡着了，次日早早被阳光照醒，便按照拉娜教的方法包好头巾，带着证件去使馆排队。她从未如此清楚地感受过自己的存在，走出去的每一步，每一个手势，问路说出口的每一句话，都比过往多出了实实在在的重量，她好像能够看到自己的一举一动。

她随口扯了一些旅行计划，加上软磨硬泡的乞求，终于可以在下午拿到通行证。就像冒险游戏里的关卡，要一关一关地过去，却又不像超级玛丽，还有跳关的密道。买了一块馕，包着烤肉边走边啃的时候，她莫名其妙想到了玄奘，于是就笑了。笑着笑着，眼泪就掉到了馕上，她知道，一切不过刚刚开始。

“是中国人吗？遇到麻烦了？”

桑柔吓了一跳，连忙抹一把眼泪扭头，见是个穿着警察制服的人在同自己说话，腰间还有配枪。她连忙点点头，带着鼻音说：“我是中国人，我没事。”

“我是警察。”大胡子男人笑了笑，“你住在哪里，一个人到处乱走很危险，我送你回去。中国人，朋友。”

也好，桑柔便报上了酒店的名字，大胡子警察连连说知道知道，便带着桑柔一路走回了酒店。桑柔发现，有了这个警察在身边，好像盯着自己的目光比昨天少了许多。

回到酒店，桑柔还没来得及同警察道谢，拉娜就先冲了出来，对着大胡子警察说了一长串乌尔都语，大胡子警察哈哈笑着回应，两人还边说边看向桑柔。桑柔一头雾水，生怕自己惹上什么事情，耽误了接下来的计划。

“赛义德是我哥哥。”拉娜同桑柔解释了一句，紧接着又和赛义德热烈地说了起来，似乎依然在说同桑柔有关的话题。

既然听不懂只言片语，只好将目光来回交错在两张表情丰富的脸上。他们的脸有一些共同的特征，比如深邃漂亮的眼睛，比如眼角长长的纹路，两个人都皱着眉头，妹妹似乎努力在解释什么，哥哥时而提高声音，时而摇头，当然，他们都会说上两三句就看看桑柔，以至于桑柔无法悄悄退场，擅自离开。

“赛义德会帮你从陆路去阿富汗。”忽然间，两个人的激烈讨论戛然而止，拉娜直接将结论砸给了看戏一般的桑柔。

“什么？”

“明天，赛义德有个朋友要开车去白沙瓦，你跟车过去，会帮你安排愿意走那条路的司机。你穿好布嘎，注意躲避查哨。剩下的，只能愿真主保佑你了。我想，你要见的人，一定非常重要，所以才会冒这么大的险。我希望你见到他。”拉娜说话间，大大的眼睛直直盯着桑柔，一眨不眨，仿佛比桑柔还要坚定。

桑柔很想问问他们为什么要为她做这些，还做得这样轻描淡写，仿佛是不值一提的小事。可她终究没有问，她知道的，她一定不是他们这样去帮助的第一个人，也不会是最后一个。无论是Joey也好，还是拉娜兄妹也好，总有一些人，愿意去帮助另一些人。眼泪忽然又不争气地冒了出来，她连忙说："我们一起吃饭吧，晚上，等我取完通行证。"

虽然是满怀感激想要请拉娜兄妹吃顿饭，结果还是赛义德埋单。他总爽朗地笑着对桑柔说朋友，朋友，拉娜便跟着点头。

哪怕只是一周之前，她都不承想过，自己会坐在陌生国度的餐厅里，和陌生人一起吃饭、聊天。他们不断问她中国的情形，也不断提醒她要特别小心。他们不问她为什么哭，也不问她一定要见到的人是谁。临行一刻，不当班的拉娜特意和赛义德一起来为桑柔送行，她温柔地抱了抱桑柔，说真主保佑你。桑柔笑了笑，说再见了。

有些再见，还会再见。有些再见，可能再也不见。桑柔想拉娜比自己更明白。

赛义德的朋友是个生意人，常年往返伊斯兰堡与白沙瓦之间，他对桑柔说："等你到了喀布尔就知道，白沙瓦才是个更可怕的地方。"

没关系，桑柔想，没关系，因为可怕或者更可怕，对她来说都是未曾经历过的同一种可怕，她无法比较，也没有退路，只能选择去，或者不去。

虽然这条陆路已经成为恐怖的代名词，仿佛只要从这里出境，就是丢给塔利班的肉包子。然而，常年往来阿富汗和巴基斯坦的跨国打工族，讨生活尚且艰辛，无论如何也支付不起昂贵的机票，开伯尔隘口依然是他们唯一的指望。所以，正如赛义德所说，只要找对了人，就没什么不可以。

事后回想，那段荒凉公路上漫长的颠簸，并不惊心动魄，也没有豺狼虎豹，平静得让人绝望。

赛义德的朋友把她交给了一名蓄着长胡子的阿富汗商人贾侬。贾侬能说一口流利的英语，带她上了一辆小型面包车，让她挤在最角落的地方，假称桑柔是自己的妻子，并叮嘱她不要开口说话，更不要掀起面罩。桑柔刻意用眉笔模仿中东女人，给自己画上了又粗又黑的眼线，还抹上了浓重的眼影，好让自己隐约露出的那双眼睛，不要连片刻审视的目光都撑不过。

小小的面包车里，全都是阿富汗人，他们用普什图语聊天，偶尔安静地听司机用老旧音响放歌，电流时或受到干扰，发出嗞嗞啦啦的刺耳杂音。

桑柔蜷缩在角落，略带疲惫地望着空旷的窗外，光秃秃的山，光秃秃的天，光秃秃的公路，从边境一路开出来后，这条路就好像失掉了起点，也不会有什么终点，有那么一些时刻，桑柔甚至希望这辆小面包就这样摇摇晃晃地开下去吧，不要停下，一路开出被时间控制的这个世界。

这段破碎断续的公路，忽然唤醒了桑柔对海南村落的记忆，相似的，却又截然不同的。黑色的布嘎帮她躲避了路上每一个哨卡，以及莫名其妙扛着枪巡逻的人，贾侬说他们当中很可能就有塔利班。

曾经是阿富汗人心中救星的塔利班，却成为阿富汗噩梦的开始。

英雄主义换取来的权力膨胀是多么可怕。也许，每个人都想按照自己的意愿去控制这个世界的模样，只是并非每个人都会得到这样的机会。桑柔觉得Joey一定早就明白，他憎恨的并非苦难，而是包括自己在内的全人类，所以，他才能够那么温柔，他才能去爱别人。

绿色的边境大门在衰退的景色里，有些魔幻，好像跨过大门，就会去到翡翠城，童话里的女巫总是又邪恶又那么容易被好人打败，可是自己呢，桑柔苦笑了一下，连敌人在哪里都不知道。

下车时，贾侬低声对她说，欢迎来到阿富汗，桑柔差一点哭出来，这是她原本一辈子都不可能来到的地方。她原本是个对全世界都丧失了兴趣的人，她原以为自己一辈子都会在南京的医院里，像那些岿然不动的城墙一样，在一年年的梅雨里发霉，腐朽，爬满青苔。

在边境移民局填好入境单，桑柔便跟着贾侬坐上一辆非常破旧的小车往喀布尔驶去。他说："如果是我一个人，就坐长途车，你不行。"桑柔想起拉娜对她说过的，坐长途车的三种后果，无论哪一种，都不是她想要的。

而她想要的又是什么呢，在喀布尔市中心的旅馆房间，她拉开窗帘，看着满街的持枪大兵与包裹严实的本地人，走在被装甲车损毁得坑坑洼洼的道路上，这就是这一年来，Joey每天看到的场景。也许她在路上擦肩而过的那些人，也都曾经与他擦肩，也许她此刻抬头望向的那一小块西方的天空，他也这样凝视过。

他在这里想念过自己，而自己终于来到了这个地方。接下来呢？桑柔转过身，顺着玻璃、窗台、墙壁一屁股落在地砖上，心里空空荡荡，脑袋里也空空荡荡，此前她唯一的目标就是要到喀布尔来，现在她来了，她不知道自己接下来可以做什么。

与贾依分开前，他给了桑柔一张阿富汗的电话卡，并留下了自己的电话号码，告诉她不要推辞不要给钱，在大庭广众之下一个女人与男人拉拉扯扯会引来不必要的注目。桑柔无法反驳，只好收下。

贾依还把自己的地址写给了她："这一周我都在喀布尔，如果一周内你要回白沙瓦，可以来找我。最好就在旅馆里，不要出门。宵禁时间更是不可以。我知道你有非来不可的理由，这个国家的人，从出生都在为苦难还债，所以谈不上帮你或者不帮你，你要自己小心。"

苦难真是把每一个人都变成了哲学家。知道贾依看不到，但桑柔还是躲在厚重的布嘎之后露出了笑容。

"因为活着的每一天，都是安拉的恩赐。"离开前贾依这样说。

也许是因为可恨的事情太多了，就像吃多了油腻的食物会厌烦，恋爱久了会疲倦，钱赚多了也不再惊喜，恨也是一样吧，久而久之就恨不动了，只能去它的对立面寻找生存的意义。没错，哪怕是在手术室里经历16个小时的大手术，哪怕是去太平间送尸体，哪怕是目睹父亲的自杀，桑柔也从未像现在这样觉得活着就是神明的恩赐。

也从来没有像现在这样，觉得单凭自己并不能完成所有的事情。

Joey，也许一直以来，都是我错了。桑柔把脸埋在冰凉的手心里，狠狠地哭了起来。热滚滚的泪水，浸湿双手，糊满整个脸庞。

当晚她就同旅馆前台打听红十字会或者其他美国慈善组织的驻地。前台是个看起来二十多岁的男孩，皮肤比其他人都要白上许多。他对问出这些问题的桑柔似乎颇存疑虑，摇头说不知，见桑柔有些沮丧地准备回房间，又叫住她说：“别打听这些，你会被注意到的。”

桑柔有气无力地说了声谢谢，她想自己怎么忽然就走错了次元，进入了一个战争岁月的小剧场。

在这片连绵动荡的中东土地上，危险并不是时时都会发生，但恐怖是大气的一层，分布在流动的空气中，被人们呼吸吐纳。现在桑柔的体内，也有了这种恐惧。

但她恐惧的却并不是遭遇意外，死在这里，她甚至笃定自己不会出事。就好像，她认定这世上的人从出生就被分为了两种，一种是传奇，另一种是看客。死的只会是传奇，不会是看客。

第二天一早她便套上布嘎去街上，试图寻找可能和Joey产生连接的地方。她回避问自己，找到他与之工作的那群人又能怎么样，他们谁也不能帮助她见到Joey。可除此之外，她没有别的更靠近Joey的办法。她曾信誓旦旦对他说，无论他去到这个世界的哪个角落，只要有路，她都会走向他，可如今，她根本无路可走。活要见人，死了见尸，找到他的伙伴们，到最后，她无论如何总能见到他吧。

她不肯承认自己心里早已预设了一个灰色的答案。

因为几乎没有什么旅游业的建设，所以喀布尔街头会说英语的人很少，半天下来，桑柔一无所获，甚至在路上都没有遇到半个美国大兵。无奈之下，她只好拨通了贾侬的电话，求他帮自己打听，贾侬满口答应，又热情邀请桑柔来家里吃午饭。桑柔这次没有拒绝，她清楚地知道，自己脑袋里那根脆弱的神经，随时都可能崩断，她需要其他人，前所未有地需要。

大概是担心桑柔迷路，所以贾依亲自跑到酒店来接桑柔。贾依的家在一群楼房低矮的社区里，一共两层，还有个不大的院子，似乎还过得去，但仍有些拮据破败的样子。贾依的太太不会说英文，画着阿富汗女人都喜欢的那种妆容，始终对桑柔微笑。午餐是他的太太准备的，有烤肉，鸭腿饭，加了坚果的酸奶，以及烤馕。

全部都像是一场梦，全部。桑柔用力揉了揉眼睛，才肯相信自己在做的事情。

贾依告诉了她重要情报："你找的那个组织已经去往阿伊边境，援助新建的难民营，可能因为有人遭绑架，所以美国政府先把他们从喀布尔调离。现在街头巷尾都在传说，人质扣押地就在喀布尔郊区，美国人的军队已经包围那片山区，很可能明天就要强攻。"

"会死吗？"桑柔脱口而出，分外平静，仿佛在等待一个既定结果的宣判。

"很难说啊。但美国人可能只是想给这些绑架犯一个下马威，毕竟他们一直在勒索。"

就像刮开的彩票，谁中奖都是一样的概率。

吃完那顿饭，贾依又把桑柔送回酒店，他问桑柔要不要去逛逛大巴扎，去看踢足球，或者找一天去看看被炸毁的巴米扬大佛。桑柔真不想拒绝他的好意，可她只能摇头，说有什么新的相关消息，一定要告诉她。

贾依很痛快地答应下来。他什么也没有问，省却了桑柔编造理由的麻烦。她不想谈论他，她不想他真的变成传奇。虽然这一切只是她一个人的一厢情愿。

回到酒店之后，她整个下午都躺在床上，一动不动，眼睁睁地盯着朝西的窗口，天空从亮烈一点点变得暗淡，连一只鸟也没有，和南京的窗口、北京的窗口，并没有什么区别。那么身在何处的区别，究竟是什么呢?

贾依说的那些话，竟然没有让她再度哭出来，她决定了，她就要躺在这里，等一个结果。

北京的电话卡就丢在枕头旁边，她知道，只要把这张薄薄的卡片插回去，就能回到自己的维度，会看到网络专栏的回复，会收到韩奕的短信轰炸，会有工作群无休止的叽叽喳喳，那是一条回去的路。

没有睡着，也不算清醒，太阳落下，月亮升起，第一朵乌云遮蔽了月光时，贾依打来了电话："你开电视，塔利班答应明天释放人质，美国政府以释放在押的三名塔利班分子作为交换，明天会全程直播，新闻全都是，全都是。"

桑柔瞬间从坚硬的床上弹了起来，伸手戳开了只有十几寸的小彩电。脑袋里嗡嗡作响，摁遥控器的手指抖个不停，大概换了七八个台，终于看到了新闻播报。

满屏都是看不懂的图画一样的文字，主播说着听不懂的普什图语，可她认得那些画面，并不清晰的电视机屏幕上，轮番出现的是被反复播出的蒙起头套的Joey的样子，还有蒙面的恐怖分子，美国发言人的讲话，以及装甲车和军队。桑柔一巴掌按在电视屏幕上，浑身都在颤抖。

"明天营救成功后，会在美国使馆门口有个简短的见面，还真是美国人的做派。"

听筒里贾侬的声音仿佛顺着通信线路渐次退后，越来越遥远，越来越微弱，取而代之的是桑柔自己的心跳声，一下一下，分外用力地跳动，每一下都带来钝重的痛感，震得桑柔胸腔发麻。

是真的吗，是真的吗？他还活着，她还能看见活着的他，明天就能够在美国使馆门口的小广场看见他，是吗，是真的吗？看到自己他会不会吓一跳？他会哭吗？自己会哭吗？

贾侬的声音又渐渐清楚起来，急促的“hello，hello”把桑柔拽回了两个人的对话中，他还是叮嘱桑柔明天最好不要出门，很难保证这会不会是双方哪一方的圈套，会不会再有针对美国使馆的恐怖爆炸，他不希望无辜的人被牵扯进这片土地的仇怨。

没必要让贾侬担心，桑柔便答应下来，说：“谢谢，我知道了，我现在想去洗个澡。”

没有眼泪的广场

挂掉电话，桑柔的左手还是迟迟不肯从屏幕上挪开，本已做好了接受最坏结果的打算，却没想到，翻转突如其来。

新闻播报里终于出现了英文，电视画面切给了美国电视台的报道，画面中的女记者，此刻就在蓄势待发的美军大本营，用一口语调铿锵的英语激动地面对镜头，也许是军营太过嘈杂，她甚至有些声嘶力竭。

女记者说的话，无非是贾侬告诉给她的那些情况，这段画面估计也已经循环播放多次，输出给了全世界。所有人都关心这场绑架的结果，可是他们谁都不能了解自己的心情，他们谁都不是Joey。隔岸观火与切肤之痛，终究不同，这不同曾经让桑柔满怀愤怒，可现在，她只希望去摸一摸他的脸，确定他的上帝还不想把他变成传奇。

女记者情绪激动的播报自动被她的耳朵过滤掉，可她还是忽然看见了屏幕下方打出的名片栏，Rihanna。桑柔身子一震，才认真看起了女记者被风沙吹得狼狈的脸。她穿得像个男人，目光没有半点游离，骨骼清晰的面庞有特别硬朗的线条，桑柔知道，那是一次次天灾一次次人祸塑造出的线条，那是和Joey一样，看过无数大悲大喜的眼睛。

她愣愣地看着屏幕，看到Rihanna几乎噙着泪说："明天，我们将带着他安全回到美国！他曾是我的男朋友，我最重要的男朋友，他遭遇绑架后，我告诉自己，我不能失去他，我要救他，我们所有美国人都应该去救他。我们在国内进行了这么久、这么坚决的抗争，我们给政府施压，我们争取，明天，我们一起等待胜利！"

忽然之间，桑柔发觉自己好像丧失了来到这里的资格，她一厢情愿地凭着冲动做傻事，根本就是徒劳，她根本帮不到他分毫，她只是来目睹他的死亡，可Rihanna却可以帮他、可以救他，他们始终都是并肩作战，面朝同一个方向。

桑柔关掉电视，躺回床上，心情却意外平静。讨厌对全世界说Joey是男友的Rihanna吗？不，并不讨厌。讨厌他会被直接送回美国吗？不，也不讨厌。活着是恩赐，而活着的Joey则是只给自己的恩赐。他会有最好的医生照顾，会有最好的士兵护卫，会有能够向全世界发声的Rihanna振臂呼喊，他会活着，他活着就好。

那天晚上，她又回到一再重复的那个梦境里。梦里她还穿着手术服，手里抱着一个透明的瓶子，瓶子里浸泡着还在跳动的心脏，她走进手术室，说我找到了给你的心，然而，手术室里空空荡荡，没有空心的女子，也没有一丝灯光。她抱着那颗心，沿着医院的走廊往前走，似乎是清晨，微光从走廊尽头的窗户照进来。她朝着有光亮的方向走，却怎么也走不到头……

醒来的时候确实是清晨。桑柔简单洗漱，去吃早餐，在餐厅喝酸奶的时候，看到太阳在破败的城市上方升起，那种血一样的红色，像一幅不真实的阿拉伯挂毯。太阳每一天都这样在世界的每一个经纬度升起，在每一个人的生活里升起，在它看来，大概真的没有什么新鲜事吧，纵然这一天，对桑柔来说，是人生中为数不多会被记住的一天，2012年的这一天。

吃完饭之后，她没有再回到房间里看电视，更没有听从贾侬的建议，而是套上保护罩一般的布嘎，径直去往美国使馆的方向。直播将会从早上十点开始，预计人质将于中午十二点左右抵达使馆，新闻是这样说的，或者说，Rihanna是这样说的。所以，时间足够桑柔一步一步慢慢走到目的地，再静静地坐下，等待结局。

八点多的样子，使馆门口已经戒备森严，世界各国的媒体也开始陆陆续续抢占有利位置。桑柔坐在一旁的树下，忽然想到，这样的交换，对美国来说，或许并不是一次值得炫耀的胜利。可似乎，我们面对自己的同类，永远也找不到两全的办法，因为我们与敌人，是那么相似。为什么要想这些根本没有关系的事情，桑柔摇摇头，继续盯着使馆门口的人来人往。

在拥挤的摄像和记者之中，桑柔没有看到Rihanna，她想她一定和救援部队在一起，她会见证每一个细节，她会看到桑柔看不到的一切。

笼在布嘎中的桑柔在爆烈的太阳下已经浑身湿透，汗水一颗一颗顺着身体往下滑落，晕眩的感觉也越来越严重。她无法想象走在街头的阿富汗女人都是怎样挺过酷暑。时间缓慢推移，十一点半，街区已经挤满了当地的围观群众，桑柔早已被包围其中，呼吸不畅的感觉在人群中越发严重。

忽然媒体区域骚动起来，远处的公路上有车队驶来，装甲车开路，后面跟着大大小小的军用车辆。桑柔拼尽了所有力气，硬是挤到了人群的最前端，与武装警察面面相觑。警察的人墙里，则是早已虎视眈眈的媒体。

刚刚还闷热得几乎晕倒的桑柔，忽然全身一阵冰冷，四肢发麻，冻伤了一般的麻木。她微微发起来抖来，努力想要听见自己的心跳，却无论如何都听不见。冷汗密密涔涔地从额头渗出来，包裹在沉沉头巾中的碎发汗津津地贴在脸上，那种虚弱的寒冷，仿佛来自身体最深处，一点一点沿着血管与经络结起冰来，咔嚓咔嚓冻结起来的声音窸窸窣窣地在耳朵里翻搅，她仿佛能够感受到那层冰霜终于结在了皮肤表面。

车队慢慢迫近，慢慢停下，所有的录影设备、收音设备以及在场的每一双眼睛，都齐刷刷投向Joey可能出现的方向。桑柔觉得自己的心脏被结结实实地冻成一团，硬邦邦的，动弹不得。

士兵列队，外交官恭候，媒体随时准备冲锋，原本熙熙攘攘、吵吵闹闹的人群霎时安静下来。

其中一辆迷彩车门打开，先是脏兮兮的跑鞋，再是磨损得发白的牛仔裤，黑色T恤露出一个衣角，桑柔深吸一口气，那是他最后同她在一起时穿在身上的衣服，他真的，活下来了，活下来了。

就在那双脚刚刚踩稳地面，那张被油腻腻的乱发覆盖、胡子拉碴、尽是倦意的脸庞刚刚从低垂状抬起时，一个身影飞速从所有围观者的眼前掠过，仿佛一阵触不可及的风，连影子都无从捕捉，像一枚毫不犹豫的子弹从媒体区射出，直奔Joey而去。

下一秒钟，人群爆发了惊天动地的欢呼，桑柔的身子震了震，布嘎遮住了她目瞪口呆的样子。

那是一个结结实实的拥抱，Rihanna从随行媒体车上跳下来，紧紧抱住了Joey的脖子，闪光灯如爆炸般闪烁，在白天也显得格外刺目。

桑柔一动不动地盯着Joey粗糙的面庞，没有放过他唇角与额头的每一处伤口，她看到他干干的面庞只有风沙的痕迹，没有一丝一毫的泪水，而Rihanna早已哭得快要昏厥过去。

当Joey眼神麻木地被众人护送着经过桑柔面前时，桑柔真想伸手去拉一拉他的衣角，可她还是目送他被护送进了美国使馆。

半个小时之后，一辆军用直升机从使馆后方升起，鼓动着燥热的气流，一点点升高，一点点飞远。桑柔一直目送着这架直升机消失在朗朗晴空，眼泪才忽然涌了出来，而自己好像被融解的冰块，依然从最深处，碎得体无完肤。

她想，这是她第几次看着他飞走了呢？盘旋气流带走的不只是丧尸一般的Joey，还有很多别的，她无法企及也无法决定的东西全都被带走了。

贾依的电话打了过来，桑柔接起来后他抢着说："他安全了，他活下来了。现在，你该考虑自己的安全了。快离开这里，回中国去吧。"

"所以你知道……"

“你可以选择搭飞机回伊斯兰堡，这是最好的选择。”

贾依也好，拉娜和赛义德也好，他们从来都不让她为难，也不需要她解释。他们未必比她念过的书多，听过的真理多，然而他们明白的，比她多得多。放下电话的那一刻，桑柔再也支撑不住，坐在原地，在布嘎的掩护下，放声大哭起来。

然而，很快就有警察赶过来制止她毫无顾忌的哭泣，强行把她送回了旅馆。

回到旅馆以后的桑柔不敢打开电视，她知道Rihanna与Joey拥抱的画面此刻正在全世界所有的电视台播出，并且在未来一段时间内，会被再三重播，再三渲染，新闻报道、深度专题，只要与这一次的绑架事件有关，那个突如其来的片刻就会被拿出来津津乐道，换取所有人的唏嘘和感动。

瘫软在床上的桑柔并不知道自己为什么会抓起手机，顺理成章登录了邮箱。这个动作是如此熟悉，过去的许多个晚上，她躺在北京公寓的沙发上，也是这样左手举着手机，右手有气无力地登进邮箱，看一看有没有Joey发来的新邮件，若是没有，便将旧的邮件随手翻出一两封来，再仔仔细细读上一遍。那就是她整个夜晚的全部消遣。

刚登录进去，她才反应过来自己这个举动毫无意义，立刻想要退出，却看到收件箱里整整一排未读邮件，几十封邮件连成一片，全部来自韩奕。最近一封刚刚才发送过来，桑柔犹豫了一下，还是点开了。

“我现在就在喀布尔，就在美国使馆门口，虽然我来晚了，但我已经看了直播，我知道发生了什么。我并不是来看他好好回来的，我只是想来找你，我知道你一定在。如果你继续装作看不见我的信息、我的邮件也没关系，你一天不回复，我就在喀布尔留一天，我就在这里等你出现。”

桑柔读着、读着，背上就渗出冷汗来，她倏地从床上坐起来，用了半分钟时间才弄明白，韩奕近在咫尺，韩奕在赌气、在冒险。可下一秒，她忽然悲哀地发现，自己和韩奕，其实并没有什么不同，自己也是在赌，和自己赌，输赢都没有什么意思。

桑柔把酒店地址输入了快捷回复栏，她赌输了。

敲门声响起时，桑柔扛着自己沉沉的脑袋从床上坐起来。她以为自己睡了很长的一觉，结果扭头看床头柜上的电子表，也不过是短短一刻钟，她却像掉进了漆黑深渊，出了满满一身冷汗。

她光着脚踩在地砖上，居然打了个哆嗦。在她伸手拉开门的瞬间，一双手臂毫不迟疑地将她揽进怀中，她毫不犹豫地推开他，她说：“我不舒服，我想回床上去。”

在韩奕扶她回床上去的短短几步路上，她很想看清楚韩奕是不是也哭过，可她看不清他的表情，只觉得他的脸在旋转。

“你怎么又发烧了。”韩奕给她盖好被子，叹了口气，“我看你死在这里谁给你收尸！谁来救你！谁看得见你！你对得起你妈妈吗？！”

桑柔转过身去背对他，小声说：“我今天，在全世界面前失恋了，你别骂我了。”她努力想要平稳自己的声音，却力不从心。

“幸好我带了药，亏你还当过医生，好意思说自己是医学院高才生。”

韩奕仿佛没有听到桑柔说的话，蹲下来拉开自己的行李箱，翻出急救包，找出退烧药之后又烧了热水，把泡腾片丢进去：“这还是你推荐给我的退烧药，记不记得？”

疲倦昏沉之中，桑柔只听见韩奕在房间里来来回回的脚步声，间或看见他踩着拖鞋的双脚。费力地被拉起来喝掉退烧药后，桑柔很快又掉进了沉睡的黑洞之中。

桑柔再度醒来，因为出汗，全身的衣物都冷冰冰地贴在身上，身体像灌了铅一般沉重。隔着半透明的窗帘，她看见偶尔扫过的探照灯。她刚想翻身，却发现自己的手被趴在床边睡着的韩奕紧紧攥着。

她试着想抽出自己的手，韩奕立刻就睁开了眼睛：“你好些没有？”

“我想去换一下衣服。”

“我帮你找好你再去换。”

“我自己找就行。”

“喂，喂，桑柔，你不是那种怕我帮你拿内衣的女人吧？我可没看出来你脸皮这么薄。”韩奕说着就松开她的手，直接放倒她的箱子就翻了起来。

“谢谢……”桑柔接过换洗衣服，便一点点挪到洗手间去。也许是肌肉被烧灼得酸痛，也许是睡了太久太久，两条腿软绵绵的，毫无力气，迈出去的每一步都好像会跌进悬崖。

用热毛巾擦了擦身子，换上干爽的衣物，洗了把脸之后，桑柔又取下墙上的吹风机，吹干了自己因为流汗而粘在一起湿漉漉的头发。去掉了所有汗水的痕迹后，她看着镜子里脸色暗淡的自己，好像这才真正从一个冗长梦中醒了过来。

从洗手间出来，韩奕把体温计递到她面前："量一下吧。"

桑柔耸了耸肩，接过体温计叼在嘴巴里，回到床上盘腿坐下。韩奕也毫不见外地坐在她对面："在你睡觉期间，有人打你手机。是帮你从白沙瓦到喀布尔来的人，他有紧急的事情明天要去伊朗。我已经告诉他，我是你的男朋友，我来接你回去，让他不要担心。放心，我已经替你说了很多遍谢谢。然后，我已经买好机票，明天我们飞回伊斯兰堡，然后回中国。现在，我已经把你的手机换回国内的卡，也替你给你妈妈发了消息，抱怨了一下工作太忙所以这些天没能联系她。桑柔，不要再这么独来独往地活着了，没有人能独善其身，你不是只为自己活着。"

韩奕话锋忽转，桑柔愣了一下。她想韩奕大概就是不想让她说话，才用温度计堵住了她的嘴。她便不说话，也不看他，也懒得再去争吵他为什么谎称自己男朋友，根本一无所知凭什么指点自己该如何生活。沉默的三分钟里，探照灯的光偶尔扫过房间，在屋顶交织出动荡的光束。

三十七度三，低烧。桑柔还算了解自己的身体，知道是持久疲惫之后的重建，身体有自己的规律，在医生眼里，这根本不算发烧，就让身体自己去修复，她所能做的，只有遵守。

韩奕不放心，又拿过温度计，亲自确认之后才安心收起来："我去买晚餐上来吧，你继续躺着。"

"嗯。"桑柔本想说自己完全不饿，然而这样说并不能阻止韩奕强迫自己进食，所以干脆什么也不申辩。

韩奕临出门前又热了羊奶给她喝，桑柔这才借着床头灯的微弱亮光，看清楚他同样疲倦的眉眼。他从来都干干净净的下巴竟然蓄起了青色的胡楂，眼袋变重了，双眼皮也变深了，虽然他本来就瘦，可她也从未觉得他脸上的骨骼显得这样尖锐过。

“韩奕，你是不是这些天，都没怎么睡过？”

桑柔本不想多问，可看他连头发丝都写满困倦的样子，她还是忍不住要开口，若不开口，可能又会陷入自己的情绪里，甚至可能白眼狼一样把韩奕骂走。

韩奕笑了笑：“怎么，我变难看了？”

桑柔摇摇头：“谢谢你，嗯，谢谢你。”

“你并没有要我来，所以也不用违心地说谢谢。我是自找的，我知道你恨不能马上把我踢出去。”韩奕说完，就带上门出去了，就好像是把滚烫的炸弹丢到了桑柔怀里，桑柔怀抱这颗不知何时爆炸的炸弹，清楚知道自己用光了所有的勇敢。

韩奕动作很快，就像在北京时一样，他总能找到好吃的，快准狠。他带了烤肉、水果和酸奶，还有一大瓶矿泉水，迅速在桌子上铺开，并且还强迫桑柔又量了一次体温。

“知道我为什么要确定你的体温吗？”

“为什么？”

“只有你退烧了，我有些话才能说。”

桑柔喝了一口浓稠的酸奶，没有作声。

“在你吃了药睡觉的时候，我一直在想，是说，还是不说。

可我忍不住了，也不打算再忍了。他经历了什么对我来说都只是新闻，你经历了什么才是我在乎的。你肯定在现场，你肯定全都看见了，可你不知道媒体已经渲染成了什么样子，他们现在俨然是全世界最受关注的一对战地情侣，政治事件瞬间变成了情感八卦，你现在无论点开哪个网站，头条全都是他们拥抱的照片。”

桑柔的心底有一个声音在挣扎，我真的是他的女朋友，我真的是，可那个声音却无法从喉咙里被发出来，只能和酸奶一起被反复吞咽。

“美国政府会对他和家人进行军事级别的保护，他很可能心理受到了严重的创伤，也可能再也不能离开美国，就算他还能够出现在你的面前，你要怎样在全世界人的目光中，把他从那个女记者的身边抢过来？就算时间冲淡了整件事，你怎么知道他们不会真的在一起？你又怎么知道，他不会再度遭遇不测？”

桑柔深吸一口气，放下轻巧的木勺：“你说的所有这些，我全都问过自己。

“所以我有很多次，甚至希望他就这样死在这里，我知道我没有那么坏，可我知道，我想让你得到答案。”

桑柔忽然低下头，眼泪掉了下来，打湿了撑在膝盖上的双手。在她从电视上看见Rihanna的那一刻，她就得到了答案，她知道他们之间的爱情，在另一些力量面前毫无还手之力。就算不是这一次，也总有一天，她必须要目送他离开。

韩奕站起来，走到她身边，抱了抱她，然后很快又松开：“对不起，桑柔，我知道你比谁都明白。”

桑柔不记得自己又昏沉了多久，睡前还特意查看了邮箱和信息，没有Joey的音信。他此刻应该已经抵达美国，至少，他不会再有危险，他能够好好活着，只要没有死亡，就是最好的结局。

睡前桑柔又吃了一片退烧药，凌晨浑身湿透醒来，探照灯依旧不知疲倦地在城市上空来来回回。她慢吞吞地坐起来，蹑手蹑脚地下床，生怕吵醒背对自己睡熟的韩奕。他紧紧贴着床沿，只需微微动一下，就会滚到地板上去。

桑柔抓起手机去洗手间，坐在马桶上偷偷点了一根烟抽，顺便滑开各种新闻网站，强迫自己点开那些千篇一律的专题，却没有办法坚持看下去。她又检索了一遍邮箱，还是一无所获。虽然是意料之中，可还是有点难过。在洗脸池里摁灭烟头，她索性直接躺进干燥的浴缸里，望着不那么干净的天花板，一根接一根，慢悠悠地抽起烟来。

她想起他张开双臂的样子，她想起他对她说过的大道理和小情话，也想起自己给他解释《花木兰》时认真的样子，现在想来，都像个天大的笑话。她从来不知道自己的脑袋里竟然有一台放映机，那么顺畅地运转，那么清楚地重播，而她早已瞬间从主角，退成了台下的看客。

韩奕气急败坏地推开浴室门，不由分说将她从浴缸里拖拽出来时，已经是清晨。浴室里弥漫着浓浓的烟草味，韩奕说："我真恨不能掐死你，你这样是要给谁看！"

桑柔有气无力地回了句对不起，就甩开他青筋暴跳的手，胡乱束起稻草一样的乱发，回到屋里收拾起本来就没什么可收拾的行李。

韩奕看着她的背影，知道她一个字也不想再说，便也默契地去收拾自己的背包，也没忘记在出发前给桑柔热了一杯山羊奶。

这是他们第二次一起乘飞机，路程更曲折、更漫长，也更沉默。从喀布尔到伊斯兰堡，又从伊斯兰堡回到地窝堡，再片刻不停地转机回北京。二十多小时的回程，桑柔一语不发，既不睡觉，也没有表情，韩奕问她什么，给她餐饭，为她倒水，帮她盖毯子在身上，她也只剩下点头或者摇头。有时她推起遮光板，能够看到玻璃上映照出自己的脸，她知道自己是生病了。有时她也能从反光中看到韩奕的目光，便匆匆低下头去避开。

再度回到北京初春的空气中，桑柔觉得自己像个脏兮兮的难民，好像流亡了很久，终于还是狼狈地回到原点。她紧了紧登山包的肩带，深吸一口气，带着满头从中东顶回来的灰尘，走向入关处。她注意到韩奕好像比自己还心事重重的样子。可她什么也不想去问，她不知道要怎么开口。

公章盖下去，一段无人知晓的旅途就这样结束，桑柔笑了笑收起护照，觉得自己这一趟，好像专为见证自己的失去。无论他是死还是活，她总归要失去他，那么，她究竟是希望他活着，还是死去呢？当然是活着。从工作人员手里接过盖下入境章的护照时，她笑着对海关说：“他活着，太好了。”

海关皱了皱眉头，目光从她肩膀越过去，说“下一个”。

流向远方的

“桑柔。”

就在桑柔准备大步往前，依着指示牌走向出租车停靠站时，身后的韩奕忽然伸手拉住了她的手腕。他的手指冰凉，指尖微微颤抖，却根根都很用力。桑柔诧异地转过身，想问他是不是也生病了，可刚张开嘴，就眼睁睁地看他单膝跪在了地上，另一只手中托着一枚海蓝宝的戒指。

桑柔一动不动地看着韩奕，仿佛知道他要做什么，又仿佛茫然无知。这个全然不在计划内的时刻，桑柔与其说是震惊，不如说是根本毫无波澜。

“桑柔，嫁给我吧，我想给你新的生活，和以前都不一样的生活，普通的、平淡的、安全的、没有分离、没有传奇。我在白沙瓦买下了这颗海蓝宝的戒指，我知道你一定会选择陆路到阿富汗，你总说你很怕死，其实不是的，你根本不怕。可我怕，我怕你被劫持，我也怕自己遇到不测，我想我无论如何都要把这颗海蓝宝给你，哪怕死在路上呢，也不算有遗憾。如果他真的回不来，无论如何我也要保护你回来。现在他回来了，可是我觉得你反而更难过。他的人生已经不属于他自己了，他属于把他救回去的美国，我们都不知道他以后会怎么样，他自己也不知道。但其实就算没有这件事，他也早已把自己的人生献出去了。可那是他的人生，不是你的，你该醒醒了桑柔，你并不讨厌我的，对不对，我愿意试一试……”

“好了你别说了。”

桑柔的脸上既没有喜悦，也没有愤怒，她有一种让韩奕不知所措的平静，但似乎并非没有一线希望。

比桑柔反应更强烈的是迅速围拢过来的人群，正是机场客流高峰的时段，到达口有人推着行李风尘仆仆，有人百无聊赖等那个还没到来的人，他们都和眼前的男女毫无关系，可这并不妨碍他们帮助这个看起来格外诚恳的男人完成这值得铭记的一刻。有不少人掏出手机录像，就像桑柔偶尔会在网页上看见的那些像素不高的当众求婚视频。这世上不乏热心人、好事人与过目即忘的观众。

所有的陌生人都仿佛是韩奕的亲友团，他们和韩奕一样挂着期待一个肯定答复的表情，仿佛桑柔只要摇头，就是辜负了全世界。

“好了，你别说了。”桑柔忽然把手伸到韩奕面前，“戒指很漂亮，谢谢你，我答应。”

人群爆发出了掌声与欢呼声，韩奕或许没想到桑柔竟然这么痛快地答应下来，反而愣在原地，还要旁边的人提醒他：“愣着干吗，快把戒指给人家戴上啊！”“喂，人家姑娘答应了啊！”

韩奕连忙将那枚海蓝宝的戒指推上了桑柔细细的指根，他关节突出的手仍旧有些颤抖，直到抬起头来发现桑柔对他露出了一个称得上是温和的笑容，他才有底气握了握桑柔软若无骨的手，站起来牢牢抱住了她。

桑柔的身子还是有些僵硬，却没有像从前那样躲开或者推开他，只是小声对他说："我想回家休息。"

韩奕点点头，满心欢喜地松开她。桑柔将外套的帽子拉起来戴上，遮半张脸，手也缩进外套宽大的袖子里，所以韩奕只能拉起她松垮垮的袖口，向拍手祝福的陌生人说了上百遍谢谢。

桑柔的脑海中恍然闪过她在使馆门口亲眼目睹的那个拥抱，那个久别重逢的拥抱，果然，每个人身后的那个深渊，旁人都是无从得见的。

回去的出租车上，韩奕同桑柔说了很多话。

"你要不要再休息一天，然后再去公司把病假销了？同事虽然心里不痛快，可是翻翻你的加班记录，倒休一个月也是绰绰有余，你啊，总是在别人看不到的地方瞎努力。

"这个月底的周末，我带你回青岛好不好？高铁开了以后很快就能到，如果你愿意的话可以去我家，如果不愿意，就单纯去看看海。

"我不放心你一个人，你要不要搬来和我一起住？"

韩奕说的每一句话，抛出的每一个问题，桑柔都点头答"嗯"或"好"，等韩奕实在找不到什么话可说了，她才开口："我们去你寄养松狮的地方把它接回来吧。"

"朋友住在我家，帮我照顾它，一会儿你回家休息，我去把松狮给你接回来。"

“先去你家吧。我带上松狮打车回家。我想一个人好好睡一晚，我也有些事情要对松狮交代。”

韩奕的脸上浮现出一丝犹疑，但又无法勉强她。

反而是桑柔冲他露出一个少见的笑容：“明早你来接我上班就行。”

“也行。”韩奕这才吃下一颗定心丸。

一个小时后，桑柔抱着松狮毛茸茸的大脑袋，坐在出租车后座，离开了韩奕位于北五环的公寓。韩奕在车窗外冲她挥手，叮嘱她好好睡觉。桑柔拉起松狮笨重的前爪，对韩奕说：“再见。”

回去的路上堵了很久的车，桑柔抱着松狮睡过去五六次，醒来车窗外依然是五颜六色的广告牌和无休止的汽车鸣笛。

再回到家中，仿佛已经过了一个世纪那么久，虽然桑柔并不知道一个世纪到底有多久，但在她的时间刻度上，一成不变不算漫长，瞬息万变才是白云苍狗。她放下登山包，把松狮带到阳台，给它倒满狗粮和水，自己则推开窗抽了一根烟。

松狮的一条后腿重重踩在桑柔的脚背上，埋头苦吃的时候也纹丝不动。桑柔说：“你很重哎，你知不知道？”她又说，“Joey安全了，他回美国了，你还要跟着我混吃混喝，你知不知道？”松狮哼哼了两声，并没有抬头。

除此之外，桑柔好像并没有什么更多东西可以同松狮交代，因为更多的东西对她来说，也都是未解之谜。

这天晚上，她给韩奕发了消息，说自己先睡了，余下的时间就坐在阳台的地砖上，怀抱松狮抱了很久。松狮仿佛知道她有心事，乖顺地伏在她怀里，吐出紫色的胖舌头发呆或者酣睡。过了12点，桑柔拍拍屁股站起来，去楼下的便利店买了一盒泡面。收银台里还是那个不怎么待见她的老阿姨，冷冰冰地从她手里接过零钱，懒洋洋地打印小票扔到她面前。她没有拿小票，也没有要袋子，只是拿起那盒泡面，忽然笑眯眯地对老阿姨说了声“再见”，阿姨有些吃惊地看了她一眼，挤出了一丝勉强的笑容。

推开便利店的门，扑面而来的夜风，吹得桑柔的心同此刻的夜空一样，又晴朗，又惦念着什么。直到捏着泡面盒的这一刻，她才终于明白自己的喜悦，十数年前红灯熄灭的抢救室外她有多痛苦，这一刻她就有多喜悦。

她在公寓里走来走去，拆泡面、烧水，把厚厚的医学书压在泡面盒上等待焖煮，而后盘腿坐在地板上，趴在茶几一角把泡面一根不剩地吃进肚子，最后站起来，弯腰揉了揉松狮搭在茶几上的脑袋，说得干活了啊，时间不多。

七个半小时后，如果韩奕如约用那把备用钥匙打开桑柔公寓的门，大概会在熹微晨光里看见放在茶几上的海蓝宝戒指，戒指下面压着桑柔的留言，还有工牌。

留言不长，只是简单地写着，“对不起，韩奕，我只是不想那个场面太难堪，也知道多说没什么用。我辞职了，现在已经离开北京，工卡只能麻烦你返还，房子我已经和中介沟通过，他们今天就会来收房，不用替我操心。希望你以后一切都好，这段时间谢谢你，但你知道，好意要给真正需要的人，否则只是浪费，好在我早于你明白了这个道理，否则你会被我坑一辈子。”潦草的句号后面还画了个更潦草的笑脸。

如果韩奕不肯相信她已经离开，那么翻遍所有房间就会发现，除了家具外，她带走的东西虽不多，但该带走的一样没有留下，包括松狮的狗粮。

如果他给桑柔打电话，会发现那个熟悉的号码再也打不通，进而也会发现她注销了一切社交账号，那么他能够联系到她的唯一途径便是邮箱，可是到这里他就该明白，无论他写出多少封信，都只会是石沉大海。

他也许会后悔自己昨日在机场的当众求婚成了迫使她彻底离开的最后一根稻草，他也许会猜测她的去向，会像曾经的江延一样找遍火车站，当阳光从窗口照进来的时候，他可能没有想到，她已经开着车飞驰在了南下的高速上。

这一切都是桑柔想象中的画面，而那个切实的场景中韩奕的脸上究竟会有怎样的表情都已经不再重要。生活有时候像个不断轮回的命题，总是一再将你答错的题送回你面前要你再答一遍。生活貌似是把不同的人塞到你的面前，再从你身边推开，但很多人都是相似的。她错过一次，同样的错她绝不再犯，就像念书的时候，她从没有做错过两道相似的题。

希望这一路高速自己也不会开错，双手紧张握住方向盘的桑柔，目不转睛地盯着前方，也交错盯着两边的后视镜，每当有大型运输车经过时都要出一身冷汗。

松狮大部分时间都在睡觉，每到休息站，桑柔就把它牵下车透气，买上一瓶水坐在阴凉下和它分着喝。喝完她揉着松狮的头说，现在这个场景，像从别人的生命里剪切过来硬粘贴给了我。松狮抬起头来看她，她的眼睛落在远处稀薄的云朵上。

晚上九点半，桑柔结束一千一百公里的长途，将车开到了自己家楼下。上楼之前她打开车窗先抽了一根烟，然后把行李一件一件慢慢拖上三楼，最后拉着松狮的牵引绳，敲响了防盗门。

原本家里是连防盗门也没有装的，老旧的铁门从没更换过，直到桑柔念大学时连续进了两次小偷，桑柔才强迫妈妈换了新的防盗门。

门上用透明胶贴着端午时候的艾叶，早已枯萎得不像样子。妈妈打开门，见门口一人、一狗和一堆行李，“啧啧”两声，说：“我这是作的什么孽，摊上你这个作死的丫头。”

桑柔嬉皮笑脸说“我饿了”。

妈妈翻着白眼说：“东西自己收拾好，我不帮忙的，不要给我家里弄得乱七八糟，晓不晓得？”

松狮倒是自来熟，桑柔刚撒开手，它就一溜烟跟着妈妈钻进了厨房，厨房里立刻传来嫌弃的念叨，桑柔叹了口气，手脚并用地把行李都推进了屋。

妈妈做饭的时候，桑柔回屋归置衣物。她坐在自己的小床上，打开电脑，登录邮箱。出发前，她给Joey写了一封邮件，告诉他自己要离开北京回南京，她知道他平安回到了美国，希望他能够和自己联系，也告诉她更换了新手机号后会马上告诉他，以及“我知道以我现在的资质，独自去美国被拒签的风险很高，可是我想去看看你，我很想你”。

对于那趟去往翡翠城一般的旅途她只字未提，她明白他一定被摧毁了大半，所以她不想再多说任何一句话，她只想等来他的消息。

并没有来自Joey的回复，仿佛也是意料之中，同样意料之中的还有来自韩奕的邮件。桑柔之所以没有更换邮箱，是害怕用了新邮箱Joey会收不到她的邮件，或者当作无关紧要的陌生人而忽略掉。所以她直接删除了韩奕的来信，她不会去看，也深知，总有不会再收到的那一天。只是在她删除邮件的那一刻，忽然想到，自己发给Joey的邮件会不会也面临相同的遭遇，他会不会也想彻底结束掉自己的前半生，从此留在美国，做回华盛顿市郊那个有些刻板、热爱读书的普通男孩。

合上电脑前，她还是忍不住翻了一遍各大网站的新闻，不出所料，那张Joey和Rihanna在使馆门前拥抱的照片几乎登上了每一个网站的头条。桑柔想，如果这时候有人说，Joey其实有一个默默无闻的中国女友，那么这个中国女友大概会变成全世界讨厌的对象，她破坏了人们的某种期待。但这并不是让桑柔最沮丧的地方，她最沮丧的是在他濒临险境的那一刻，一个像Rihanna那样的前女友也好，战友也好，同胞也好，都可以救他，可以帮他，而自己呢，只能让他担忧、自责，莽撞而帮不上任何忙。他以后的人生还要有多少波澜壮阔，每一个大浪拍过来的时候，他都需要一个能和他并肩站在风浪里岿然不动的人，而不是只能隔岸观火的自己。

“发什么呆，也不晓得赶紧收拾，吃饭了。”妈妈的声音从饭厅传过来，同时也传来松狮从厨房呼哧呼哧奔波到饭厅的脚步声。

桑柔把笔记本电脑随手扔在床上，伸了个懒腰去吃饭，至少，她知道Joey一定会写信给她，她最不缺的就是等待的耐心。

饭桌上妈妈给她夹菜也夹得气势汹汹，完全是将菜恶狠狠地甩进她碗里。桑柔喝鸡汤的时候，发现妈妈给了松狮一块白煮的鸡腿肉。

妈妈没有问她车从哪里来，狗从哪里来，她人又是从哪里来，她只说："你说你，快要三十岁的人了，是不是一点点存款都没有，我说你呢，最要紧是找个稳定的工作，好好上班，好好端正态度，好好存点钱，抓紧买个房子从我这里搬出去，首付呢我可以借钱给你，要还的，但是可以借，听见没有，省得我看见就心烦。"

"你怎么知道我没有存款？"

"我已经看透了你这个丫头是不会好好工作赚钱的，我还不晓得你的德行。"

"是是是，我改过自新，重新做人。"桑柔笑着看着她，眼前掠过在巴基斯坦和拉娜、赛义德吃过的饭，在阿富汗和贾侬一家吃过的饭，他们总说活着与食物都是真主的恩赐，而最大的恩赐或许是活着，并且和家人面对面分餐饭，从前她不觉得这有多奢侈。

"医院还回得去吗？"

"我早就不是个医生了。"

"私立呢？"

"我不会赖在家里和你大眼瞪小眼的，放心。"桑柔埋头喝汤，热滚滚的鸡汤经由喉咙一路流进脾胃，这一刻她才觉得自己回来了，好像过往种种都不过一场白日大梦，现在她醒过来，在南京城泛着潮气的老房子里，喝一碗从小喝到大的鸡汤，这才是她的人生，是她从没离开过的日复一日。

这天晚上，她以自己的床上堆满来不及收拾的行李为由，硬是挤到了妈妈的床上。小风扇忽忽悠悠地转着头吹着并不凉爽的风，她扭过头，对不知睡着没有的妈妈说："我不走了。"

妈妈没有作声，桑柔便也转过身去，面朝窗外。妈妈睡觉向来不喜欢拉窗帘，说白天睡不醒，桑柔也延续了这个习惯。这栋老楼的前面没有遮挡物，是一个类似街心公园的小广场，所以穿过悬铃木繁茂的枝丫，月亮的光像一盏没有温度的无影灯，打在桑柔的眼睑上。

第二天一早，她本想早早起来遛松狮顺便买早点，结果因为精神肌肉双重紧张地开了一整天高速车，导致她根本爬不起来。等她迷迷糊糊坐起来时，妈妈已经牵着松狮拎着汤包和鸭血粉丝汤回来了。

"你是不是太喜欢这只狗了？"

"要不是因为你，我就扔在外面了。喜欢？我会自找麻烦？它叫什么？"

"松狮。"

"我晓得是松狮，我问你名字。"

"名字就是松狮啦。"

"这样以后出去遛狗，一喊它的名字，人家该觉得我很蠢了。"

桑柔在妈妈的催促下洗漱吃饭，吃汤包的时候随手抄起和早点一起拿进来的早报，映入眼帘的赫然又是那张她已经看过无数次的照片，可她却不能指着照片上那个如行尸走肉一般被Rihanna拥抱的男人对妈妈说“你看，这就是我的男朋友”。

也算在网络媒体工作过一段时间，桑柔自然明白这些大大小小的头条想要讲述的无非是这个拥抱背后的传奇，他们不关心他究竟是个怎样的男人，就算他们写出了他去过的地方做过的事情，可是他们并不真正在乎他身后那个广阔的洪荒宇宙，也不在乎之后的人生他要做怎样的选择走怎样的路，他有没有被摧毁，他还能不能重新把自己拼装完整，所有她在乎的事情从他们洋洋洒洒的报道里全都找不到答案，他们太知道该放大什么，歌颂什么，他们要的不是真相。再说真相，和大多数人又有什么关系呢，那只是一则国际新闻而已。

桑柔把报纸反扣过去，飞快吃完早餐，便出门去办电话卡。

她也有一个需要重新拼装的自己，每一次换新的电话卡，都让她觉得生活说到底没有多复杂，丢掉一张旧卡，换上一张新卡，就好像一切都能推翻重来，像上学时用拖把拖过的黑板那么干净。

移动营业厅旁边是一家药店，桑柔一打眼便看见玻璃门上贴着打印出来的招聘启事，招坐堂医师，帮助顾客选购药物。

“其实我很早就知道自己成了一个胸无大志的人。在南京这座温吞吞甚至有些颓靡的城市里，胸无大志的人会活得比较舒坦。哪怕是在药店里，帮一个感冒、发烧、咳嗽的人选到更合适一些的药，也是有一点意义的吧。”她在给Joey的邮件里这样写，顺便告诉了他自己的新号码。

她不想再写很长很长的信给他，她只想告诉他自己生活里的变化，她也不会告诉他自己亲眼看着他被送进美国使馆因而此生无憾，她知道的，告诉他这些，只会让他更难过。在她还不能清楚他现状的情况下，她绝不轻举妄动。

南京城说大也不大，上下班的路上，撑伞或被太阳炙烤，桑柔紧一紧肩上的包袋，偶尔会想江延此刻是不是也在南京，会不会在熟悉的小餐厅与咖啡厅偶然碰上，打一个尴尬的招呼，然而南京城又似乎比想象中要更大，别说江延，她甚至连一个曾经的老师或者同学也没有照过面。

在南京的时间说慢也不慢，转眼已经过去了两个月，桑柔这份貌似清闲的工作其实做得并不安稳，店长已经明里暗里点过她很多次，批评她不优先推荐更贵的药物，业绩垫底。桑柔便在给Joey的邮件里写："我可能要早一点找下一份工作才行。可能妈妈希望我买个小房子搬出去的愿望一时半会儿还实现不了。"

然而，两个月以来，她没有收到过来自Joey的只言片语，网络媒体在密集地为此狂欢良久之后再也无法给她提供任何新鲜且有用的消息。忽然之间世界变得如此宏阔，所有地图上的山海都成了越不过的庞然大物，这一次，她是真的失去了可以走向他的路。

她甚至开始希望自己能够梦见他，她几乎已经想不起他开怀大笑的样子，想不起他思索一个陌生汉语词汇时傻乎乎的眉头紧锁，每晚睡前能够反复用来温习的只有他走下军车的模样、那张黯淡的脸庞、那没有一星光亮的双眼。可她没能如愿梦见他，一次也没有。

她还是坚持给他写信，她也有好消息要告诉他，比如，虽然没办法昧着良心拼命推荐昂贵药物，但也因为她的专业与谨慎，药店有了很多回头客，还有了不错的口碑，附近的街坊邻里都知道，移动营业厅旁边的药店里有个很靠谱的医师坐堂，是医学院的高才生，推荐的都是最实在有用的药，简单的小伤小病还能帮着瞧一瞧。

谁说蠢笨一点的方式就不能带来所谓的利益呢？桑柔坐在铺满药盒的玻璃柜台后面，从口袋里摸出手机，打开邮箱，想要给Joey写一封短信，说自己终于也被店长勉为其难地夸奖了一回，还让自己帮忙推荐了某种有针对性的消炎药。打开邮箱的瞬间，她怀疑自己眼花了，噌的一下从座位上站了起来，吓到了旁边的两个店员。

未读邮件里静静地躺着来自Joey的信，那个未开口的信封图标让桑柔有片刻恍惚。她快步走到药店门口点了根烟，才用力戳那封邮件，结果因为太用力，戳了好几回才戳开。

是一封英文邮件，倒是不难读懂。

你好：

我是Rihanna，这是一封群发邮件。发生在Joey身上的事情我想你们都已经有所了解，所以在他回到美国的这段时间，一直处于最严密的保护和监控之中，他不能和外界接触，同时他的身体状况也不允许他同外界接触，他的身心都受到了极大摧残，但是我会一直陪在他身边，和他的家人一起，他一定会好起来。在这段时间内，如果你们有任何紧急情况或者工作事宜需要同他联系的话，请直接与我联系。我也会持续关注国际人士遭遇恐怖袭击的事件。

我的邮箱是××××××，我的电话是××××××。

Rihanna

桑柔点燃的烟没有抽下一口，燃烧出的烟蒂在烧灼到她手指的同时掉落在她的脚边。

药房对面原本是一栋待拆迁的学校旧址，前些天立起了蓝色的彩板围挡，还打上了新建购物中心的招商广告，就在这时，那栋有着七十年历史的老校舍轰然一声原地爆破，桑柔猛然抬起头，只见马路对面全是硝烟尘土，可又是那么寂静。

原地等待

药店对面的购物中心到底有没有在建呢？

桑柔工作的时候总是不自觉地抬起头往马路对面看。终于有一天，丑陋的钢筋从蓝色围挡里露出头来，看得见戴着安全帽的建筑工人在慢吞吞施工，原来真的在盖商场啊，桑柔仿佛由此得到了什么安慰似的。

收到Rihanna的群发邮件后，桑柔非常难过，因为她在邮件里说，Joey的身心都受到了极大的创伤，她想了解其中一切的细节，想要摸一摸他的脸，他的手，想为他做点什么，却束手无策。哪怕只是来买感冒药的陌生人，她还能问出是冷还是热，知道对方吃了什么、喝了什么、接触了什么，找一找病因，再找一找对症的药，可是对Joey，她却一无所知，她什么都不知道。

思索了几日之后，桑柔字斟句酌地用英文给Rihanna回了邮件，说明自己是Joey的女朋友，很担心Joey的情况，所以希望能够详细地告知她Joey的情况，并请Rihanna向Joey转达，自己想去美国看望他。

总是羞于表达感情的桑柔，想来想去，还是在最后加了一句：Please tell him that I miss him so much, I love him, wanna help him, as always.

邮件写完后，她反反复复读了很多遍，生怕哪个词不妥当，哪句话的语气不礼貌，要理直气壮地对Rihanna说自己是Joey的女朋友似乎根本就是件做不到的事情。因此这封邮件在草稿箱里躺了很多天，桑柔反复点开，反复将鼠标挪上发送键又挪开，最终眼一闭，心一横，发了出去。

这一次邮件发送后的等待尤为焦灼，桑柔每天不知要打开邮箱多少次，再失望多少次。一天又一天，购物中心的基础钢筋一点点绑扎起来，桑柔看着渐渐攀升起来的框架，心里的疑问也像错综复杂的建筑结构，越垒越高，越堆越密集。为什么没有回信呢？也许Rihanna根本没有看到邮件。也许她看到了，但并不相信。又或者她相信了，但是根本没有告诉Joey。可是这么久了，Joey的情况到底有多严重，竟然连邮箱也不看一眼？这一次她不想坐在原地等待，可除了束手等待她什么也做不了，这一等，就等到新年也过去了。

除夕夜和平日也没有什么不同，依然是妈妈和桑柔两个人，还有一个对满桌吃食虎视眈眈的松狮。不同的是，除夕当天下午，妈妈在家准备年夜饭，桑柔带了从家附近桑树上折下的细枝去了墓地，放在了爸爸的墓碑前。

她依然不知道可以同爸爸说些什么，如果死后真有魂灵，那什么都不说他也该知道她们母女这些年的林林总总，如果肉身与气息全都烟消云散，那说什么也都只是给冷冷的朔风听去。临走前，桑柔说："你不是喜欢喝酒吗？下回我带酒来，借你的宝地喝一杯。"

过去她讨厌爸爸喝酒，每每闪过他的样子，总是拎着酒瓶跳河前东倒西歪的背影，可如今她也明白了，爸爸喝酒就同她抽烟一样，总要借点什么东西来打发愁绪。

妈妈做了很多菜，但是每样都不多，刚好够两个人吃完。吃完饭桑柔到楼下抽了一根烟，鞭炮和烟火不绝于耳，夜空被映照得斑斑驳驳，桑柔抱着肩膀、跺着脚看绽开在天空里的烟花，于是拿起手机拍下了一张发到Joey的邮箱。

连续给Rihanna写了几封全无回音的邮件之后，桑柔又开始继续给Joey写中文的短信，她对他说："要是一辈子等不来你的回复，我就这样写一辈子，那我也比许许多多人都幸运，因为我有个可以说话的人。"

春节假期过后，店长请大家吃了顿饭，同事们一起喝了点酒，桑柔打车回家时在座位上捡到一本不太新的《实验心理学》，书皮有几道折痕，随手翻开，里面用各种颜色的笔做了密密麻麻的笔记，画了重点，贴了便笺，看来是本用到烂熟的课本。

"师傅这书是你的吗？"桑柔一面翻看一面问司机。

"什么书？我可不看书。"司机透过后视镜向后打量了几眼，"下午拉了一个到N大的学生，可能是学生落下的。"

N大啊。桑柔翻到书的扉页，果然用中性笔写了所在专业班级和姓名，桑柔想了想，把书带上一起下了车。

那天晚上她在自己的小屋里，带着喝过酒略微昏沉的醉意，开着空调，裹着毛毯，翻看这本心理学教材许久。

第二天她请了半天假，在N大内网查到了书上所写班级的上课时间便驱车前去，在暌违多年的教学楼里，听了一堂同样名为医学，但和自己所学经纬之别的心理医学课。上课时她坐在阶梯教室的最后面，下课前把手里的书推给旁边的同学，指了指书上那个名字说：“是你的同学吗？”

那个戴着厚重眼镜的女孩探过脑袋来看了看书上的名字，疑惑地点点头。桑柔说：“我捡到了她的书，麻烦你帮忙还给她吧。”说罢就抓起自己的包，在下课前十分钟悄悄地从后门走出了教室。

究竟是不是在穿过狭长走廊的那一刻做出了“要不考个心理学博士也不错”的决定，又或者是Rihanna的那句“身心受到极大摧残”让她忍不住去想心理创伤到底是什么模样，和表皮创口的溃烂还有五脏六腑的坏死有什么不一样，如果不一样为什么也可以用药，既然可以用药，又为什么不可以手术。也有可能是每天在玻璃柜台里有大把毫无意义就流逝的时间，所以同事们泡茶、剥干果、聊家常、玩手机游戏的时候她想找点什么事情来做。

很多决定也许都很难追究到是哪一个瞬间下定的，总之，从这个春寒料峭的3月开始，她一边上班，一边自学全部的考博书目。为了能够白天去N大心理系蹭课，她主动找店长将自己的轮班调到了夜班，没课的时候她白天和松狮一起在家蒙头大睡，有课的时候就去N大听课，偶尔她会在等灯的路口出神，认出领着Joey走过的街巷。

考博这件事她自然也写信告诉了Joey，她说等我学成，可能帮不上你什么忙，但是也许能帮上其他人。

4月中旬，南京已经有热起来的迹象，到了正午，逢上阳光正好，连外套也穿不住，N大的校园里，心急的年轻人已经亮出了光溜溜的两条腿。桑柔抱着教材和风衣外套急急忙忙停好车往教室赶，总有那么一两个瞬间，以为自己还是那个抱着骨头模型枯着一张脸的医学生。

路过新闻系上课的阶梯教室，她原本一阵风一样从门口经过，但仿佛眼花看见了什么，又倒退了几步回来，讲台的投影幕布上是Joey和Rihanna在使馆门口拥抱的那张照片，原本桑柔以为自己已经可以心平气和地去看这张照片，可这一刻她还是有点错愕。她听见有着漂亮银发的老教授说："这张照片，就是今年普利策奖现场新闻摄影奖的获奖作品，你们有没有想到新闻摄影史上类似的照片，我们在新闻摄影里究竟要寻找什么……"

桑柔认得这位老教授，她教过江延，她拿过哥伦比亚大学的博士学位，自己也是因此才知道普利策新闻奖会在每年4月中旬公布，等到5月再由哥伦比亚大学的校长亲自颁奖，那也是Rihanna的学校，是很多新闻生想去的地方。

下课铃打响时桑柔恍然震了震身子，连忙拔腿朝自己的教室走去。不知为什么，每远离刚刚的教室一步，都好像是朝着远离Joey的方向又迈出了一大步，她不知道自己耳朵里涌起的究竟是血液循环的声音还是汪洋大海的声音，但那声音却在用力将她推向Joey的反方向。

坐在阶梯教室角落，桑柔深吸一口气，这段时间以来她已经为Joey哭过太多次，她不能再哭了，虽然她的嘴唇难以遏制地在颤抖，但她死死用牙齿咬住了，低下头去努力调整呼吸。她拿出手机给他写邮件，她说：我知道那不是你想要的，但那可能是其他人想要的，我不会胡思乱想，谁的生活不是充满了被动的前行呢。每当给他写信的时候，她的一切情绪都能得到平复，就像所有从身上抖落的碎屑都能有所着落。

妈妈问她要不要请导师吃吃饭，送送东西，或者找找从前的老师松动一下关系："毕竟考博士都是直接跟导师申请，万一有这个老师的得意门生排着队呢，你不是白辛劳？而且，很多教授招博士生都想要男孩子吧？"

每次出门遛狗，妈妈总是自己牵着松狮，桑柔只能空着一双手跟在一边："妈你懂得还真不少。"

"你读书的本事也不输别人，何苦吃亏在人情上。"

悬铃木巴掌一般大的叶子滤下早晨明晃晃的光斑，落在人行道上，落在松狮厚重的皮毛上，也落在妈妈的手臂上，桑柔伸手挽住那只布满光斑的手臂："吃亏就吃亏吧，反正我也没想过一定要考上，就是找点事情做。"

妈妈抽回手臂，也不看她："热死了，离我远点。倒也是，你要是真上了博士，是不是又一天天闲在家里，既有补助拿，又不忙，还要和我大眼瞪小眼，惹我心烦，考不上也好。"

虽说考不上也好，但是桑柔收到教授肯定答复的邮件告诉妈妈时，她有那么一瞬间露出了欣喜的表情，但很快又耸了耸肩："也没什么好骄傲的，现在博士还不是一抓一大把。"

桑柔冲着妈妈去厨房的背影吐了吐舌头，而后很快把这个好消息同Joey分享："这也许是快一年来最意外的好消息。因为经常去上课，也很郑重地同想要报考的老师介绍了自己的情况，提出了报考申请，像个中学生一样事无巨细整理自己的全部资料，也许曾是N大医学系的学生给了我加分，也许是同你一起在北京做过的那些事情让老师觉得我有充分的理由转到这个专业。我极少向别人解释自己，你会发现外科大夫们总是不太善于做解释，可我却要拼命向他解释，为什么要把这个机会留给我。有点难，好在我完成了。”她没有告诉Joey的是，像写生平日记一样写申请材料时，她有多少次将他写下来的冲动，是他告诉过她，有很多疾病是医生解决不了的，有很多苦难不是因为经济、教育甚至政治，只因为人本身。可她忍住了，她把他藏到那些客观陈述的背后，这或许是一门玄学，仿佛只要对别人讲述了他，一切都会“嘭”的一声化为乌有。

教授接受了申请，桑柔仍旧上着静悄悄的夜班，补着零零碎碎不完整的觉，同时复习考试。因为是24小时药店，所以坐堂医师需要三班倒，桑柔选择了晚十点到早六点这个时段，因而再也没能看见购物中心施工，工地在深夜的探照灯和路灯包围下，像个庞大的怪物，用黑黝黝的身躯遮住了一大片夜空。如果不是药店门口恰好有彻夜执勤的警车，桑柔觉得自己可能真的会进到什么奇怪的次元。

夜班其实是最清闲的时段，桑柔可以用来背书，背英语，也背专业课。但深夜有深夜的特别，手足无措来买验孕棒的女孩看上去似乎连二十岁也没有；发着高烧的老人拄着拐杖来买药，在药店门口犯了癫痫，桑柔手忙脚乱地叫了救护车，没想到在医院见过开膛破肚生离死别的自己竟然面对一个倒下去的病人慌了手脚；也有受了伤的人来买碘伏和绷带，桑柔判断了一下伤口索性帮他包扎，劝他去医院打一针破伤风，可他付了钱，站在药店门口印着“24h”的灯牌下抽了一根烟离开，警车里的警察睡眼惺忪地摇下车窗，一直注视他走远。

夜晚的人同白天的人，仿佛生活在截然不同的两个世界。她告诉Joey，自己在缓慢地做一些事情，做一些像他一样的事情，或者说想做一些像他一样的事情，也许她现在无法同他一样抛下一切不管不顾去做什么拯救世界的梦，但是也许有一天，当她没有任何牵挂的时候，可以同他并肩作战，无论到了那个时候她是几岁，还能走动几步路。

有没有在发完邮件之后觉得自己像个傻子一样的时候，是有的吧。整整一年，她困在原地动弹不得，有时夜深人静看着满药店的货架和玻璃陈列柜，她有将一切打碎，让警报响彻寂静街道的冲动，她想冲面前不存在的人大喊大叫，想问问他，究竟因为什么，能让你一整年都没有丁点音信，你是被软禁了，被限制自由了，还是真的变成了丧尸，你告诉我，我到底该怎样才能知道你究竟怎么了。

又一个旧年换新岁的时候，桑柔真的带了一小瓶杜松子酒去墓地，就坐在爸爸的墓前把一瓶酒给喝光了，又一言不发地拎着空酒瓶离开。

上考场的前一天，桑柔坐上三路车，坐在最前面的位置，坐了一整天。中山北路，大行宫，南京图书馆，新街口，永庆巷，随家仓，她沉默地看着窗外的车流与路人，高楼与行道树，没有人再听她胡说八道。

笔试、面试，似乎录取并不是什么意外之喜，只是前去同店长辞职，请大家吃了一顿热热闹闹的火锅，从此又要做回学生。

她已经很久没有在晚上睡过觉了，翻来覆去睡不着，便抱着枕头又去妈妈的卧室，妈妈咕哝了她两句。她说瞌睡会传染，所以要来借一点，结果仍旧不成眠，却不想妈妈忽然拉开床头的抽屉，头都没有转过来就把一盒烟拍在了她手里："睡不着就去阳台抽烟，别烦我。"

桑柔握着烟盒愣了一下，便乖乖披了衣服去阳台，发现没拿打火机，又回自己屋里去找那只刻着Joey名字的打火机。就着春日凌晨三点的风，桑柔用一根烟的时间好好回想了离开南京后的那些日子，历历在目，又像幻觉。

在冷冰冰的阳台上散了会儿身上的烟气，回房间前，她又给Joey发了一封邮件，告知他自己考上了博士，要回N大去念书："带你去过的孤儿院我现在每周都会去，我听说有博士师姐在一所专门接收自闭症儿童的机构做志愿服务，我也许可以帮忙。也许等到你能够再给我写信或者再来到我面前的时候，我再也不是那个质疑你所做的事情究竟有什么意义的桑柔。"

一年半以来，桑柔已经算不清写过多少这样的邮件，她从不去翻看自己的发件箱，她怕那翻不到头的页面会把自己击垮。渐渐地，她好像已经接受所有信件都得不到回复才是正常的，她甚至不知道自己是否还期待回复。这封信也和之前的那些信一样，不一样的是，次日中午她醒过来，习惯性拿起手机的第一件事就是打开邮箱，未读邮件里躺着来自Joey的消息让她一下子从床上弹了起来。

瞬间想要尖叫的激动之后，她又有些沮丧，她告诉自己，或许又是Rihanna的群发邮件，依旧告诉大家Joey暂时无法处理工作。可就算如此，也会有Joey的近况吧。桑柔也不知道自己在纠结些什么，磨蹭了许久才点开来。

是中文。

桑柔：

非常对不起，这么长时间没能和你联系，因为我的生活发生了太多变化，我自己也有了很多改变，很难一一说清楚，那么我们就直接来说结论吧，这也符合你的习惯，不是吗？

我不想去同任何人说遭遇绑架的期间我究竟是怎样度过的，这没有意义，都过去了。但是当我回到华盛顿的家中，看到家人的样子，我不知道该怎么办了。桑柔，我不打算再离开美国，我会留在美国处理机构行政方面的工作，这是来自同伴们的善意。你可以生我的气，可以觉得我没出息，一个对你说过那么多豪言壮语的家伙却终究失败了。你说我不会老，也不会失败，不是的，我会老，也会输。其实我想说的是，我们结束吧，桑柔。你看我一直到现在才能来整理我们之间的事情，我真是糟糕透了，是不是？我们都知道，不会有一个未来，有你，也有我。所以，就在这里告别吧。对不起。

Joey

桑柔眨了眨眼睛，分明还没打算哭，眼泪却连续不断砸在了手机屏幕上。他怎么又同她说对不起了，他怎么可以同她说对不起？

“我想去美国看看你，无论那个未来有没有你，有没有我，都不重要，我们要不要分开，要不要告别也不重要，哪怕只是作为朋友，我也想去看看你。你知道我最恨‘对不起’这三个中文里最没用的字眼，如果你真觉得对不起，就让我去见你一面，我只想见你一面，这是我这么久以来，唯一的愿望。”

两只手噼里啪啦地摁着手机屏幕上的键盘，眼泪还在一颗一颗地往下掉，松狮着急地扒着床沿站起来，探着脑袋想要去舔桑柔的脸，桑柔别过脸去，飞快地把信回了过去。

下一封回信是一周之后。这一周的时间都好像进入了桑柔脑袋里的某块混沌区域，仿佛每到这样的时候，脑内的这块区域就自动打开，将时间变成乱糟糟、毫无头绪的毛线球，囫囵过去，回头看只见一片浓雾。桑柔知道，这更像是一种自我保护，否则这样的日子清醒起来该有多难熬。

面对第二封回信，桑柔不知道该不该打开。她怕他永远不再回信，也怕他说出自己更不想听的话。可他还是说了。当她看到他说决定和Rihanna重新在一起、拜托她好好照顾松狮时，她迅速将手机强制关机，塞到枕头下面，在床上枯坐了一整天。

这一回，她无法将乱七八糟的情绪在妈妈面前隐藏起来，也顾不上隐藏，妈妈什么也没问，只是喊她吃饭，问她要不要遛狗。

晚上妈妈去跳广场舞，她独自牵着松狮走了很长很长一段路，不知不觉就走到了正在施工的购物中心，竟然已经封顶，还打上了进驻商户的广告。而马路对面的药店，在门口接电话的医师是桑柔不认识的新人。她蹲下身，把松狮的排泄物用塑料袋装好，丢进垃圾桶时她看了一眼松狮，说："我再也不用写信了，以后你只有我了。"

桑柔说到做到，她没有再给Joey写过一封信，她不再在意生活中的任何变化，纵然她在读了博士之后并不清闲，跟在导师屁股后面做了许许多多的事情，研究所里的纸上谈兵，志愿服务的挫败或有所得，她做过便抛下，似乎没有任何事情值得好好记住，因为她并不需要讲给任何人听。

纵然她偶尔管不住自己，会去外网上搜索Joey或者Rihanna的名字，添加或者组合关键词，像个神经兮兮的偷窥狂，却并没能窥探到任何有用的东西，顶多能看到Rihanna的新闻报道，她仍旧冲在最危险的地方，做新闻、做纪录片。桑柔想，Joey也许和她一起，也许等在她身后吧，而这好像才是原本应有的结局。

她甚至注册过Facebook和Twitter账号，浏览了上千个名叫Joey的男人的主页，却没有一个是他。Rihanna倒是很活跃，可却从不发布任何与私人生活有关的信息。

读博期间，她陪同导师去过美国开会，她原本觉得如此遥远的国度，却转瞬铺开在面前。虽然她并没有去华盛顿，她去了芝加哥、去了纽约，她去了大都会博物馆，也坐在中央公园喝了一杯咖啡，她不自觉地去留意每一个擦肩而过的路人，总以为自己会看见一个像Joey的身影。

她当然知道自己病了，可却没有打算把自己治好。

博士毕业那一年，她决定留在研究所，继续做驻站博士后，妈妈问：“以后能留校吗？女孩子，还是留在学校最稳妥，比做医生好。”

毕业典礼当天，算起来校长已经是第三次拨过她帽子上的流苏，将学位证书颁给她。这一回，妈妈牵着松狮在礼堂门外看她。同门为她准备了花束，她去向还要继续一起工作的导师鞠躬，导师笑着拍拍她的肩膀，说：“一会儿看一下邮箱，是下个月的研讨会章程，虽然毕业了，可是前路漫漫哪。”

桑柔点点头，抱着满怀鲜花，夹着学位证和毕业证还不忘掏出手机，打开邮箱，就这样于四年之后，看见了早已被压在几百页之后的Joey这个名字。

她停下了脚步，虽然她本没想停下，她的手指也在她能想明白是怎么回事前就点开了未读图标，她常常发现身体会早于大脑做出反应。

“桑柔你好，我是Rihanna，这封信我是拜托华裔朋友帮我做的翻译，我并不懂中文，希望他能将我的意思清楚传达。我需要一个你的地址，可以收到国际快递的地址，我有很重要的东西要寄给你，但先别问我是什么。等你收到之后就会明白。请把地址告诉我，务必。”

两个月之后，快递员将一个包裹严实的纸箱送进了桑柔所在的研究室。桑柔签收的时候，快递员一直在感叹说：“美国寄过来的，死沉死沉，你们这些大学老师不会还干代购吧。”桑柔笑了笑，拉开抽屉寻找剪刀。

盛夏时节，窗外蝉鸣喧嚣，此刻研究室里只有桑柔一个人。她用一把很钝的剪刀一层层拆开严严实实的胶带，打开箱子，发现竟然是满满一箱装在信封里的信，每一个信封上都写着日期，也都用她再熟悉不过的笔迹写着“桑柔”两个字。

第一封情书

面对整整一箱白花花的信封，桑柔忽然间不知从何下手。呆立良久后，她将那些信一封一封从箱子里拿出来，就站在桌子前，按照日期有条不紊地整理好。暖橘色的夕照炙烤着她的右半边脸，不一会儿就滚烫起来，手里的信封也反射出晃眼的光。

一共一百零九封信，最后一封的日期是三个月之前。

除此之外还有一个多出来的文件袋，外面贴的标签上写着：“给桑柔，来自Rihanna”。

桑柔深吸一口气，拿起文件袋和烟灰缸走到窗边，推开陈旧的铁质窗户，点了一根烟，在细细升起的烟雾里眯起眼睛。她想，终于到了谜底揭开的这一天，她稀里糊涂抱着Joey塞给她的所谓结论过了一年又一年，心底某处却总觉得有些东西尚未完结，有时她觉得是自己的偏执，到今天，终于还是等到了一个答案。

会是答案吗？桑柔从文件袋里抽出Rihanna打印出来的一封信，像一张冰冷冷的通知单。

桑柔：

这封信依然是请我的华裔朋友帮我写的，对不起，我没能第一时间用邮件告诉你到底发生了什么，我怕你有太多问题要问我，而我要解释起来太复杂，而且，我也不知道如今的你是不是已经结婚，有了家庭，或者……所以，我决定还是让Joey自己来和你解释。

你收到的这些信，都是这四年来他亲笔写给你的，只是当你收到这些信的时候，他已经不在了。在我给你写邮件的一个月前，他死在了南美，死于武装劫匪的抢劫，这些信是他的遗物。原本他可能一辈子都不想让你看到这些信，但是我想了一个月，还是决定寄给你。我知道四年前Joey要同你分手的时候，你的心里一定有很多委屈甚至愤怒，但是请不要责怪他，因为在我眼里，他真的太善良，也太可怜了。

Joey被绑架后遭受了很多身体及心理上的虐待，我不知道他会不会在那些信里把详细的细节告诉你，或者他不忍心告诉你，但我想他一定不希望第三个人来多嘴。总之，他在回到美国后，确实花了很长的时间来恢复，恢复身体，重建心理，你已经是心理学博士，这方面你一定能够理解，我就不再多说了。

在政府解除了对他的特别保护和行动限制后，他也在医生的帮助下恢复如初。他当然想同你联系，可他很矛盾。我想你应该能够明白他的矛盾，其实他真的不会说谎，如果他只是想要放弃过去的生活，留在美国，同家人一起平平静静地生活，那么他完全可以邀请你来美国，没有必要非得和你分开。恰恰是因为他不愿意放弃，他仍旧要继续自己从前的工作，所以当他想到自己还有可能涉入险境，可能不会再有这一次的好运气，而你却一直在等他，一直给他写信，他很怕自己带给你的会是越来越可怕的痛苦，这不是他爱你的初衷。

但他没想好该怎么办，他说你们中国人有句俗话叫“长痛不如短痛”，可是长痛短痛他都不愿意让你承受。我从来没有见过他这么优柔寡断的模样，不前进也不后退，他存了一丝侥幸，心想也许你写着写着信就放弃了，也许会有人取代他的位置。

你的每一封信他都看见了，你告诉他你做了什么，期待什么，生活变成了什么样子，他在你的信里看到了一个越来越像他的你，他说原本你是独善其身的人，你的小心谨慎甚至冷漠都不是为了自己，是为了你和妈妈两个人的生活，可是在你一封又一封的信里，他看到你变得不再害怕，不再恐惧，你在一点点去做他做过的事情，他看出来了，总有一天你想要站在他的身边帮助他。是因为这个，他才最终写出了那封分手信，他不希望你像他一样，他不愿你变成他。

我同他开过玩笑，当初我遭遇了那么多危险，我工作那么拼命，他总是一副大义凛然要我冲锋陷阵的模样，可是凭什么轮到你，他宁愿自己痛苦也不愿你朝他靠近一点点。我说他其实也变了，他说也许吧，当他想到万一有一天你真的跑到什么危险的地方，真的遇到什么意外，因为帮助他人被欺骗、被伤害，他将无法原谅自己。

所以他才坚定地同你分手，他认定了如果你不曾遇见他，你的生活绝不会是现在的样子，你也不会为他提心吊胆，牵肠挂肚。

所以，你应该明白了，我们并没有和好，当然，我冒出过这样的念头，但是Joey拒绝了。他说他很了解你，如果告诉你他是同我和好了，你一定会放弃。我是抱着看好戏的念头，爱情而已，何必那么认真，结果他是对的，你真的没有再给他写过信。其实我到现在都不太懂，为什么仅仅因为这个原因，你就能够放弃？当然，我也是在那时候发现，我没有真的弄懂过Joey，我有时候觉得他有颗东方人的心脏，是我搞不懂的心脏。

但是我也不打算同你讨论这个问题，如果我们因此做了朋友什么的，也太奇怪了。对你说了这么多就已经非常奇怪，无论你和Joey的感情有多么好，对我来说你都是个百分之百的陌生人，但是关于他的死，却是我解释最多的那个人，真的太奇怪了。每当和别人提起，我总说是啊，他终于如愿以偿死掉了，终于。

三年前，他就已经继续回到了工作中，其间，去过两次中国，但都很短暂，他大部分的工作集中在非洲和南美。我在印度采访的时候碰到过一个苦行僧，我觉得这些年的Joey就很像一个苦行僧。也许他在那些信里会告诉你他都做了些什么。总之，他就是一直在做最善良的事情，也是最危险的事情。什么地震、海啸、瘟疫、内战，都是他的家常便饭。你知道南美每年有多少起武装暴力事件吗？有些地方几乎每天都有火拼，警察军队都无法介入，国外的商业集团也好，各种无国界组织也好，没有几个是没被武装持枪抢劫过的，用我们的话说，那大概是离天堂最远的地方。谋杀、毒品、暴力，旅游者们成群结队路过的那个南美，和我们看到的南美，是两个地方。

Joey在委内瑞拉死于武装抢劫，是在半夜大家都熟睡的时候，武装劫匪突然开着装甲车闯进他们的基地，扫射、抢劫，Joey中了三枪，没有抢救过来。他的遗物被同事整理送回了华盛顿的家中，我去参加了他的葬礼，看望了他的家人。他的家人把这些信拿给我，他们很惊讶为什么他会用这么复杂的外国文字写了这么多信，是要给谁的信。

说真的，桑柔（天啊，真是个奇怪的名字，我读不好），看到这些信的时候，我真是有些嫉妒，但也很难过。

是我擅自决定将这些信寄给你，当然了，我也没办法去问Joey是同意还是不同意。但是我真的非常难过，我希望你永远都能像过去那样爱他，但也许他并不那么希望。

好了，抒情到此结束。他就葬在华盛顿郊区的阿灵顿国家公墓，多光荣啊，可是爱他的人，谁需要这份光荣呢！如果你愿意的话，可以来看看他，这一次，他哪里也去不了了。我给过你我的电话和邮箱，如果你来美国，想要联系我的话也可以，或者我也可以带你去看看他的家人。当然，我无法替你做决定。

我的任务完成了，作为Joey的战友，我问心无愧了。

Rihanna

那天晚上，桑柔没有回家，她就坐在自己的桌子前，一边抽烟，一边看Joey的信，信的内容长短不一，但都是用钢笔、铅笔或者圆珠笔亲手写的，每个字都仍比桑柔写得好看。

与其说是信，不如说更像日记，他的矛盾，他的瞻前顾后，他对桑柔的想念都一一写了下来。还有他走过的路，见过的人，做过的事，事无巨细，桑柔甚至能够想象出他亲口把这些讲给自己听的样子。桑柔这四年的生活只是被撕掉的书页，阅后即焚，可Joey这四年来的生活却都事无巨细地填补上来。

他确实回过中国，并且专程来了南京，一共两次。他去过爸爸的墓地，放过两束小小的鲜花。桑柔记得那两束干枯掉的花朵，她以为是妈妈来看爸爸时放下的，毕竟对于去墓地看爸爸这件事，妈妈向来绝口不提，母女俩心照不宣。是你啊，桑柔读到这里，深吸一口气，想笑，却又笑不出。她使劲回忆，也回忆不起那两束花确切的样子，她就那么捡起来，清理掉了，心里忽然全是懊恼，如果早知，她一定留下来，哪怕只留下一片一碰就碎的花瓣，也要夹在书里。

“我去过N大的校园，我不知道自己想干什么，我并不想遇见你，但还是忍不住要去。也不知我是运气太好还是太不好，我去了南京两次，你在信里告诉我你工作读书甚至常常走的路我都去了，却都没有看见过你。”

真是傻瓜。桑柔嘟囔了一句。

他也画画给她看，吃到了奇怪的食物和药，见到了什么不可思议的物件，他就用简单的线条画下来。

他对她说：“就像你告诉我的，就算你永远也看不到这些信，我也可以继续给你写一辈子，和许多人相比，我是走运的那一个，因为我有一个可以听我说话的人。”

最后一封信是在委内瑞拉写的，他说：“我真希望同我分开以后，你做回原来的那个桑柔，你留在大学，教学生，做研究，不要走出来，我从未对天灾人祸司空见惯，每往前多走一步，我就被这个世界的危险多震惊一点，我会希望你看见这些令人绝望的风险吗？不，我绝不希望。还有一个月我就可以休假了，我打算回美国休息一段时间，如果时间允许，我或许会再去一次南京。我想过很多次，你是不是结婚了，是不是一直都在记恨我给你的分手理由，你看我都在说些什么啊……”

拆开的一封封信凌乱地堆在桑柔的桌子上，旁边是抽空的五盒烟，桑柔撑着桌子站起来时忍不住咳嗽，却完全咳不出声音。她试着清清嗓子，发现自己完全失声了。

窗外原本沉沉的黑夜已经再度被刚浮起的晨光漂洗成暖黄的黎明，桑柔一步步走到门边，在拉开门的瞬间，她觉得自己的心脏是冰凉的，仿佛被人搁了一块刚刚冻成的冰块，冒着白白的冷气，也不扩散到别处，就在心脏里不足指甲盖大的地方，凉得锥心刺骨。

开车回家的路上，桑柔忽然打开了暖气，烘得自己浑身冒汗，可心里那块冰却越来越凉。清晨的路上车辆稀疏，她仍旧小心翼翼等灯，慢行，避让，在开到家门口时，突然一个急转弯，一脚踩下油门，一路超速闯红灯，像杀红眼的赛车手，不知在跟谁抢时间，最终一脚刹车，停在了紫金山天文台的山顶。

拉下手刹的那一刻，眼泪才涌了出来，迅速在她脸上流出了两条绵绵不绝的小溪，几乎没有成形的眼泪，像打出来就散的鸡蛋，混沌沌的脸上全都是水，她的眼睛变成了取之不尽的泉眼，水流淙淙，不断不绝，到最后眼泪、鼻涕也分不清了。

桑柔在脑袋里迅速检索自己所有的心理学知识，想为此刻的感觉找到一个科学合理的解释，她并没有觉得悲恸，也没有觉得伤心，事实上她的心像光滑的玉石一样温和而平静。她没有任何想哭的冲动，可眼泪却完全失控，好像是从心底那块结实的冰块中流出来的。

她从口袋里摸出Joey给她的打火机，在手中颠来倒去，反复看上面刻着的那个名字，同样，刻着这个名字的戒指她一直都还挂在脖子上。

身上已经一根烟也没有了，她“啪”地将打火机打着，铜蓝色的火焰在火车上、在北京的公寓、在柬埔寨的雨天都为她点过烟，她盯着摇摇晃晃的火焰，试图去喊Joey的名字，嘶哑的嗓子仍旧一个音也发不出来。

（二十二年后）

“妈，你干吗呢，怎么才接电话啊。”

桑柔刚刚听完一场毕业答辩，一面向过来鞠躬致谢的学生微笑着点头，一面收拾手里的资料用肩膀夹着电话，听桑易抱怨。

她抬眼看了看小礼堂墙上的挂钟，然后叹了口气：“现在是你该醒着的点吗？是不是又喝酒喝得睡不着。”

“才没有。我有好消息告诉你。”桑易说着嘿嘿笑了两声。

桑柔也笑了，偶尔她会想起自己的二十出头，好像从来没觉得这世上有什么值得不自觉就笑出声来的好消息。

“你怎么不问我是什么好消息啊？”

“你心里憋得住什么话？我连住在你对面的那个加拿大姑娘昨天便秘了这种事都知道，我倒觉得，你少告诉我点这样那样的消息比较好。”

“真没劲。我告诉你，你快点办签证，订机票，今天我可是接到通知要作为留学生代表在毕业典礼上发言，你得来给我捧场送花鼓掌。”

“还要挥舞荧光棒是不是？好了好了我知道了。我一会儿还要和学生去吃饭，不跟你说了。”

“天底下哪有我这么好的女儿，天天想着给你打电话，什么都不瞒你，可是你呢，每次都是你先挂我电话，你……”

桑易还在电话里喋喋不休，桑柔直接挂断了电话。

“你还真是身在福中不知福。”桑柔的同事摇了摇头。

“可不是，我们的孩子，三四个月，你不找他，他不找你，还是桑易好，从小就好，跟你多亲啊。”

“送给你们啊？”桑柔笑着抱起整理好的资料，在去同学生会合前，先在办公室抽了一根烟。拉开抽屉拿烟时，看见早已准备好的签证资料，在桑易告诉她毕业典礼时间后她就迅速准备齐全，可却迟迟没有递交上去。

美国，华盛顿，乔治城大学，桑易在那里读了四年书，她一次没有去看望过。又何止这四年，从二十二年前开始，她就再也没有去过美国，任何在美国举办的会议、交流、访问她一律推卸或者让给别的同事。这二十二年里，她甚至在坦桑尼亚反复感染两次疟疾烧到昏迷不醒，也去过欧洲遍地的难民营，可唯独隔着太平洋的那片美洲大陆，她每一次都转身躲开了。

当她又一次将资料通过柜台推给签证官，签证官隔着眼镜问她为什么去美国，她忽然热了眼眶，但又迅速咳嗽两声，将突如其来的情绪压了下去。她说：“我去参加女儿的毕业典礼，我想听听她在毕业典礼上的发言。”签证官点点头，将几乎没怎么看的材料还给她，通过了。

而当她通过海关，看见桑易兴奋地跳起来冲她挥手时，她觉得有些晕眩。她没有想过，她会真的走出杜勒斯机场，走进华盛顿。

桑易开了二手车来接她，带她吃饭，挽着她的胳膊走在路上对她说个不停，一直都有些沉默的她忽然说了句："原来，这里就是华盛顿。"

"你怎么了？"桑易觉得她有些心不在焉，总是东张西望，或者频频回头去看擦肩而过的人，"你在看什么？在这里有熟人？怎么感觉你好像在找人啊，干吗老看别人？"

在找人吗？桑柔把目光固定在自己的脚尖，看着自己走过的一寸寸地砖，没有再抬起头来。

这天晚上，桑柔倚在桑易公寓的窗口抽烟，桑易则在一旁喝酒。她说："妈，到了这里，再也不会有人说我跟你长得一点都不像这种话了，因为在老外眼里，中国人都长得差不多。我觉得还是国外好。"

"为什么？"桑柔依旧看着窗外，低声问她。

"因为国外的人啊，对别人都没那么好奇，在国内，要和别人解释的东西太多了，你解释完了一个问题，他们就会问第二个问题，然后还有第三个问题。在国外就不用，我从来不用给他们解释我从哪里来，我的家庭是怎样的。"

"我以为你一点也不在乎。"

"我是不在乎，可是会烦嘛。"桑易放下杯子，伸手拿起桑柔放在桌上的打火机，"这个打火机都掉漆了，你居然还没换过，所以Joey就是我爸，对吧？"

"这个问题你问了十几年，还没烦？"

桑易噘着嘴放下打火机："我好想外婆和松狮啊。要是他们也能看到我毕业就好了。"

桑柔深吸一口气，掐灭烟头，转过脸来说："你不是很迷信吗，所以他们看得到。好了，睡觉，我累了。"

夜里，桑柔的一条手臂被桑易紧紧抱着，连翻身都翻不动。她看着月光婆娑落在她年轻的脸上，就那么看着，一夜都未合眼。她想告诉她，她也想外婆，也想松狮，人生似乎到了某一个点开始就不断失去一点点得到的东西，两手空空来，路上捡了满怀的东西在人生的后半段又要一件件还回去，最后还是两手空空。可就算如此，她也还是没能弄懂，离开的人都去了哪里，怎么就不见了，就消失了，她从来没有弄明白过。

次日，她坐在乔治城大学的礼堂里，和其他的毕业生还有家长一起拍手，目送女儿穿着学士服，走上讲台。她想起她小时候伸手拽住自己衣角泪汪汪的样子，一转眼，自己韶华流逝，她却长大了。

"我没有那么多的豪言壮语，我只想讲一个主题，就是爱。我是一个人类学毕业生，我的毕业论文主题也是爱，我研究人类爱的发生，以及人们表达爱的方式。我不知道我的妈妈为什么爱我，我不是她自己生出来的孩子，她每个星期都去收养我的那所孤儿院，然后某一天就把我带回了家，给了我名字，也给了我很多很多的爱，很奇怪是不是？她为什么会爱我呢，爱究竟是从哪里来的，我依然没有研究出一个结论，但是我想很郑重地对我的妈妈说一声谢谢，她给我起名桑易，在中文里，易是容易的意思，她想让我活得轻松，不费力气，这个名字好像给我带来了很多好运气，我在生活中得到了很多善意……"

桑柔坐在台下，有点惊讶地看着桑易从容不迫地讲出这些话，但又仿佛意料之中。从前她就发现，桑易和自己最大的不同就在于她愿意表达，她热情，她的喜怒哀乐全都要惊天动地地宣告出来才算完成。对此她有些庆幸，庆幸自己别扭压抑的个性没有浇灭桑易身上随时冒出来的小火苗。

典礼过后桑柔陪着桑易和朋友们拍照，在和桑易拍完一张合照后，她说："我要自己去一个地方，你好好和朋友们聚餐，不用担心我，我回来以后会给你电话。"

桑易抱了抱她说："那你小心哦。"而后帮桑柔叫了一辆出租车。

车上，桑柔想起桑易提到的毕业论文，她的包里有一份桑易得意扬扬塞给她的复印件，此时正好拿出来，打发车上的时间。

她一点点看下去，桑易在讲地缘、历史、文化、人种之类的原因让人们表达爱的方式千差万别。在密密麻麻的英文中，一行做了注解的汉字吸引了桑柔的目光。

"民国八年（1919年），汉代居延境内的西北沙漠出土一批竹简，内容大多是军政要事，但其中夹着一封私信，据推测为戍边将士写给妻子或者心爱女子的家书，写在两片竹简上，内容只有一句话，'奉谨以琅干一，致问春君，幸毋相忘。'据考证，这或许是中国历史上第一封可以称之为情书的信件，可惜它随着这位可能战死沙场的将士永远尘封在沙土之中，两千年后才重见天日。"

那一天在使馆面签时被压回去的眼泪此刻夺眶而出，桑柔把论文重新折回了包里，转头看向窗外，迅速用手背抹干了眼睛。看见车窗玻璃上映出的自己努力挤出了一个微笑，多可笑，她并没有非要化解不可的尴尬，就算在这辆出租车上哭出声来又怎么样呢，可她还是咬着牙笑了。

一排排白色的墓碑像码放整齐的邮箱，生者与逝者仿佛可以经由这个邮箱完成对话，交换来自此世和彼世的物件。

阿灵顿公墓出奇得安静，桑柔不自觉放慢了脚步，最终停在了Joey的墓碑前。墓碑上没有照片，除了名字和生卒年之外，还刻了一句：He is a great man, we love him, miss him.

“所有人都觉得你是个伟大的人啊，Joey。”距离二十二年前她在紫金山顶失声喊不出他的名字，二十二年里，她没有再开口念过一次这个名字，可一开口，心脏的某个地方就仿佛瞬间结出一块钝重的冰块。

她说：“桑易一直问我你是不是她的爸爸，可是我从来没有征求过你的同意，所以我也不知道是不是。她只知道自己之所以叫易，是因为我希望她的人生容易一些，好过一些，她不知道我还有一点私心。你一定记得我同你开过玩笑，说你的名字如果音译成中文，大概叫周易最合适，所以我偷了你名字里的一个字给她。她在你的故乡念了四年书，生活了四年，可我却从来没有告诉过她关于你的一切，我仍旧舍不得告诉任何人，可是下一回，我想带她来看看你，如果没有遇见过你，那我的生命里也一定不会有她，所以，你好像还真是她的爸爸。”

说完，桑柔盯着Joey的墓碑缄默了很久很久，而后忽然想起什么似的，在包里翻找了一会儿，翻出了一根桑树枝来，是她临行前从家门口折下，一路带来了华盛顿。

她弯腰将桑树枝放在他的墓碑前："第一次见面，你问我的名字，我背了诗给你听，菀彼桑柔，其下侯旬。桑树茂密，桑叶柔嫩，绿树浓荫，树下是一片好地方。"

说罢她握住胸口那枚从未摘下过的戒指，转过身，在黄昏微微的凉风里，一步步，慢慢走远了。

后记 /

见字如晤

在我写下这个小说开头的那一年，我们的生活里还没有微信，手机还是翻盖或者滑盖的彩屏，遍地报刊亭仍旧在兜售长途电话卡，为了偶尔和父母视频聊天还要专门给笔记本电脑配备一个外接摄像头，买火车票只能去代售点或者车站，也没有高铁，那时候虽然有QQ，但并不会24小时挂在线上，我们可以隐身，我们在乎的头像也可能彻底不再亮起，没有人向你承诺你可以随时找到我。因此我还保留着和朋友写电子邮件的习惯，要好的朋友、在国外的朋友，用中文写，也用英文写，有些信很长，有些信很短，但每一句话都像我写在小说里的话一样，郑重、仔细，字斟句酌，朋友们写来的信也是一样，那时候我们的表达欲并不会洒向浩瀚的网络平台，我们只想说给在意的人听。

所以故事里的人就生活在这样的一段时间里，在一个分别还是能够给人生带来无尽创伤的时间里。丢掉手机就可以人间蒸发，异地的恋人需要靠邮件维系脆弱情感，在人海里找寻一个人如同大海捞针。

小说开了个头，写了两三万字，因为忙于工作、生活变迁，便暂停了下来。再次提起笔又是两三年之后，但是那会儿我的写作也已经慢慢发生了变化。我很少再写一段冗长的爱情故事，即便写，爱情也不再是主角，总之，我的兴趣和探索方向都让我将这个故事搁置了下来。

中间也曾拾起来过，在不知道该写什么的时候，下决心把残篇向前推进，于是又推进了几万字，但终究还是停留在不足十万字的地方。

后来有朋友想起我还有写这样一个小说的打算，于是我将搁置许久的这个故事拿出来，看完后她说两个主角让她想起了《before sunrise》那个系列电影，他们短暂相识，却道尽了这个世界种种，像一起走过了数千年。

我忽然恍然，没错，在我故事里的两个人，他们在注定发生的爱情里通过交谈、写信、选择，彼此交换了许许多多爱情之外的东西，他们谈论历史、宗教、政治，也谈论爱、软弱、缺陷，谈论这个世界的千疮百孔，而后呢，女主角始终致力于治愈自己的内心，而男主角则仍旧迈向广阔天地，治愈他人的苦难，他们终究会选择这样的两条路。

就像这个世界上的每一个人，都要经历爱情、分别，认识这个世界，选择自己的路。

也是在那时，我看到了居延出土的汉代竹简的相关资料，看到了那一句“奉谨以琅干一，致问春君，幸毋相忘。”有学者说，那可能是中国历史上第一封类似情书的书信。看到这句话的时候我一下子有些想哭，最深沉的爱意往往不是一首华丽的赋，而是简而又简的几个字。这几个字穿越几千年，到如今，我们可能再也没有机会遥寄一块玉石，对自己爱的人说幸毋相忘。

可这个故事里的两个人，却和几千年前镇守边关的将士经受一样的分离，依靠写信触碰彼此，我还是被触动了。

于是，在三十岁之前，我重新打开文档，决定帮助二十岁出头的那个自己写完这个深情款款的故事。在重新阅读那些语句时，我很清楚，这是三十岁之后的我再也不会去写也再也写不出来的故事，所以我总开玩笑说这本书像是两个我的合著。

在继续写这本书的这一年里，智能手机变得无所不能，微信可以解决一切沟通难题，无论你在这颗星球的哪个角落都能即时通过手机屏幕看到彼此的脸，跨越半个中国搭高铁只需要四个小时，每个人的距离被一缩再缩，时间也被切成了碎末，我们或许可以轻而易举地每天睡前和喜欢的人说晚安，却再也不会深夜坐在窗前，用笔也好，用键盘也好，心里想象着一个人，然后一字一句写一封信给他。

信有多重要呢，那些在即时沟通里说不出口的话、可笑的话、不敢提及的问题，都可以在信里洋洋洒洒地写下来，写的人与读的人都能得到他人无法分享的满足，每一次的表达与理解都是尽兴的，都是完全的。

而我们再也回不去这样的时代了，不过是十年不到的时间，过往的桥梁都被炸毁，我们只能往前走。

我站在悬崖的这一边，隔着再也不可能跨过去的深渊，决定帮助留在对岸的那个我好好写完这个两个人的故事。

不意外的是，我更改了那个许多年前就确定下来的结局，二十岁出头的我，给了桑柔一个有退路的结局，那是二十岁时的一种想象；面朝三十岁的我，给了和我同龄的桑柔一个也许更稚气，但也更坚定的结局，她本就该是不动声色也不留退路的那一类人。此时此刻的我认为，这才是这个故事该有的结局。也忽而庆幸我把这个句号留在了多年之后再去画下。

令我意外的是，在重读故事的前半段时，我依旧被故事中的人打动了，我依旧觉得JOEY是像太阳一样暖洋洋的人，他发光、发热，照亮了许多人却无法自救。存在这样的人吗，当然存在，或许你和我一样，也曾见到过。为了督促自己写完这本书，我把这个故事拿到了ONE一个APP上去连载，我是个不会去看评论的人，因为知道故事的走向只有一个，它无法满足所有人。可有一天朋友忽然说，你去看一看评论吧，很动人。我便小心翼翼地去看，我看到读者们为故事里的人写下了一大段一大段的话，我相信他们可能很久都没有和自己在意的人这样认认真真地表达过，他们猜测结局，期待圆满，我也看到有人说，“我在澳洲留学时候的老师有一天忽然说，这是本学期我给大家上的最后一堂课，因为明天我就要去非洲了，那里发生了灾难，那里的人比你们更需要我的帮助。”你看，这就是JOEY这样的人。

我们的身边或许很少会有这样的人，但这不怪我们，这是许许多多原因造成的。当然也不是人人都要成为英雄，故事里的两个人都已经对此讨论得足够多，我不再废话。

最惨烈的意外，是在写到最后几章的时候，我是红着眼眶写完的，写完重读的时候，也是揉着眼睛、吸着鼻涕读完的。更意外的是，它好像也惹哭了很多一直在盼望一个美好结局的读者。

故事可能无法按照每个人的心愿去完成，它甚至也不是作者的心愿，我为这个结局难过了许久才终于接受了它。故事结束了，生活还是要继续，我相信，故事里的每一个人大概都会在我们看不到的地方好好生活，谢谢你们，愿意陪伴他们走过这一段重要的路途。

2019年初春

于北京

图书在版编目（CIP）数据

风从海上来 / 姚瑶著. -- 天津 : 百花文艺出版社,
2019.4
ISBN 978-7-5306-7714-8

Ⅰ. ①风… Ⅱ. ①姚… Ⅲ. ①长篇小说—中国—当代
Ⅳ. ①I247.5

中国版本图书馆CIP数据核字(2019)第031216号

风从海上来
FENG CONG HAISHANG LAI
姚瑶著

选题策划：落 溪　　封面设计：末末美书
责任编辑：刘佩莲
出版发行：百花文艺出版社
地址：天津市和平区西康路 35 号　邮编：300051
电话传真：+86-22-23332651（发行部）
+86-22-23332656（总编部）
+86-22-23332478（邮购部）
主页：http://www.baihuawenyi.com
印刷：北京美图印务有限公司
开本：880 × 1230 毫米　1 / 32
字数：213 千字
印张：10
版次：2019 年 4 月第 1 版
印次：2019 年 4 月第 1 次印刷
定价：42.00 元

如有印装质量问题，请与北京美图印务有限公司联系
调换
地址：北京市顺义区南彩镇九王庄村兴华街 79 号
电话：（010）6041815
邮编：101300